艾略特　詩選**2**

（1925-1962）

《四重奏四首》及其他詩作

黃國彬　譯註

T·S·艾略特　著

目　錄

譯者序

　　《艾略特詩選》的翻譯工作始於二〇〇三年。那一年，我的《神曲》漢譯由九歌出版社出版，一項長達十八年的差事結束，有如蒼天從阿特拉斯的肩膀放下，舒暢的感覺只有經歷過類似壓力的同行才想像得到。不過，喜歡翻譯之筆倒沒有患上「恐譯症」；《神曲》漢譯出版後，就把焦點從但丁移向艾略特。結果二〇〇三和二〇〇四的暑假，全花在艾略特詩歌翻譯的新項目上。

　　艾略特的地位、聲譽、影響，在二十世紀的世界詩壇沒有誰堪與比擬；可是其高度與但丁比較，仍有很大的距離，大概像嵩山之於喜馬拉雅。[1] 因此動筆翻譯他的詩作時心情輕鬆，不覺得有任何壓力。阿特拉斯放下了蒼天，如果我們請他扛阿里山，他一定會微笑著說：「沒問題，把玉山也交給我吧。」

　　「心水清」的讀者見我這樣說，[2] 可能忍不住要竊笑：「你的翻譯項目在二〇〇三年開始，怎麼到二〇二一年才完成？『心情輕鬆，不覺得有任何壓力』，翻譯的速度應該快些才對呀！由開始到結束，竟長達十八年，一條好漢都出來了，還好意思提甚麼『阿特拉斯』。」僅看上述資料，「心水清」的讀者笑得有理。

1　艾略特與莎士比亞的距離也是這樣。

2　「心水清」，粵語，指頭腦清醒，觀察入微，能看出一般人看不出的問題。「心」中之「水」「清」澄，乃能映照萬象；一個「心水濁」的人，則會顢頇糊塗，容易受騙。

為了避免讓讀者說我「假、大、空」，在這裏要交代一下詩選的翻譯經過。二〇〇三年動筆翻譯所選的艾略特詩作後，如果筆不停揮，肯定不會「拖延」到二〇二一年方能把稿子交給九歌出版社。需時「十八年」，是因為中間停了很長的一段時間。

　　不談創作，只談翻譯和其他項目。二〇〇六年，從嶺南大學轉往中文大學任教，教戲劇翻譯時不再用《羅密歐與朱麗葉》為教材，而代之以《哈姆雷特》。為了上課時給班上的同學舉例，譯了該劇的第一幕第一場。第一幕第一場譯完，竟「見異思遷」，決定請艾略特讓路給莎翁。《哈姆雷特》譯完、註完，於二〇一三年由清華大學出版社出版。之後，又有三本英文學術專著「插隊」。[3] 結果能「心無旁騖」，不再斷斷續續地作業，是二〇二〇和二〇二一年。

　　從上述交代可以看出，《艾略特詩選》所花的時間的確遠少於《神曲》。我這樣說，不等於承認翻譯時草率馬虎，不動腦筋；譬如譯下面兩節，由於要設法傳遞原詩的音聲效果，就花了不少工夫：

> At the first turning of the third stair
> Was a slotted window bellied like the fig's fruit
> And beyond the hawthorn blossom and a pasture scene
> The broadbacked figure drest in blue and green

3　三本英文專著為 *Dreaming across Languages and Cultures: A Study of the Literary Translations of the* Hong lou meng（《夢越語言與文化──〈紅樓夢〉文學翻譯研究》）(Newcastle upon Tyne: Cambridge Scholars Publishing, 2014)；*Where Theory and Practice Meet: Understanding Translation through Translation*（《理論與實踐的交匯點──譯以明譯》）(Newcastle upon Tyne: Cambridge Scholars Publishing, 2016)；*Thus Burst Hippocrene: Studies in the Olympian Imagination*（《聖泉迸湧也如此──神思研究論文集》）(Newcastle upon Tyne: Cambridge Scholars Publishing, 2018)。

Enchanted the maytime with an antique flute.

Blown hair is sweet, brown hair over the mouth blown,

Lilac and brown hair;

Distraction, music of the flute, stops and steps of the mind
over the third stair,

Fading, fading; strength beyond hope and despair

Climbing the third stair.

　　("Ash-Wednesday", ll. 107-16)

在第三梯級迴旋的第一重

是個開槽窗口，窗腹像無花果

在盛放的山楂花和草原景色之外

一個背部寬碩的人物，衣服是藍彩綠彩，

以一枝古笛叫五月著魔。

風拂的頭髮芬芳，棕色的頭髮嘴上拂，

紫髮和棕髮；

心不在焉，笛子的樂聲，心神在第三梯級
停停踏踏，

消逝了，消逝；超越希望和絕望的力量啊

攀登著第三梯級上踏。

　　（《聖灰星期三》，一〇七——一六行）

Where shall the word be found, where will the word

Resound? Not here, there is not enough silence

Not on the sea or on the islands, not

On the mainland, in the desert or the rain land,

For those who walk in darkness

Both in the day time and in the night time

The right time and the right place are not here

No place of grace for those who avoid the face
No time to rejoice for those who walk among noise and
　　　deny the voice
　　　("Ash-Wednesday", ll. 159-67)

言詞將在哪裏臨降，言詞將在哪裏
鳴響？不在這裏，這裏沒有充分的寂靜
不在海上也不在島上，不在
大陸區域，不在沙漠地帶或非洲雨域，
對於那些在黑暗中前行的眾人
不管在白晝時間還是黑夜時間
適切時間和適切地點都不在這裏
躲避宓顏的眾人沒有地點賜他們禧典
在喧闐中間前進而不認洪音的眾人無從同欣
　　　（《聖灰星期三》，一五九—六七行）

除了這兩節，本書還有不少要譯者動腦筋的例子；在篇幅有限的序言裏就不再贅述了。

十八年前，我在《神曲》漢譯的《譯者序》裏說過：

　　　一九七七年夏天，乘火車首次越過南嶺到中國大陸各省旅行。最辛苦的經歷，全發生在最初的一段時間：從廣州到杭州，從上海到北京，從鄭州到西安，都在硬座和硬臥車廂中修煉正果，在接近四十度的高溫中受炙熬；尤有甚者，是以自苦為極：旅程中不管是晝是夜，一律像百眼巨怪阿爾戈斯 (Ἄργος, Argos) 那樣，拒絕睡眠。旅程的最後階段，是從南京乘軟臥列車南下無錫，悠然滑行在江南的涼風中。經過挫骨勞筋的大苦之後，這段旅程的輕鬆、舒服竟無與倫比，叫我覺得，在地球上馳行的交通工具之中，沒有一種比得上江南的火車。

　　十八年的漢譯工作結束；此後，我的翻譯旅程，應該是南京到無錫的涼風了吧？

正如上文所說，《神曲》漢譯出版後，我譯了莎士比亞的《哈姆雷特》。譯莎翁劇作的經驗，雖然與一九七七年乘軟臥列車從南京往無錫有別，因為翻譯《哈姆雷特》也要應付各種挑戰；不過翻譯工作結束時的確覺得，翻譯《哈姆雷特》比翻譯《神曲》容易。那麼，《神曲》漢譯出版後十八年，對艾略特作品的翻譯工作又有甚麼感想呢？譯艾略特作品，雖然有《聖灰星期三》一類文字向譯筆挑戰；但與《神曲》的翻譯工作比較，仍然像乘坐軟臥列車在江南的涼風中滑行；也就是說，容易多了。

　　但丁、莎士比亞、米爾頓遠比艾略特博大，也遠比艾略特精深。可是，若論晦澀、難懂的程度，三位大詩人都無從望艾略特的項背。過去幾十年接觸過的中外詩人中，沒有一位會像艾略特那樣，以極度晦澀、極度難懂的文字苦讀者、論者的心志，甚至折磨讀者、論者。──荷馬不會，維吉爾不會，歌德、屈原、李白、杜甫、蘇軾也不會。[4]

　　「心水清」的讀者可能再度忍不住要竊笑：「你不是『乘坐〔著〕軟臥列車在江南的涼風中滑行』嗎？怎麼剎那間就改口，說『艾略特〔……〕以極度晦澀、極度難懂的文字苦讀者、論者的心志，甚至折磨讀者、論者』？」

　　同樣笑得有理──在得知真相之前。

　　艾略特的詩，翻譯起來並不難。請看下列三節：

There I saw one I knew, and stopped him, crying: Stetson!

4　關於艾略特的晦澀、難懂，本譯者的《世紀詩人艾略特》一書有詳細論析，可參看。

'You who were with me in the ships at Mylae!

'That corpse you planted last year in your garden,

'Has it begun to sprout? Will it bloom this year?

'Or has the sudden frost disturbed its bed?

'O keep the Dog far hence, that's friend to men,

'Or with his nails he'll dig it up again!

'You! hypocrite lecteur!—mon semblable,—mon frère!'

    (*The Waste Land*, ll. 69-76)

Lady, three white leopards sat under a juniper-tree

In the cool of the day, having fed to satiety

On my legs my heart my liver and that which had been

    contained

In the hollow round of my skull. And God said

Shall these bones live? shall these

Bones live?

    ("Ash-Wednesday", ll. 42-47)

Garlic and sapphires in the mud

Clot the bedded axle-tree.

The trilling wire in the blood

Sings below inveterate scars

Appeasing long-forgotten wars.

The dance along the artery

The circulation of the lymph

Are figured in the drift of stars

Ascend to summer in the tree

We move above the moving tree

In light upon the figured leaf

And hear upon the sodden floor

Below, the boarhound and the boar

Pursue their pattern as before

But reconciled among the stars.

(Four Quartets: "Burnt Norton", ll. 49-63)

全按艾略特一輩子緊守的詩觀、詩法[5]寫成：想盡一切方法，把詞語搭配得匪夷所思；想盡一切方法，叫讀者驚詫、駭愕；詞與詞之間，詞組與詞組之間，詩行與詩行、詩節與詩節之間，全部要互不連屬，各自為政。[6]

　　譯這樣的作品難嗎？不難。譯者只要當忠實的「傳聲筒」，把匪夷所思的詞語搭配和互不連屬、各自為政的詞語、詞組、詩行、詩節轉換成另一種語言，就大功告成了，一如把液體從一個圓形容器倒進一個方形容器那樣：

　　　　那裏，我看見一個相識，就把他叫停，喊道：「斯泰森！

　　　　「是你，在邁利的艦隊中跟我一起！

　　　　「去年，你在你花園裏栽的屍體，

　　　　「開始發芽了沒有？今年會不會開花？

---

5 儘管這詩觀、詩法，有的論者稱為伎倆，稱為「把戲」（"tricks"）。早在一九一九年，《泰晤士報文學副刊》就有論者說："Mr. Eliot, like Browning, likes to display out-of-the-way learning, he likes to surprise you by every trick he can think of."（「像布朗寧一樣，艾略特先生喜歡陳列偏僻的學問，喜歡用他想得出的每一樣把戲出你意表。」）參看《世紀詩人艾略特》一書第十三章。

6 艾略特的詩行、詩節互不連屬，各自為政，有時並不是因為作者故意胡搞，而是因為他的作品（包括他的名作）往往由互不連屬、各自為政的零碎片段或獨立散篇拼湊而成。用這種「詩法」「寫」成的作品，怎能不晦澀、不割裂？關於艾略特作品（包括《J‧阿爾弗雷德‧普魯弗洛克的戀歌》、《荒原》、《聖灰星期三》、《四重奏四首》）的成詩經過，《世紀詩人艾略特》一書有詳細論述。

「還是突降的寒霜騷擾了它的苗圃？

「噢，叫那隻狗遠離這裏（他是人類的朋友）；

「不然，他會用指爪把屍體再度掘起來！

「你呀，hypocrite lecteur!—mon semblable,—mon frère!」[7]

　　　　（《荒原》，六十九—七十六行）

娘娘啊，三隻白豹坐在一棵檜樹下

在白天陰涼的時辰，而且吃了個飽

吃我的雙腳心臟肝臟，還吃藏在我顱骨中

圓形空穴的東西。於是，神說

這些骨頭該活下去嗎？這些

骨頭該活下去嗎？

　　　　（《聖灰星期三》，四十二—四十七行）

泥濘中的大蒜和藍寶石

把被嵌的輪軸涸住。

血中顫動的弦線

在根深柢固的疤痕下唱歌，

安撫遺忘已久的戰爭。

沿動脈進行的舞蹈

淋巴液的循環

繪在眾星的漂移中，

升向樹中的夏天。

我們移動，凌越移動的樹，

在圖葉之上的光中；

同時聽到下面地板滲漉，

7　艾略特在原詩的英文語境中嵌入法文，是故意為之；為了傳遞相應的效果，
　　譯者也要在中文的語境中嵌入法文；因此詩中的法文沒有譯成中文。法文句
　　子的意思，參看《荒原》的有關註釋。

其上有獵犬和野豬

追逐它們的秩序，一如往古，

最後卻在星際調和。

（《四重奏四首‧焚毀的諾頓》，四十九—六十三行）

　　問題當然不是這麼簡單。不錯，翻譯上引的三節文字不難：
英語讀者認得出原文的每一字（一時認不出，翻查字典後就認得
出了）；漢語讀者也認得出漢譯的每一字。可是，英語和漢語讀
者知道艾略特說甚麼嗎？讀了上引三節，他們也許會產生某種反
應（任何文字都可以叫讀者產生反應）；但肯定不能像他們讀
《伊利昂紀》、《神曲》、《哈姆雷特》、《失樂園》、《秋
興》八首那樣，讀後有淪肌浹髓的感覺；讀後見眾星各就其位，
發出璀璨的光輝。讀了上引三節，他們卻會摸不著頭腦。有誰不
同意我的說法，先請他告訴讀者：「泥濘中的大蒜和藍寶石／把
被嵌的輪軸涸住。／血中顫動的弦線／在根深柢固的疤痕下唱
歌，／安撫遺忘已久的戰爭」是甚麼意思；然後請他翻遍但丁和
莎士比亞的全集，看看他能否找到類似的謎語。

　　由於這緣故，譯完艾略特的詩作，就必須詳加註釋。《神
曲》和《哈姆雷特》漢譯，有詳細的註釋當然最好；即使沒有註
釋，讀者／觀者的閱讀或欣賞過程也不會受到太大的影響，甚至
一點影響也沒有。到劇院看莎劇的觀眾，連一行註釋都沒有，但
觀劇過程中不會遭遇障礙。《神曲》漢譯的讀者，即使完全不看
註釋，只看作品本身，也肯定大有所獲。看艾略特的詩作而沒有
詳細註釋，讀者會舉步維艱。正因為如此，本選集的註釋就特別
重要了。譯其他現代詩人（如葉慈）的作品，我也會加註，給讀
者一點點的方便；但即使不加註，讀者也不致寸步難行。[8]

8　艾略特的作品，叫人聯想到一匹四處亂竄的野馬：即使有鞍鐙也不好騎；沒
　　有鞍鐙，騎者更往往會摔個倒栽蔥。不過，在這裏必須「聲明」，由於艾略

艾略特寫了幾十年詩，產量並不算豐碩，因此選詩的工作十分順利，也是「乘坐軟臥列車在江南的涼風中滑行」。他的名篇（如《J·阿爾弗雷德·普魯弗洛克的戀歌》、《一位女士的畫像》、《前奏曲》、《小老頭》、《荒原》、《空心人》、《聖灰星期三》、《三王來朝》、《四重奏四首》），《艾略特詩選》全部收錄了。讀者看了選集，再看《世紀詩人艾略特》，對叱咤世界詩壇達一百年之久的風雲人物，就認識得差不多了。

二〇二一年十二月十七日　於多倫多

特是譯者幾十年來接觸過的中外詩人中最晦澀的一位——是晦澀之最，詩選中的註釋也未必是「芝麻開門」。（這一「免責條款」，註《神曲》或《哈姆雷特》時沒有添加的必要。）

＊ 編按：本書標點符號使用依譯者慣用體例，例：中文篇名皆用《》表示。

譯本說明

一　《艾略特詩選》，譯自T. S. Eliot英文原著*Collected Poems: 1909-1962* (London: Faber and Faber Limited, 1963)。

二　註釋先引漢譯，然後以括號列出有關原文，並附原文行碼。艾略特的詩作，除《荒原》(*The Waste Land*) 外，都不附行碼。《荒原》原詩的行碼有舛訛時，註釋會有說明。

三　書中註釋，英文以外的外文引文，一般均附本譯者的漢譯；英文引文則視需要而附加漢譯。比如說，討論英文的節奏、句法、韻律、詞源、發音時，漢譯的用處不大，甚至毫無用處，一般不附漢譯。註釋直接或間接徵引自某一作者的著作時，作者名字以原文列出後，不再附加漢譯，如：「參看Southam, 123」，指「Southam, *A Guide to the Selected Poems of T. S. Eliot*, 頁123」。為避免重複，註釋中除個別例外，一般只列作者之姓，詳細書名見《參考書目》。

四　艾略特詩集與荷馬、維吉爾、但丁、莎士比亞、米爾頓、歌德、葉慈等詩人的詩集有一大分別：即使在同一首詩中，標點符號的用法（無論是用或不用）都沒有統一的準則，有時甚至前後矛盾。由於這緣故，譯本有適當調整，調整時以漢譯的詩義為依歸。具體例子，可參看部分詩作的註釋。

五　註釋採用論者或其他註釋者的論點或意見時，有時是直接徵引，有時是撮譯或撮述。

六　註釋過程中，參考了不少網頁，其中以《維基百科》

(*Wikipedia*) 給本譯者的幫助最大。在互聯網時代,昔日的紙印本《大英百科全書》和《大美百科全書》幾乎已遭淘汰。與互聯網無限的空間／篇幅比較,這兩部著名的紙印本百科全書的容量變得微不足道。在此要向本譯者參考過的所有網頁致謝。

七　引自互聯網的資料,沒有頁碼,只能附錄網頁名稱和登入時間。

八　由於本書在中文語境引用了大量外語,標點符號系統會視需要按有關外語的標點符號系統調整。

艾略特年表[1]

一八八八年　九月二十六日，托馬斯・斯特恩斯・艾略特 (Thomas Stearns Eliot, 1888-1965)，生於美國密蘇里州聖路易斯市 (St. Louis)，家中排行最小；父親亨利・韋爾・艾略特 (Henry Ware Eliot)，母親夏洛蒂・恰姆普・斯特恩斯 (Charlotte Champe Stearns)。艾略特家族為英格蘭裔；先祖安德魯・艾略特 (Andrew Eliot) 於十七世紀中葉從英國薩默塞特郡 (Somerset) 東科克 (East Coker) 移居美國麻薩諸塞州 (Massachusetts)。安德魯・艾略特移居美國後，開枝散葉，成為顯赫的艾略特家族，傑出成員除了詩人艾略特之外，還包括哈佛大學校長查爾斯・威廉・艾略特 (Charles William Eliot)、美國大律師協會主席愛德華・克蘭治・艾略特 (Edward Cranch Eliot)、聖路易斯市科學院主席亨利・韋爾・艾略特、作家、教育家、哲學家、昆蟲學家艾妲・M・艾略特

1　此年表主要根據B. C. Southam, *A Guide to the Selected Poems of T. S. Eliot*, xiii-xv, "Biographical Table" 編譯；編譯時有所補充。要深入了解艾略特的生平、事蹟，可參看Peter Ackroyd, *T. S. Eliot* (London: Hamilton, 1984)。"Eliot" 一姓，又譯「埃利奧特」或「艾利奧特」，不過漢譯「艾略特」已因鼎鼎大名的詩人成俗，年表中的 "Eliot"（包括詩人的祖先之姓）一律譯「艾略特」。詩人家族以外的 "Eliots"，自然可譯「埃利奧特」或「艾利奧特」。

(Ida M. Eliot)、美國國會眾議院議員、波士頓市長薩繆爾‧艾特金斯‧艾略特 (Samuel Atkins Eliot)、聖路易斯市華盛頓大學創辦人之一兼該校第三任校長威廉‧格林利夫‧艾略特 (William Greenleaf Eliot) 等等。[2]

一八九八年　至一九〇五年，在聖路易斯市史密斯學院 (Smith Academy) 就讀，在校刊《史密斯學院記錄》(*Smith Academy Record*) 發表詩文。

一九〇五年　轉往麻薩諸塞州米爾頓學院 (Milton Academy) 就讀。

一九〇六年　至一九一四年，在哈佛大學先後修讀本科和研究院課程，任哲學課程助教。在哈佛期間，曾任學生雜誌《哈佛之聲》(*The Harvard Advocate*) 編輯；一九〇七年至一九一〇年在該雜誌發表詩作。

一九〇九年　至一九一一年，艾略特完成下列作品：《前奏曲》("Preludes")、《一位女士的畫像》("Portrait of a Lady")、《J‧阿爾弗雷德‧普魯弗洛克的戀歌》("The Love Song of J. Alfred Prufrock")、《颶風夜狂想曲》("Rhapsody on a Windy Night")。

一九一〇年　秋季，往巴黎；途中在倫敦逗留。到巴黎後，在索邦 (Sorbonne) 修讀法國文學和哲學課程。當時，柏格森 (Henri-Louis Bergson, 1859-1941) 每周在法蘭西學院 (Collège de France) 講課，艾略特是學生之一。在宿舍認識尚‧維登納爾 (Jean Verdenal, 1889/1890-1915)；後來把詩集《普魯弗洛克及其他觀察》

2　參看*Wikipedia*, "Eliot family (America)" 條（多倫多時間二〇二一年二月五日下午十二時四十分登入）。

(*Prufrock and Other Observations*) 獻給他。在法國期間，艾略特幾乎視自己為法國人，以法文寫詩，曾一度考慮定居法國。

一九一一年　　四月，再往倫敦；七月至八月期間遊德國慕尼黑和意大利北部；十月返回哈佛。

一九一四年　　六月，再往歐洲，準備到德國馬爾堡 (Marburg) 大學城修讀夏季課程；由於歐洲戰雲密佈而取消計劃，返回英國；九月十二日探訪美國詩人艾茲拉·龐德 (Ezra Pound, 1885-1972)。一九〇九年，龐德探訪愛爾蘭詩人威廉·巴特勒·葉慈 (William Butler Yeats, 1865-1939)；此後直至一九一六年，名義上是葉慈的秘書。龐德當時認為，葉慈是「唯一值得認真研究的詩人」("the only poet worthy of serious study")。艾略特和龐德見面後，獲龐德器重，並由龐德把他向葉慈引薦。十月，到牛津大學默頓學院 (Merton College)，完成討論布雷德利 (Francis Herbert Bradley, 1846-1924) 哲學的博士論文。由於大戰緣故，未能返哈佛大學就博士論文答辯，結果沒有取得博士學位。博士論文於一九六四年由費伯與費伯 (Faber and Faber) 出版社出版，書名《F·H·布雷德利哲學中的知識與經驗》(*Knowledge and Experience in the Philosophy of F. H. Bradley*)。

一九一五年　　六月，與維維恩·海—伍德 (Vivien (也拼 "Vivienne") Haigh-Wood, 1888-1947) 結婚；同年秋季學期在海·維科姆文法學校 (High Wycombe Grammar School) 任教。

一九一六年　　在海蓋特學校 (Highgate School) 任教四個學期。

一九一七年　　成為倫敦市勞埃德銀行 (Lloyds Bank) 僱員，任職時間長達八年；同年，第一本詩集《普魯弗洛克及其他觀察》出版；出任倫敦文學雜誌《自我主義者》(*The Egoist*) 助理編輯，直到一九一九年。

一九一九年　第二本詩集《詩歌集》(*Poems*) 自費出版。

一九二〇年　第三本詩集《謹向閣下懇祈》(*Ara Vos Prec*) 在倫敦出版（紐約版書名《詩歌集》(*Poems*)）。[3]

一九二二年　《荒原》在倫敦發表於《標準》(*Criterion*) 雜誌十月號，在紐約發表於《日晷》(*The Dial*) 雜誌十一月號（雜誌約於十月二十日出版）；單行本於一九二二年在紐約由波尼與利弗萊特 (Boni and Liveright) 出版社出版，印數一千冊；一九二三年重印，印數一千冊。《標準》為文學雜誌，由艾略特創辦，並擔任編輯，直到一九三九年。

一九二三年　《荒原》在倫敦由侯加斯出版社 (Hogarth Press) 出版，印數四百六十冊。

一九二五年　出任出版社 (日後稱為Faber and Faber) 總裁。《詩集——一九〇九—一九二五》(*Poems: 1909-1925*) 在倫敦和紐約出版。

一九二七年　六月，領洗，歸信英國國教 (Church of England)。

一九二八年　出版《獻給蘭斯洛特·安德魯斯——風格與秩序論文集》(*For Lancelot Andrewes: Essays on Style and Order*)；自稱「文學上是古典主義者，政治上是保皇派，宗教上是聖公會（又稱「英國國教派」）教徒」("a 'classicist in literature, royalist in politics, and

---

3　"Ara Vos Prec" 是普羅旺斯詩人阿諾·丹尼爾在《神曲·煉獄篇》第二十六章對但丁所說的話。原文為普羅旺斯語。參看但丁著，黃國彬譯註，《神曲·煉獄篇》（台北：九歌出版社，二〇一八年二月，訂正版六印），頁四一〇。

Anglo-Catholic in religion'") (*For Lancelot Andrewes*, ix)。

一九三〇年　《聖灰星期三》(*Ash Wednesday*) 在倫敦和紐約出版。

一九三二年　九月，出任哈佛大學查爾斯・艾略特・諾頓講座教授；講稿於一九三三年出版，書名《詩的功用和文學批評的功用》(*The Use of Poetry and the Use of Criticism*)。

一九三三年　七月，返回倫敦；與維維恩分居。

一九三四年　《追求怪力亂神——現代異端淺說》(*After Strange Gods: A Primer of Modern Heresy*) 出版。

一九三四年　歷史劇《磐石》(*The Rock*) 出版；由馬丁・碩 (Martin Shaw) 作曲；據艾略特自述，文本則出艾略特、導演馬丁・布朗 (E. Martin Brown)、R・韋布一奧德爾 (R. Webb-Odell) 合撰。《磐石》於一九三四年五月二十八日在倫敦薩德勒韋爾斯劇院 (Sadler's Wells Theatre) 首演；合誦 (chorus) 部分收錄於《艾略特詩集—— 一九〇九一一九六二》(*Collected Poems: 1909-1962*)。

一九三五年　《大教堂謀殺案》(*Murder in the Cathedral*) 出版。

一九三九年　劇作《家庭團聚》(*The Family Reunion*) 和《老負鼠實用貓冊》(*Old Possum's Book of Practical Cats*) 出版。

一九四三年　《四重奏四首》(*Four Quartets*) 在紐約出版。四首作品曾獨立發表；發表年份如下：一九三六年：《焚毀的諾頓》("Burnt Norton")，一九四〇年：《東科克》("East Coker")，一九四一年：《三野礁》("The Dry Salvages")，一九四二年：《小格丁》("Little Gidding")。

一九四四年　《四重奏四首》在倫敦出版。

一九四八年　獲頒諾貝爾文學獎；獲頒功績勛銜 (Order of Merit)。

一九五〇年　劇作《雞尾酒會》(*The Cocktail Party*) 出版。

一九五四年　劇作《機要文員》(*The Confidential Clerk*) 出版。

一九五七年　與秘書維樂麗・弗雷徹 (Valerie Fletcher) 結婚。

一九五九年　劇作《政界元老》(*The Elder Statesman*) 出版。

一九六五年　一月四日，卒於倫敦。

空心人

1925

庫茲先生——他死了。[1]

空心人 [2]

給老蓋伊一便士好嗎？[3]

一

我們是空心人
我們是稻草人
彼此相靠著
頭顱塞滿了稻草。[4] 唉！
我們一起竊竊私語時，[5]
我們的乾嗓子
寂靜且沒有意義
像乾草中的風
或像老鼠的腳在我們的
乾地窖裏竄過碎玻璃[6]

沒有形狀的樣貌，沒有顏色的陰影，
癱瘓的力量，沒有動作的手勢；[7]

那些目擊過程而跨進
死亡的另一王國的人
其記憶中的我們——如果其記憶真有我們的話——
並不是迷失的暴烈之魂，而只是
空心人
稻草人。[8]

二

我在夢中不敢正視的眼睛[9]
在死亡的夢境王國
這樣的眼睛不會出現：[10]
那裏，眼睛
是照落斷柱的陽光
那裏，一棵樹在擺動
而眾嗓之音
在風的歌唱中
比一顆星子淡出時的輝芒
還遙遠還莊嚴。[11]

在死亡的夢境王國
別讓我距離更近[12]
讓我也穿起
這類蓄意而穿的偽裝[13]
老鼠衣、烏鴉皮、交叉棒[14]
在一片野地上面
行動與風相仿
距離不會更近——

並非暮色王國中
那最後的相會[15]

三

這是死去的國度
這是仙人掌國度
這裏，豎起了

石頭偶像，這裏，他們接納
一個死人之手的懇求
在一顆淡出星子的閃爍下。[16]

在死亡的另一王國
情形是這樣嗎
我們在婉然
顫抖的時辰
單獨醒來
嘴唇本來要親吻
這時卻囁動著向斷石說禱詞[17]

四

那些眼睛不在這裏
這裏沒有眼睛
這瀕死星子的深谷
這空洞的深谷
我們湮沒的各個王國的這一斷顎[18]

在這裏，在最後的一個相會處
齊集在腫脹河流的沙灘上
我們一起摸索
並且避免說話[19]

沒有視覺──除非
那些眼睛再出現
像那顆永遠不滅的亮星
死亡的暮色王國中
那朵千瓣玫瑰

只是空無之人的
希望[20]

五

我們在此繞圈走，圍著仙人果
仙人果呀仙人果
我們在此繞圈走，圍著仙人果
早晨五點繞圈走。[21]

在意念[22]
與現實之間
在動
與行動之間
暗影下投[23]

因為國度是你的[24]

在構思
與創造之間
在情感
與回應之間
暗影下投

生命是十分漫長的[25]

在慾念
與抽搐之間[26]
在效力
與存在之間[27]
在本質
與降臨之間[28]

暗影下投

　　　　因為國度是你的

因為是你的[29]
生命是
因為國……是你的[30]

世界就這樣結束
世界就這樣結束
世界就這樣結束
不是隆然而是嚶然。[31]

註釋

1　**庫茲先生——他死了**：原文 *"Mistah Kurtz—he dead."* 這是
　　《空心人》(*The Hollow Men*) 扉頁部分的引言，見T. S. Eliot,
　　Collected Poems: 1909-1962, 87。引言出自康拉德 (Joseph
　　Conrad) 的《黑暗之心》(*Heart of Darkness*)。

2　**空心人**：原詩題目："The Hollow Men"。艾略特指出，題
　　目是把 "The Hollow Land"（威廉·莫里斯 (William Morris,
　　1834-1896)傳奇的書名）和 "The Broken Men"（吉卜齡
　　(Rudyard Kipling) 詩作的題目）合併而成。"hollow men" 一
　　語，也在莎士比亞劇作《尤利烏斯·凱撒》(*Julius Caesar*，
　　一譯《凱撒大帝》) 第四幕第二場布魯圖斯 (Brutus) 的對白中
　　出現：

　　But hollow men, like horses hot at hand,
　　Make gallant show and promise of their mettle;

But when they should endure the bloody spur,
They fall their crests, and, like deceitful jades,
Sink in the trial.

此外，《黑暗之心》也給了艾略特啟發。在該小說中，敘事者形容庫茲 (Kurtz) 為 "hollow sham"、"hollow at the core"，而「空心」這一主題也遍佈全詩。參看Southam, 207-208。此詩大約完成於一九二一年十一月，即艾略特整理《荒原》期間。當時，艾略特因精神崩潰，正在馬蓋特 (Margate) 療養。詩中的第十一、十二行 ("Shape without form, shade without colour, / Paralysed force, gesture without motion")，與艾略特當時所患的意志缺乏症 (aboulie) 病情吻合。自一九一七年起，艾略特常與詩人兼評論家赫爾伯特．里德 (Herbert Read) 討論自己的詩稿和校對稿，並徵求他的意見。日後，里德指出，艾略特的作品中，若論個人經歷的自剖程度，沒有一首比得上《空心人》。參看Southam, 208。有關此詩的創作時間、創作過程、創作方法，參看Southam, *A Guide to the Selected Poems of T. S. Eliot* 的附錄 (Appendix) (257-63)。Southam (261) 指出，遲至一九二五年十月，艾略特對《空心人》一詩仍欠缺信心，在信中對龐德說："Is it too bad to print? If not, can anything be done to it? Can it be cleaned up in any way?"（「此詩是否太差，不可以付梓？如非太差，有沒有挽救之方？其繁蕪到底能否清除？」）Southam 指出，註釋此詩時，沒有歷史事件和外語翻譯所引起的困難，但其用典方式隱晦；因此註釋時在某一程度上要靠個人揣度。不過，Southam又指出，此詩的典故，大致可分四大類：英國的炸藥陰謀 (Gunpowder Plot) 事件；莎士比亞劇作《尤利烏斯．凱撒》中凱撒遇刺事件；但丁的《神曲》三篇；康拉德的小說

《黑暗之心》。此外,羅伯特‧克羅弗德 (Robert Crawford) 認為,艾略特也採用了人類學有關非洲西部遊魂國度的傳說。詳細資料見Robert Crawford, *The Savage and the City in the Work of T. S. Eliot*。參看Southam, 202-207。

3　**給老蓋伊一便士好嗎?**:原文 *"A penny for the Old Guy"*。每年十一月五日,英國人以放煙火 (fireworks) 方式紀念蓋伊‧福克斯日 (Guy Fawkes Day)。小孩子為了買煙火,就會向人討錢,討錢時說:"A penny for the Guy?"(「給蓋伊一便士好嗎?」)艾略特的引言有 "Old" 字,是聽錯了英國小孩的話呢,還是故意加進去,則不得而知。參看Southam, 209。蓋伊‧福克斯日也叫「蓋伊‧福克斯之夜」(Guy Fawkes Night),源自英國天主教徒的炸藥陰謀事件。陰謀由羅伯特‧開斯比 (Robert Catesby, *c.* 1572-1605) 策劃,目的是炸死英王詹姆斯一世 (James I, 1566-1625) 和國會議員,推翻新教政府,代之以天主教領導。參與者準備於十一月五日國會舉行會議時舉事。在密謀過程中計劃外洩,一六〇五年十一月四日午夜左右,蓋伊‧福克斯 (Guy Fawkes) 被發現匿藏在國會上議院大樓的地下室,負責看守爆炸用的炸藥三十六桶(重兩噸)。福克斯被捕後,禁不住嚴刑拷問,供出了同伙的名字,結果未能逃出國外的參與者被處決。此後,每年十一月五日,英國人就焚燒福克斯的模擬像以紀念炸藥陰謀失敗。經過長時間演變,壞事變成了喜事,國人慶祝時大放煙火,昔日慘烈恐怖的情景已經淡出。開斯比策劃弒君陰謀,是因為其父拒絕皈依英國國教(新教)而被處決。福克斯參與其事,是因為他皈依天主教後,變成了狂熱分子。炸藥陰謀被揭發、參與者受審以至被處決期間,莎士比亞仍然在世,當時應有所聞。引言中的 "Guy" 一語雙關:既可解作「蓋伊」,也可解作「傢伙」。

4 　我們是空心人⋯⋯頭顱塞滿了稻草：原文 "We are the hollow men…Headpiece filled with straw" (1-4)。正如Southam 所說，"hollow men" 有各種出處；但是進入此詩後，就有了現代意義，描寫的是現代人。**頭顱**：headpiece，也可譯「帽子」、「頭盔」、「頭巾」；在這裏譯「頭顱」方能表現空心人的「空」。

5 　我們一起竊竊私語時：原文 "when / We whisper together" (5-6)。Southam (210) 把 "whisper" 一詞與《黑暗之心》聯繫在一起；不過即使沒有Southam提供的背景資料，讀者也可以從這行想到空心人缺乏活力，奄奄一息。

6 　像乾草中的風／或像老鼠的腳在我們的／乾地窖裏竄過碎玻璃：原文 "As wind in dry grass / Or rats' feet over broken glass / In our dry cellar" (8-10)。這三行的意象警策而詭異，把空心人的聲音藉聽覺 ("wind")、觸覺 ("dry cellar")、以至聽覺和觸覺的重疊 ("rats' feet over broken glass") 具體地傳遞給讀者。

7 　沒有形狀的樣貌，沒有顏色的陰影，／癱瘓的力量，沒有動作的手勢：原文 "Shape without form, shade without colour, / Paralysed force, gesture without motion" (11-12)。這兩行用排比、層遞、矛盾語 (paradox)描寫空心人的虛幻，比第八至十行還要詭異，表達了難以捕捉的意念和感覺。

8 　那些目擊過程而跨進⋯⋯稻草人：原文 "Those who have crossed…The stuffed men." (13-18)。空心人在揣度自己的處境：從死亡的此世越過邊境進入彼世，並且目擊整個過程的人，大概不記得我們了；即使記得，他們記憶中的我們，也不是暴烈的亡魂。也就是說，空心人是沒有行動、不能行動的人。在但丁的《神曲》中，這種人至為可哀。

9 　我在夢中不敢正視的眼睛：原文 "Eyes I dare not meet in

dreams" (19)。在《神曲》中，貝緹麗彩告訴但丁，她在但丁的夢中找他，喚他返回正道。Southam (211) 認為這行與《神曲》有關；同時指出，《神曲》和《黑暗之心》裏，都有不可正視的眼睛。不過眼睛在這裏究竟是虛指還是實指，是不是象徵，是象徵又象徵甚麼，艾略特沒有提供足夠的線索讓讀者索驥，各種意見也只能視為猜測。各論者的各種猜測一旦能自圓其說，就誰也不能證明誰對誰錯了。這類情形，在荷馬、維吉爾、但丁、莎士比亞、米爾頓、李白、杜甫的作品也會出現，但出現的頻率要低得多。

10 **在死亡的夢境王國／這樣的眼睛不會出現**：原文 "In death's dream kingdom / These do not appear" (20-21)。第十九行的「眼睛」，在死亡的夢境王國不會出現；在死亡的夢境王國，出現的是第二十三—二十八行的景象 (Southam, 211)。有的論者猜測，「死亡的夢境王國」可能指天堂。不過眾論者的猜測彼此矛盾，都難以自圓其說。

11 **那裏，眼睛／是照落斷柱的陽光……比一顆星子淡出時的輝芒／還遙遠還莊嚴**：原文 "There, the eyes are / Sunlight on a broken column…More distant and more solemn / Than a fading star." (22-28)。這七行似乎是空心人的幻景中「死亡的另一王國」；細節似出自《煉獄篇》第二十七—二十九章所描寫的樂園。樂園裏，鳥兒和微風在樹叢中歌唱；歌唱中有頌讚，有光輝在樹枝下出現。星子（在這裏是「淡出」的「星子」）意象在《神曲》裏代表上帝或聖母瑪利亞 (Southam, 211)。Southam 在詮釋裏用了 "seems" ("this seems to be a vision of 'death's other kingdom'") 和 "seem" ("The details seem to originate in *Purgatorio* xxvii-xxix")，證明他不敢肯定自己的說法（詮釋艾略特的晦澀作品，也只能如此了）。**是照落斷柱的陽光**：原文 "Sunlight on a broken column" (23)。指墳場裏標誌早夭的紀念碑 (Southam, 212)。這一意象傳遞的是衰頹、荒涼的氣氛，與《空心人》主題配合。**在風的歌唱中：** 原文 "In the wind's singing" (26)。此行與二十四行（「那裏，一棵樹在擺動」("There, is a tree swinging")）押韻。艾略特喜歡在無韻的詩行中加入押韻的詩行，給讀者意外的驚喜，同時也加強押韻詩行的語義。二十三行的 "column" 和二十七行的 "solemn" 押韻，也有類似的效果。有的論者認為，「那裏」("There") 雖然出現兩次，但敘事者蓄意模稜，叫讀者不知道所指為何處。

12 **在死亡的夢境王國／別讓我距離更近**：原文 "Let me be no nearer / In death's dream kingdom" (29-30)。「別讓我距離」甚麼「更近」呢？艾略特沒有提供線索。有的論者猜測，敘事者可能不願意距離上述的「眼睛」("eyes") 更近。

13 **讓我也穿起／這類蓄意而穿的偽裝**：原文 "Let me also wear / Such deliberate disguises" (31-32)。在《黑暗之心》裏，「偽裝」是重要意念。如何偽裝，三十三―三十四行有交代 (Southam, 212)。

14 **老鼠衣、烏鴉皮、交叉棒**：原文 "Rat's coat, crowskin, crossed staves" (33)。Southam (212) 指出，在《金枝》裏，弗雷塞描寫農夫舉行禳蟲儀式時會穿上動物皮，以稻稈或麥稈編紮神像（稻草人的起源）；哪些害蟲或鳥兒傷害農作物，就摹製其形象懸掛起來，用來嚇走同類。此行的意象，也可能來自傑茜・韋斯頓的《從宗教儀式到傳奇》(*From Ritual to Romance*)。該書第九十二至九十五頁提到莫里斯舞 (Morris Dance) 中的棍棒。跳莫里斯舞的角色，包括小丑。小丑以動物皮為衣，或以動物皮為帽。韋斯頓認為，莫里斯舞是化育禮儀的殘餘。"coat" 指動物的皮毛，因此 "Rat's coat" 可以引申為「老鼠衣」。這一譯法避免了「老鼠皮、烏鴉皮」中彆扭的重複。

15　並非暮色王國中／那最後的相會：原文 "Not that final meeting / In the twilight kingdom" (37-38)。這是關鍵的相會。至於誰與誰相會，何以相會，艾略特沒有提供線索，論者（如Southam, 210）的猜測也欠缺說服力。

16　這是死去的國度／這是仙人掌國度……在一顆淡出星子的閃爍下：原文 "This is the dead land / This is cactus land…Under the twinkle of a fading star." (39-44)。第三十九至四十四行所寫，是空心人的國度，乾旱、貧瘠、荒涼，並不美麗。Southam (213) 指出，這六行大概是《荒原》初稿的一部分，後來被刪去，放進《空心人》第三部分的開頭。在英文原文，這六行無論是用字或氣氛，都與全詩配合。可是中、英文化和傳統的差異，在這裏產生翻譯問題："cactus" 及其漢譯（「仙人掌」）在原文讀者和譯文讀者的聯想大相逕庭。"cactus" 和「仙人掌」所指是同一植物，但「仙人掌」一詞，叫讀者看見、想到「仙人」之「掌」，絕不像 "cactus" 那樣，叫原文讀者想到有刺而醜陋的植物；情形就像中國傳統中的「龍」和英國傳統中的 "dragon"：前者叫中國人想到「吉祥」、「尊貴」；後者叫英國人想到「邪惡」、「可怕」。由於文化上的差異，漢譯中的「仙人掌」就變成了「不和諧音」，扭曲了原詩傳遞的信息。面對這樣的困難，譯者會束手無策。

17　在死亡的另一王國……這時卻噏動著向斷石說禱詞：原文 "Is it like this…Form prayers to broken stone" (45-51)。這五行寫「死亡的另一王國」。

18　那些眼睛不在這裏……我們湮沒的各個王國的這一斷顎：原文 "The eyes are not here…This broken jaw of our lost kingdoms" (52-56)。這五行寫此國與彼國的對比，同時也寫敘事者和其他空心人渴念彼國。眼睛大概象徵啟迪、智慧，甚至神聰、聖鑒，是正面意象；「瀕死星子的深谷」、「空洞的深谷」、「湮沒的各個王國」、「斷顎」是負面意象，寫的是敘事者置身之所。Southam (213) 徵引《黑暗之心》、《聖經》、《金枝》來解釋這幾行，說服力不強。艾略特沒有給讀者足夠的線索，讀者也不必語語落實；即使「落實」，也只會局限於猜測。

19 **在這裏，在最後的一個相會處……並且避免說話**：原文 "In this last of meeting places... Gathered on this beach of the tumid river" (57-60)。這幾行寫空心人的苦況：他們聚集之地，是「腫脹河流的沙灘」，找不到方向，行動時要「摸索」，不敢藉言語彼此溝通（「避免說話」）。「腫脹河流」使人想到漳癘之地，也想到《神曲·地獄篇》第三章的冥河和準備渡河的亡魂。

20 **沒有視覺——除非／那些眼睛再出現……只是空無之人的／希望**：原文 "Sightless, unless / The eyes reappear / As the perpetual star / Multifoliate rose / Of death's twilight kingdom / The hope only / Of empty men." (61-67)。這七行的意思較清晰，寫眾空心人渴望另一國度。這一國度，與但丁《天堂篇》的天堂相仿，或乾脆是但丁所寫的天堂。在《神曲》的天堂裏，聖母瑪利亞與諸聖、諸福靈坐在「千瓣玫瑰」（"Multifoliate rose"）上。「永遠不滅的亮星」是眾空心人在「死亡的暮色王國中」渴望的「千瓣玫瑰」。原文 "The eyes reappear / As the perpetual star" 可以有兩種解法：眼睛以亮星的形式出現（也就是說，眼睛化為亮星出現）；眼睛像亮星那樣出現。如果是第一種解釋，英語的說法是："The eyes reappear in the form of a perpetual star"。如果是第二種解釋，英語的說法是："The eyes reappear as a / the perpetual star

appears"。Southam (214-15) 對六十三—六十四行的詮釋中肯，值得引述："in the *Paradiso* xxx, the rose is Dante's vision of the highest level of Heaven, in which Mary and the saints form the many petals (Italian 'foglia' is petal). In xxxi, the 'single star' is Dante's vision of God. In xxxii and elsewhere, the 'rose' is Dante's vision of Mary. Eliot is not trying to establish an exact correspondence; but the general terms of reference are clear."

21　**我們在此繞圈走，圍著仙人果……早晨五點繞圈走**：原文 "*Here we go round the prickly pear / Prickly pear prickly pear / Here we go round the prickly pear / At five o'clock in the morning.*" (68-71)。這四行戲擬兒童的歌唱遊戲，在祈求豐饒的儀式中一邊跳舞，一邊歌唱："Here we go round the mulberry bush, / The mulberry bush, the mulberry bush, / Here we go round the mulberry bush / On a cold and frosty morning."（「我們在此繞圈走，圍著桑樹叢，／桑樹叢啊桑樹叢，／我們在此繞圈走，圍著桑樹叢，／霜冷早晨繞桑走。」）參看Southam, 215。"prickly pear"，又稱 "nopal"，Opuntia屬，Cataceae科，是一種仙人掌（漢譯「仙人果」或「刺梨仙人掌」），其莖相連，果實橢圓形，有刺，可食，種子可以製油。「早晨五點」是傳統中基督復活的時間。

22　**在意念／與現實之間……暗影下投**：原文 "Between the idea / And the reality /…Falls the Shadow" (72-90)。Southam (215-16) 指出，這節題意的出處有二。莎士比亞《尤利烏斯‧凱撒》第二幕第一場布魯圖斯 (Brutus) 的話是其一：

Between the acting of a dreadful thing
And the first motion, all the interim is
Like a phantasma, or a hideous dream:

The genius and the mortal instruments

Are then in council; and the state of man,

Like to a little kingdom, suffers then

The nature of an insurrection.

法國詩人梵樂希 (Ambroise Paul Toussaint Jules Valéry, 1871-
1945) 的詩作《瀕海墳場》("Le Cimetière marin") 中 "Entre le
vide et l'èvènement pur"（「空無與純事件之間」）一語是其
二。第五部分的重點三節，文字的結構和節奏的強調都與梵
樂希的詩相近。

23　**暗影下投**：原文 "Falls the Shadow" (76)。此行脫胎自厄內
斯特・道森 (Ernest Dowson, 1867-1900) 的 "Non sum qualis
eram"（《無復舊我》）一詩。該詩有 "Then fell thy shadow"
和 "Then falls thy shadow" 之語。在《黑暗之心》裏，暗影
(shadows) 一再出現，無論是直指或比喻，都有象徵意義。參
看Southam, 216。

24　**因為國度是你的**：原文 *"For Thine is the Kingdom"* (77)。原文
出自 "The Lord's Prayer"（《主禱文》）："Our Father, who
art in heaven, hallowed be thy Name. Thy kingdom come. Thy
will be done, on earth as it is in heaven. Give us this day our daily
bread. And forgive us our trespasses, as we forgive those who
trespass against us. And lead us not into temptation, but deliver us
from evil. For thine is the kingdom, and the power, and the glory,
for ever and ever. Amen."（「我們在天上的父，願人都尊你
的名為聖。願你的國降臨，願你的旨意行在地上，如同行在
天上。我們日用的飲食，今日賜給我們。免我們的債，如同
我們免了人的債。不叫我們遇見試探，救我們脫離兇惡。因
為國度、權柄、榮耀全是你的，直到永遠。阿們。」）《主

禱文》源出《馬太福音》第六章第九—十三節和《路加福音》第十一章第二—四節。（《馬太福音》和《路加福音》的文字略有出入。這裏的引文以《馬太福音》為準。）「因為國度是你的」的用詞，最初見於在《舊約·歷代志上》第二十九章第十一節；"for all that is in the heaven and in the earth is thine"（「凡天上地下的都是你的，／國度也是你的」）；第十五節則有："our days on the earth are as a shadow"（「我們在世的日子如影兒」）一語。

25　**生命是十分漫長的**：原文 *"Life is very long"* (83)。出自康拉德一八九六年出版的《諸島浪人》(*An Outcast of the Islands*)。艾略特以斜體排印這句，表示他要讀者視之為引語（一如第七十七和九十一行）。參看Southam, 217。原文本可譯得簡潔些（如「生命十分長」或「生命長得很」），但為了照顧第九十三行 ("Life is")，只好棄簡就繁。

26　**在慾念／與抽搐之間**：原文 "Between the desire / And the spasm" (84-85)。這兩行有強烈的性暗示——甚至可以說「直指」，而非暗示，指性欲勃發與高潮之間。在性欲勃發與高潮之間有暗影投下，表示空心人在性關係中不能圓房 (consummation)。

27　**在效力／與存在之間**：原文 "Between the potency / And the existence" (86-87)。根據亞里士多德哲學，物質藉形態存在方有效力。參看Southam, 217。這兩行指潛在力量無從體現。

28　**在本質／與降臨之間**：原文 "Between the essence / And the descent" (88-89)。根據柏拉圖哲學，本質是不可理解的；降落現實，由處於低一層次的物質表達，才可理解。參看Southam, 217。這兩行也可用基督教教義詮釋：聖子披上血肉體，才能為凡人感知。七十二—七十三、七十四—七十五、七十八—七十九、八十一—八十一、八十四—八十五、八十六—八十七、八十八—八十九行全部回應六十六—六十七行的 "The hope only / Of empty men"（「只是空無之人的／希望」）。

29　**因為是你的**：原文 "For Thine is" (92)。此行以中斷的句子表現空心人沒有氣力或精神說下去。由於漢語和英語詞序有別，漢語不能說「因為你的是」，因此無從與 "For Thine is" 逐字對應。

30　**因為國……是你的**：原文 "For Thine is the" (94)。此行原文比第九十一行 ("For thine is") 多一個 "the"字；由於漢語和英語句法有別，漢譯只能勉強仿擬。

31　**世界就這樣結束／……不是隆然而是嚶然**：原文 *"This is the way the world ends /...Not with a bang but a whimper."* (95-98)。這四行是戲擬，是下列文字的合併：兒歌 "Here we go round the mulberry bush" – "This is the way we clap our hands"；《榮耀頌》("Gloria Patri") "world without end" 一語的竄改版。《榮耀頌》的英文版如下："Glory be to the Father, to the Son, and to the Holy Spirit, as it was in the beginning, is now, and ever shall be, world without end. Amen."（「但願榮耀歸於聖父、聖子、聖靈，始初如此，現今如此，後來亦如此，永無窮盡，阿們。」）漢語有多種譯本，除上引的聖公會黑皮《公禱書》譯本外，還有聖公會日常禮讚譯本、天主教舊譯兩版、新譯一版。新教的《榮耀頌》，天主教稱為《聖三光榮經》，與《天主經》、《聖母經》一樣，是常用祈禱經文之一。《榮耀頌》的拉丁文版為："Gloria Patri, et Filio, et Spiritui Sancto, / Sicut erat in principio, et nunc, et semper, et in saecula saeculorum. Amen." 參看 *Wikipedia*, "Gloria Patri" 條（多倫多時間二〇二〇年十月二十四日中午十二時登入）。
不是隆然而是嚶然：原文 "Not with a bang but a whimper"

(98)。"Not with a bang" 可能受喬治・桑塔亞那 (George Santayana, 1863-1952)《三位哲學詩人》(*Three Philosophical Poets*) (1910) 一書有關但丁部分的影響。該部分有下列一句："it all ends, not with a bang, not with some casual incident, but in sustained reflection…" 艾略特在哈佛唸書時,是桑塔亞那的學生。桑塔亞那是哲學家、散文家、詩人、小說家,曾在哈佛講授但丁課程;有名的高足除艾略特外,還有羅伯特・弗洛斯特 (Robert Frost)、格蒂露德・斯坦 (Gertrude Stein)、沃爾特・利普曼(Walter Lippmann)、賀勒斯・卡倫 (Horace Kallen)、W・E・B・杜布瓦 (W. E. B. Du Bois) 等。參看Southam, 217和*Wikipedia*, "George Santayana" 條(多倫多時間二○二○年十月二十四日下午十二時五十分登入)。

嚶然:原文 "whimper" (98)。艾略特可能受了吉卜齡的作品影響:吉卜齡的詩作《丹尼・狄弗》(Danny Deever) 有下列兩行:"'What's that that whimpers over'ead?' said Files-on-Parade, / 'It's Danny's soul that's passin' now,' the Colour-Sergeant said." 作品寫丹尼・狄弗謀殺了一位同袍,問吊時軍隊的士兵在旁觀看;上述兩行是旁觀者的對話。這首詩作,艾略特十歲時即能背誦;日後寫導論介紹一九四一年出版的《吉卜齡詩選》(*A Choice of Kipling's Verse*) 時引用過上述兩行,並且盛讚 "whimpers" 一詞用得「恰到好處」("exactly right")。參看Southam, 217。Southam (217-18) 認為,"whimpers" 一詞也可能受但丁《煉獄篇》第三十章和三十一章啟發;不過細讀該兩章後,讀者會發覺Southam的論點欠缺說服力。

聖灰星期三[1]

一

因為我不指望會再度回來[2]
因為我不指望
因為我不指望回來
渴求著這個人的稟賦、那個人的堂皇[3]
我不再努力去努力爭取這些東西
（年邁的老鷹何必展翼？）[4]
我何必哀憐
那常見王朝所失的王權？

因為我不指望再認識
積極時辰的飄搖榮耀
因為我不再思索
因為我認識到我不會認識
那力量——唯一名副其實的縹緲
因為我不能飲啜
於該處；那裏，群樹開花，眾泉奔流，因為那裏不會
　　再有甚麼

因為我知道時間始終是時間
地點始終是地點，也只是地點

實在也只能實在於一時之間
也只能實在給一個地點[5]
事物一如現狀，為此我感到欣喜
我揚棄受佑的容顏
也揚棄那聲音
因為我不能指望會再度回來
結果我歡欣，因為我要建立點甚麼
理據去歡欣[6]

並且向神祈禱，求他對我們垂憐[7]
我也祈禱，盼我能忘記
這些事情。這些事情，我跟自己有太多論辯
太多交代
因為我不指望會再度回來
讓這些話語解釋
我的行為；這行為，可一不可再
但願裁決對我們不會太苛嚴[8]

因為這些翅膀再不能飛翔於霄漢
只是一些虛翼，[9]用來拍打穹廬
那穹廬，此刻已變得極小極乾
其小其乾更甚於意志
請你教我們在乎又不在乎[10]
請你教我們靜坐守持。[11]

此刻，也在我們死亡的時辰，請你為我們這些罪人祈禱
此刻，也在我們死亡的時辰，請你為我們祈禱。[12]

娘娘啊，三隻白豹坐在一棵檜樹下[14]

在白天陰涼的時辰，而且吃了個飽

吃我的雙腳心臟肝臟，還吃藏在我顱骨中

圓形空穴的東西。於是，神說

這些骨頭該活下去嗎？這些

骨頭該活下去嗎？[15]那些裝在

骨頭裏面的東西（那些東西已經乾枯）嘮嘮鳴叫：[16]

看在這位娘娘的慈恩分上，

看在她的美善分上，而且，由於

她在默禱中尊崇童貞女，

我們乃得以燁燁發光。[17]而我，骨骸在這裏離散，

謹把我的功業付予遺忘，把我的愛意

付予沙漠的後代付予葫蘆的果實。[18]

把我的腸臟我雙眼的筋絡

和豹了消化不了而擯棄的殘餘部分

收復的，就是這付予行動。娘娘退下來了，

身穿白袍，開始瞻想，身穿白袍。

讓骨頭之白向遺忘贖罪。

骨頭裏沒有生命。一如我被遺忘，

且樂於被遺忘，我樂於遺忘，

遺忘時這樣誠心誠意，目標集中。於是，神說

把預言向風說吧，只向風說預言，因為只有

風會傾聽。[19]於是，骨頭嘮嘮歌唱[20]

以蚱蜢的重擔，[21]說

眾寂之娘娘[22]

安詳而又哀傷

遭到撕裂而又最完整

記憶之玫瑰[23]

遺忘之玫瑰

精疲力竭而又賜人生命

焦慮而又寧謐

單一的玫瑰

此刻就是那樂園

那裏，一切情愫告終[24]

結束因情愛不獲滿足

而受的折磨

結束情愛獲得滿足

而受到的更大折磨

終結那通向沒有終結的

無終無結的旅程

總結那總結

不了的一切總結

沒有言詞的話語

不屬於話語的言詞

慈恩屬於聖母

聖母屬於樂園

樂園裏，一切情愛告終。[25]

一棵檜樹下，骨頭四散，在唱歌發光

我們樂於四散，我們對彼此沒甚麼好處，[26]

在白晝陰涼時分，一棵樹下，蒙沙保佑，[27]

骨頭忘記了自我彼此，渾然相聯[28]

在沙漠的寂靜中。這就是你們

要拈鬮分給之地。分或者合

都不重要。這就是那片土地。我們繼承為業。[29]

三[30]

在第二梯級迴旋的第一重[31]
我轉身，看見下面
有同一形狀，扭曲在欄杆上
在水氣下腐臭的空氣中[32]
與梯級的魔鬼搏鬥，魔鬼戴著
希望和絕望的狡詐臉孔。[33]

在第二梯級迴旋的第二重
我讓那形狀和魔鬼在下面扭曲著，旋轉著；
這時候，再沒有臉孔，樓梯黑暗、
潮濕、參差不齊，像老人的口腔淌著口水，修復無從，
又像年邁鯊魚那尚有殘齦的齒槽一般。[34]

在第三梯級迴旋的第一重
是個開槽窗口，[35] 窗腹像無花果
在盛放的山楂花和草原景色之外
一個背部寬碩的人物，衣服是藍彩綠彩，
以一枝古笛叫五月著魔。
風拂的頭髮芬芳，棕色的頭髮嘴上拂，[36]
紫髮和棕髮；
心不在焉，笛了的樂聲，心神在第三梯級
　　停停踏踏，
消逝了，消逝；超越希望和絕望的力量啊
攀登著第三梯級上踏。

主哇，我不敢當
主哇，我不敢當
　　　　只要你說一句話。[37]

四[38]

是誰在紫衣和紫衣之間[39] 行走
是誰行走在那些
行列之間——各種綠衣組成的各種行列
前行間穿白穿藍——瑪利亞的顏色，[40]
說著無聊的瑣言
對無盡之苦一無所知而又知得透徹[41]
眾人前行間，是誰在中間同行
是誰呀，使湧泉康強，使流泉清鮮

身穿飛燕草之藍，瑪利亞衣裳之藍
使乾石清涼，使浮沙穩固，[42]
Sovegna vos[43]

這裏是年年歲歲，行走於其中，帶走了
小提琴和笛子，使得
一個人康復，那人在睡與醒之間的時辰前行，
　　穿著

捲起的白光；那白光圍著她裹成一束，捲起。
新的年年歲歲在行走，以眼淚的一朵亮雲
康復，年年歲歲，以新的詩歌
恢復古韻。收復
時間。[44] 戴著
寶石飾物的麒麟曳過鍍金的靈車時，
收復更高層次的夢中未經解讀的異象。[45]

默默無言的女子蒙著藍白面紗[46]
在紫杉之間，[47] 在花園神祇之後，[48]

神祇的笛子沒有氣息，女子垂首，打著手勢，
　　卻不發一言

但是，噴泉湧起，鳥兒向下面歌唱
收復那時間，收復那個夢
話語的標誌；那話語，不曾入耳，不曾言說

直到飄風把一千個耳語從紫杉搖落

一旦流亡期滿[49]

五

如果失去的言詞已經失去，耗完的言詞已經耗完
如果未聽過、未說過的
言詞未說過、未聽過；
則依然是未說過的言詞，[50] 是載道之詞未聽過，
載道之詞沒有言詞，載道之詞位於
世界之內，亦為世界而舒展；
光芒在黑暗中發光，
逆著載道之詞，尚未凝定的世界仍然
繞著寂然載道之詞的中心旋轉。[51]

　　我的百姓啊，我向你做了甚麼呢？[52]

言詞將在哪裏臨降，言詞將在哪裏
鳴響？不在這裏，這裏沒有充分的寂靜
不在海上也不在島上，不在
大陸區域，不在沙漠地帶或非洲雨域，[53]
對於那些在黑暗中前行的眾人
不管在白晝時間還是黑夜時間
適切時間和適切地點都不在這裏[54]
躲避忞顏的眾人沒有地點賜他們禧典[55]
在喧闐中間前進而不認洪音的眾人無從同欣[56]

蒙著面紗的姐妹將為下列大眾祈禱嗎？
走在黑暗裏面，向你皈依又與你對立的；
在季節與季節、時間與時間之間，在時辰與時辰、
言詞與言詞、權力與權力之間進退兩難的；還有
那些在黑暗中等待的。蒙著面紗的姐妹會禱告？
為門口的孩子們祈求？

他們不願向他處投靠又不能禱告；
禱告吧，為立心皈依又變心對立的眾民

　　我的百姓啊，我向你做了甚麼呢？

在纖長的紫杉之間蒙著面紗的姐妹
會為得罪她的眾人祈禱嗎？
那些人，不能歸順，極度驚畏，
不能在世人面前作證在岩石之間
否認——在最後的沙漠最後的藍岩之間
花園中的沙漠沙漠中的花園
乾旱的沙漠——從口中吐出乾癟的蘋果籽。

　　我的百姓啊。

六

雖然我不指望會再度回來
雖然我不指望
雖然我不指望回來

猶豫在利得和損失之間的處所
在這個短暫的過境處；[57] 這裏，眾夢越過
夢越的暮色，在誕生與死亡之間[58]
（神父，請降福我）雖然我不希望去希望這些東西[59]
從開向花崗岩海岸的寬窗[60]
白帆仍翩翩向大海向大海一直翩翩[61]
連續不斷的飄翼

同時，為失落的海嗓和失落的丁香
失落的心變得欣喜而堅強
柔弱的精神復活，為遭到拗彎的金杖[62]
和失落的大海氣息起義反抗
復活，去收復鵪鶉的鳴叫
和迴翔的千鳥
象牙門之間，瞎眼創造
空虛的形貌[63]
嗅覺叫沙質土的鹽味重振

這是死亡與誕生之間的緊張時辰
是閑靜之地，其中有三個夢相交於
藍色的岩石之間
但是，由紫杉搖落的聲音飄走時
讓另一棵紫杉接受搖撼並答覆[64]
受佑的姐妹、神聖的母親、泉源的魂魄、花園的魂魄呀，

別讓我們以假象自我譏嘲

教我們在乎又不在乎

教我們靜坐守持

即使置身於這些岩石間，

我們的安寧寓於他的意志[65]

是的，即使置身於這些岩石間

姐妹、母親

河流的魂魄、大海的魂魄呀[66]

別讓我遭到分離[67]

容我的呼求達到你面前。[68]

註釋

1　《聖灰星期三》：原詩題目*Ash-Wednesday*。Ash Wednesday，
一般沒有連字符 (hyphen)。此詩第一版有 "To My Wife"
(指Vivien Eliot) 的獻詞。當時，是二人分居（一九二六—
一九二八年）後復合。在一九三六年版的*Collected Poems
1909-1935*，艾略特刪去了獻詞。艾略特說過，詩可以寫凡人
覓神的經驗。《聖灰星期三》所寫，就是這類題材。

　　《聖灰星期三》共有六部分，於一九三〇年初版；不
過出版前，其中三部分曾獨立發表，各自成詩。第二部分
於一九二七年發表於《星期六文學評論》(*Saturday Review
of Literature*)，題為《招呼》("Salutation")；第一部分於
一九二八年春季發表於《交流》(*Commerce*) 雜誌，題為《因
為我不指望》("Perch'io Non Spero")；第三部分於一九二九
年秋季發表於《交流》雜誌，題為《梯頂》("Som de

L'Escalina")；第四、第五、第六部分以前不曾發表，與發表過的三部分合併，成為《聖灰星期三》。

　　單獨發表的三首詩，題目有不同的意思。《招呼》除了一般常見的涵義，還與但丁作品《新生》(*La Vita Nuova*) 第三章呼應。在該章裏，貝緹麗彩 (Beatrice) 向但丁打招呼，叫他看到福佑世界。「因為我不指望」引自意大利詩人圭多・卡瓦爾坎提 (Guido Cavalcanti, 1255-1300) 的作品（參看註二）。《梯頂》的原文 "Som de L'Escalina" 是普羅旺斯語，出自普羅旺斯詩人阿諾・丹尼爾 (Arnaut Daniel) 在《神曲・煉獄篇》對但丁所說的話。當時但丁正在煉獄山的梯級上陟，梯級之頂是伊甸園（參看註二）。《聖灰星期三》六部分合為一詩出版時，各部分的題目已刪去。不過出版人倫納德・吳爾夫 (Leonard Woolf) 指出，此詩出版前夕的打字稿中，各部分仍有題目。第一、第三部分仍是獨立發表時的原題目；第二部分的題目與獨立發表時的題目有別，叫 "Jausen lo Jorn"（另一版本拼 "joi"）（可能是龐德一九一七年十一月發表的 "Elizabethan Classicists" 一文中 "jauzen [*sic*] lo jorn" 一語的偷龍轉鳳 (參看Southam, 262)）；第四部分題為 "Vestita di Color di Fiamma"（《穿火焰顏色的衣服》）；第五部分題為 "La Sua Volontade"（《他的意志》）。"Jausen lo Jorn" 也是丹尼爾在《煉獄篇》第二十六章對但丁所說的話，出自 "e vei jausen lo joi qu'esper, denan" 一行，英文的意思是："And I see *with joy the day* for which I hope, before me"（「我欣然看見期盼的一天，在我眼前出現」）。"La Sua Volontade" 出自《神曲・天堂篇》第三章八十五行："E 'n la sua volontade è nostra pace"（「他的意志是我們的安寧所居」）在月亮天，但丁對琵卡爾姐說：「不過告訴我，在這裏樂享永生，／你們想不想升到更高的高度，／以擴大視境，使聖寵添增。」

琵卡爾姐答道：「……在天國，我們的地位一級／接一級，上上下下都會像統御／我們意志的君王一樣欣喜。／君王的意志是我們的安寧所居……」意思是，天堂的福靈都安於其所，不會有非分之想。參看黃國彬譯註，但丁，《神曲・天堂篇》第三章。

在語言和修辭技巧上，《聖灰星期三》也受蘭斯洛特・安德魯斯 (Lancelot Andrewes) 的作品（尤其是他的《聖灰星期三佈道詞》("Ash-Wednesday Sermon") (1602)）影響。

聖灰星期三，又稱「大齋首日」、「大齋期首日」、「聖灰日」、「灰日」、「聖灰禮儀日」，是基督教四旬期（大齋期）的起始日。當天，教堂會把前一年棕枝主日 (Palm Sunday) 祝聖過的棕枝燒成灰，在禮儀中塗在教友的額頭上，以象徵悔改。牧師把聖灰塗在教友的額頭時，會唸誦《舊約・創世記》第三章第十九節的最後兩行：「你本是塵土，仍要歸於塵土。」四旬期長達四十日，因此稱「四旬期」。在這四十日中，教徒會懺悔、齋戒，以紀念耶穌在曠野受撒旦試探，四十晝夜禁食，最後獲得勝利。耶穌受試探的過程，參看《馬太福音》第四章第一—十一節、《路加福音》第四章第一—十三節。以上資料參看Southam, 221-23；《維基百科》，「聖灰星期三」條（多倫多時間二〇二〇年十一月九日下午五時登入）。

2　**因為我不指望會再度回來**：原文 "Because I do not hope to turn again" (1)。原文是意大利詩人圭多・卡瓦爾坎提 的《民謠——流放於薩爾贊納》("Ballata：In Exile at Sarzana") 一詩中開頭一句的英譯："Perch'io non spero di tornar già mai" ("Because I think not ever to return"（「因為我不指望任何時候會再度回來」))。卡瓦爾坎提寫這首作品時，流放於薩爾贊納 (Sarzana)。作品共有四十六行，分為五節，但丁・蓋比里厄爾・羅塞提 (Dante Gabriel Rossetti, 1828-1882，原名 Gabriel Charles Dante Rossetti) 英譯第一節如下：

Because I think not ever to return,
Ballad, to Tuscany,—
Go therefore thou for me
Straight to my lady's face,
Who, of her noble grace,
Shall show thee courtesy.

羅塞提的英譯比艾略特的英譯準確，因為艾略特未能譯出 "già mai" 的強調語氣。在原詩中，意大利語 "tornare" 的意思不是英語的 "turn"，而是 "return"。卡瓦爾坎提流放在外，自料重返托斯卡納（意大利語 "Toscana"，英語 "Tuscany"）無望，於是遣民謠代他向情人傳信。艾略特望文生義，以為 "tornare" 是 "turn"。艾略特把 "chiavar" 當作 "chiave"，《荒原》註一八六（見《艾略特詩選1 (1909-1922)：〈荒原〉及其他詩作》）已經指出。艾略特引用、翻譯頗為簡單的意大利文時一再出錯或理解欠準確，讀者大有理由推測，他寫《荒原》和《聖灰星期三》時，意大利文造詣並不高。當然，正如本譯者在《荒原》的註釋裏所說，這一弱點，並不影響艾略特的創作；反而錯有錯著，給他新的空間讓想像馳騁。Southam (223) 指出，卡瓦爾坎提《民謠》的第一行，艾略特可能間接從龐德《卡瓦爾坎提詩歌》(*Cavalcanti Poems*)（初版一九一二年，修訂版一九二〇年）的前言或同一作者的《嚴肅藝術家》("The Serious Artist") 一文（一九一三年發表於*The Egoist*）中看到；也就是說，艾略特引用的不是一手資料。

　　艾略特原詩的 "turn"，也有浪子回頭，重返上帝那裏的意思。這一意思，上承《約珥書》第二章第十二—十三節："…turn ye even to me with all your heart, and with fasting, and with weeping, and with mourning: And rend your heart, and not your garments, and turn unto the Lord your God."（「……你們應當禁食、哭泣、悲哀，／一心歸向我。／你們要撕裂心腸，不撕裂衣服，／歸向耶和華你們的　神」）；同時也上承《耶利米哀歌》第五章第二十一節："Turn thou us unto thee, O Lord, and we shall be returned."（「耶和華啊，求你使我們向你回轉，／我們便得回轉」）。安德魯斯一六〇九年的聖灰星期三佈道詞提到 "turn away"、"turn again"；一六一九年聖灰星期三佈道時，再談到 "turn" 和 "return" 等意念。參看Southam, 223。

3　**渴求著這個人的稟賦、那個人的堂皇**：原文 "Desiring this man's gift and that man's scope" (4)。莎士比亞的十四行詩第二十九首有 "Desiring this man's art and that man's scope" 一語。艾略特在這裏所引，"art" 改為 "gift"。在莎士比亞的詩中，敘事者（也可說莎士比亞本人）沮喪失意時羨慕別人的境遇。後來想到情人，覺得自己無比幸福，就不再羨慕別人，甚至不屑與國王交換位置。

4　**（年邁的老鷹何必展翼？）**：原文 "(Why should the agèd eagle stretch its wings?)" (6)。《舊約・詩篇》第一〇三篇第五節說："Who [the Lord] satisfieth thy mouth with good things; so that thy youth is renewed like the eagle's"（「他用美物使你所願的得以知足，／以致你如鷹返老還童。」）

5　**因為我知道時間始終是時間／……也只能實在給一個地點**：原文 "Because I know that time is always time /…And only for one place" (16-19)。在這裏，艾略特藉詩進入神學、哲學範疇，討論時間、地點、上帝、永恆等抽象概念。上帝和永恆都在時間和地點之外，就像幾何的一點，無從捉摸，沒有長度、寬度、高度，不佔據任何時間和空間。凡塵的「實在」，也只對某一俄頃、某一地點「實在」，不能超越時空，成為永恆的「實在」。

6 **事物一如現狀，為此我感到欣喜／……結果我歡欣，因為我要建立點甚麼／理據去歡欣**：原文 "I rejoice that things are as they are and /…Consequently I rejoice, having to construct something / Upon which to rejoice" (20-25)。敘事者在反思，在自我檢討；自責安於現狀，揚棄聖父、聖子或聖母的容顏（「受佑的容顏」），揚棄聖音（上帝的信息），且自以為是，以凡智建立理據去代替天啟，並為此而沾沾自喜。

7 **對我們垂憐**：原文 "have mercy upon us" (26)。參看《舊約·詩篇》第六篇第二節："Have mercy upon me, O Lord; for I am weak: O Lord, heal me; for my bones are vexed."（「耶和華啊，求你可憐我，／因為我軟弱；／耶和華啊，求你醫治我，／因為我的骨頭發戰。」）《詩篇》第六篇是教會在聖灰星期三唸誦的詩篇，求上帝垂憐是《聖經》的重要主題。

8 **我也祈禱，盼我能忘記／……但願裁決對我們不會太苛嚴**：原文 "And I pray that I may forget /…May the judgement not be too heavy upon us" (27-33)。這六行也是自我檢討、自我反省。敘事者希望忘掉凡俗，後悔過去因為不指望重返天家，結果為凡間的俗務、得失、榮辱虛耗時間、精神（「太多論辯／太多交代」）；同時希望現在所說能夠為過去的言行開脫，並保證此後幡然改途（「這行為，可一不可再」）；最後盼上帝審裁時不會「太苛嚴」。

9 **因為這些翅膀再不能飛翔於霄漢／只是一些虛翼**：原文 "Because these wings are no longer wings to fly / But merely vans to beat the air" (34-35)。敘事者承認自己的不足，沒有真正的

翅膀向上帝高翹。

10　**請你教我們在乎又不在乎**：原文 "Teach us to care and not to care" (38)。敘事者禱求上帝教他在乎那些超越塵世的價值，不在乎凡塵的一切。

11　**請你教我們靜坐守持**：原文 "Teach us to sit still." (39) 法國哲學家、數學家、物理學家、神學家帕斯卡爾 (Blaise Pascal, 1623-1662) 的《隨想錄》(*Pensées*) 說過，人類所有的煩惱來自欠缺靜坐（指達到安寧境界）的能力。艾略特熟悉《隨想錄》，為此書一九三一年版寫過導論。十字架聖約翰 (San Juan de la Cruz, 1542-1591，按西班牙語漢譯，是「十字架聖胡安」，直譯「十字架的聖胡安」) 認為，靜坐守持，是通向上帝的靜態途徑，頗有寧靜致遠的意思。參看Southam, 225。

12　**此刻，也在我們死亡的時辰，請你為我們這些罪人祈禱／此刻，也在我們死亡的時辰，請你為我們祈禱**：原文 "Pray for us sinners now and at the hour of our death / Pray for us now and at the hour of our death." (40-41)。這兩行是羅馬天主教祈禱的結尾 (Southam, 225)。

13　第二部分於一九二七年十二月十日在《星期六文學評論》發表時，題為《招呼》，其中用了但丁《新生》第三章的典故。在該章裏，但丁寫他與貝緹麗彩相遇；貝緹麗彩向他打招呼，叫他剎那間得睹福佑境界，叫生命的三大源頭（心、腦、肝）都受震撼；但丁的心理平衡被擾亂，信心被摧毀，結果生命的能量得以發放。這現象與《以西結書》中的「枯乾的骸骨」（參看註十五）以至納丹尼爾‧萬利 (Nathaniel Wanley, 1634-1680) 的怪誕想法有關：在耶穌受難日，腳臂復活（參看註十五）。腳臂復活的說法，艾略特於一九二五年十二月三十一日在《泰晤士報文學副刊》(*The Times Literary*

Supplement) 發表文章時也曾引用。參看Southam, 225。

14　**娘娘啊，三隻白豹坐在一棵檜樹下**：原文 "Lady, three white leopards sat under a juniper-tree" (42)。**娘娘**：Southam (225) 指出，此行的「娘娘」與四十九、五十一行的聖母瑪利亞有別，可能指但丁的情人貝緹麗彩。在《神曲・天堂篇》，貝緹麗彩侍候聖母。**豹**：在《舊約・耶利米書》第五章第六節、《舊約・何西阿書》第十三章第七節，豹子是代表上帝的摧毀力量。《耶利米書》第五章談到耶路撒冷的罪惡，第六節說：「豹子要在城外窺伺他們，／凡出城的必被撕碎。」在《何西阿書》第十三章第七節，耶和華斥責驕傲的子民，說：「因此，我向他們如獅子，／又如豹伏在道旁。」此行的詮釋言人人殊，論者的揣測不一而足。一九二九年，有人問艾略特，《聖灰星期三》第四十二行中的豹子是甚麼意思 ("what it meant")，艾略特答道："I mean 'Lady, three white leopards sat under a juniper-tree'." 說完就不再置評。——也就是說，艾略特故作神秘或戲弄聽眾。可是到了一九三二年，在一次公開詩歌朗誦中，聽眾是一群大學女生，艾略特卻慷慨為這行解讀，說三隻白豹是「俗世、肉體、魔鬼」("the world, the flesh and the devil")。《公禱書》也說："*Good Lord, deliver us. From fornication, and all other dreadful sin; and from all the deceits of the world, the flesh and the devil.*" 參看Southam, 225-26。在《神曲・地獄篇》，豹子可以象徵俗世之樂。**檜樹**：參看《舊約・列王紀上》第十九章第一一八節的故事。故事敘述以利亞在羅騰樹下獲上帝派天使拯救，其梗概如下：耶洗別要殺以利亞；以利亞逃到曠野，在一棵羅騰樹（即juniper-tree，又譯「檜樹」、「杜松」）下向耶和華求死；耶和華遣天使給他水和餅，結果他沒有死。此外參看格林童話《檜樹》("The Juniper-Tree")。

故事中，一個小孩遭謀殺，骨頭在檜樹下得以復活。在九十二行，「骨頭忘記了自我，渾然相聯」。參看Southam, 225-26。

15 這些骨頭該活下去嗎？這些／骨頭該活下去嗎？：原文 "Shall these bones live? shall 〔問號之後，通常該作 "Shall"〕 these / Bones live?" (46-47)。這兩行的意念出自《舊約·以西結書》第三十七章第一——十節關於以西結感靈見枯骨復生的過程：

> 耶和華的靈降在我身上，耶和華藉他的靈帶我出去，將我放在平原中，這平原遍滿骸骨。他使我從骸骨的四圍經過，誰知在平原的骸骨甚多，而且極其枯乾。他對我說：「人子啊，這些骸骨能復活嗎？」
>
> 我說：「主耶和華啊，你是知道的。」
>
> 他又對我說：「你向這些骸骨發預言說：『枯乾的骸骨啊，要聽耶和華的話！』主耶和華對這些骸骨如此說：『〔此引號和合本漏去〕我必使氣息進入你們裏面，你們就要活了。我必給你們加上筋，使你們長肉，又將皮遮蔽你們，使氣息進入你們裏面，你們就要活了。你們便知道我是耶和華。』」
>
> 於是，我遵命說預言。正說預言的時候，不料，有響聲，有地震；骨與骨互相聯絡。我觀看，見骸骨上有筋，也長了肉，又有皮遮蔽其上，只是還沒有氣息。
>
> 主對我說：「人子啊，你要發預言，向風發預言說：『主耶和華如此說：氣息啊，要從四方而來，吹在這些被殺的人身上，使他們活了。』」於是，我遵命說預言，氣息就進入骸骨，骸骨便活了，並且站起來，成為極大的軍隊。

這段文字，可與《莊子·至樂》篇並觀：

> 莊子之楚，見空髑髏，髐然有形。撽以馬捶，因而問之，曰：「夫子貪生失理而為此乎？將子有亡國之事，斧鉞之誅，而為此乎？將子有不善之行，愧遺父母妻子之醜，而為此乎？將子有凍餒之患，而為此乎？將子之春秋故及此乎？」於是語卒，援髑髏，枕而臥。
>
> 夜半，髑髏見夢曰：「子之談者似辯士，視子所言，皆生人之累也，死則無此矣。子欲聞死之說乎？」
>
> 莊子曰：「然。」
>
> 髑髏曰：「死，無君於上，無臣於下，亦無四時之事，從然以天地為春秋，雖南面王樂，不能過也。」
>
> 莊子不信，曰：「吾使司命復生子形，為子骨肉肌膚，反子父母、妻子、閭里、知識，子欲之乎？」
>
> 髑髏深矉蹙頞曰：「吾安能棄南面王樂而復為人間之勞乎？」

從非基督徒的觀點看，兩段文字，都是謬悠之說、荒唐之言；最大的不同是，以西結要倚仗耶和華才能把故事編成。論想像之奇特、智慧之深遠、情節之動人，莊子是遠勝以西結的。莊子的想像，是莎士比亞的想像；以西結的想像，是《啟示錄》作者約翰的想像。與莊子和莎士比亞比較，以西結和約翰只算是質木無文的作者。上引以西結的一段文字之遜於莊子的《至樂》，猶約翰的《啟示錄》之遜於古希臘、印度教、婆羅門教的神話。有關本譯者對《舊約》和《新約》作者的看法，參看 "Leaving No Stone Unturned: A Characteristic of the Jewish Imagination as Shown in the *Bible*"，見 Laurence K. P. Wong, *Thus Burst Hippocrene: Studies in the Olympian Imagination* (Newcastle upon Tyne: Cambridge

Scholars Publishing, 2018), 321-47。

16 　嚶嚶鳴叫：原文 "said chirping" (48)。根據法國人類學家呂西恩‧雷維—布魯爾 (Lucian Lévy-Bruhl, 1857-1939) 的說法，原始部落認為蟋蟀鳴叫是為了祈雨。艾略特讀過雷維—布魯爾的著作。參看Southam, 226。骨頭唱歌，是艾略特的超現實寫法。

17 　娘娘啊，三隻白豹坐在檜樹下／……我們乃得以燁燁發光：原文 "Lady, three white leopards sat under a juniper-tree /...We shine with brightness." (42-52)。參看註十四、十五。

18 　謹把我的功業付予遺忘，把我的愛意／付予沙漠的後代付予葫蘆的果實：原文 "Proffer my deeds to oblivion, and my love / To the posterity of the desert and the fruit of the gourd." (53-54)。參看《約拿書》第四章第六—七節："And the Lord God prepared a gourd, and made it to come up over Jonah, that it might be a shadow over his head, to deliver him from his grief. So Jonah was exceeding glad of the gourd. But God prepared a worm when the morning rose the next day, and it smote the gourd that it withered."（「耶和華　神安排一棵蓖麻，使其發生高過約拿，影兒遮蓋他的頭，救他脫離苦楚；約拿因這棵蓖麻大大喜樂。次日黎明，　神卻安排一條蟲子咬這蓖麻，以致枯槁。」）沙漠是不育的象徵。把功業付予沙漠，愛意付予遺忘，象徵敘事者摒棄凡塵的價值。正因為這樣，他才會在五十五—五十七行真正復活：「把我的腸臟我雙眼的筋絡／和豹子消化不了而擯棄的殘餘部分　／收復的，就是這付予行動」（"It is this which recovers / My guts the strings of my eyes and the indigestible portions / Which the leopards reject"）。參看註十四、十五。

19 　把預言向風說吧，只向風說預言，因為只有／風會傾聽：原

文 "Prophesy to the wind, to the wind only for only / The wind will listen." (63-64)。參看註十五，尤其是《以西結書》第三十七章第九節："Then said he unto me, Prophesy unto the wind, prophesy, son of man, and say to the wind…"（「主對我說：『人子啊，你要發預言，向風發預言說……』。」）

20 **骨頭……歌唱**：原文 "the bones sang" (64)。參看教徒在聖灰星期三所唱的《詩篇》第五十一篇第八節："Make me to hear joy and gladness; that the bones that thou hast broken may rejoice."（「求你使我得聽歡喜快樂的聲音，／使你所壓傷的骨頭可以踴躍。」）

21 **蚱蜢的重擔**：原文 "the burden of the grasshopper" (65)。參看《傳道書》第十二章第五節："the grasshopper shall be a burden"（「蚱蜢成為重擔」）。「重擔」指瘟疫。參看 Southam, 227。

22 **眾寂之娘娘／……一切情愛告終**：原文 "Lady of silences /… Where all love ends." (66-88)。在這一節，艾略特用了大量矛盾語 (paradox) 傳遞宗教意念。就修辭效果而言，不論中外，矛盾語能凸顯作者要傳遞的信息。老子「上德不德，是以有德；下德不失德，是以無德」一語，是典型例子。Michelle Taylor 在 "The Secret History of T. S. Eliot's Muse" 一文中指出，"Lady of silences" 指艾略特的情人艾米莉・黑爾 (Emily Hale)。

23 **玫瑰**：原文 "Rose" (69)。天主教的連禱文 (litany) 稱聖母為「玫瑰」；聖貝爾納 (St. Bernard) 向聖母祈禱時也用這一稱呼。

24 **一切情愫告終**：原文 "all loves end" (75)。"loves" 是複數，指種種式式的愛，與八十八行的單數 "love" 有別；在這裏譯「情愫」，勉強傳遞英語的義素 (sememe) "-s"。

25 **一切情愛告終**：原文 "all love ends" (88)。這裏的 "love" 是單數，不可數 (uncountable)，與七十五行的複數 "loves" 有別；漢譯「情愛」，勉強傳遞原文單數的抽象意義。

26 **我們樂於四散，我們對彼此沒甚麼好處**：原文 "We are glad to be scattered, we did little good to each other" (90)。從八十九行至九十五行，敘事觀點一再變動；這裏是第一人稱，是骨頭自述。

27 **在白晝陰涼時分，一棵樹下，蒙沙保佑**：原文 "Under a tree in the cool of the day, with the blessing of sand" (91)。由於原文第九十行和第九十一行結尾時都用逗號：

> Under a juniper-tree the bones sang, scattered and shining [89]
> We are glad to be scattered, we did little good to each other, [90]
> Under a tree in the cool of the day, with the blessing of sand, [91]
> Forgetting themselves and each other, united [92]
> In the quiet of the desert. [93]

讀者無從斷定，在詩義或邏輯上，第九十一行到底上承第九十行呢還是下啟第九十二行。這種模稜（其實是混亂），不能使詩義變得豐富，只會叫讀者覺得，艾略特使用標點符號時草率、粗疏；或者應該說，艾略特使用標點符號時完全沒有準則。——他當編輯時，難道要另僱助手，專門「照顧」他那「無政府主義」的標點「系統」？文壇地位不遜於艾略特的小說家詹姆斯·卓伊斯 (James Joyce)，即使在一頁接一頁的文字中完全不用標點，也有不用標點的準則；絕不像艾略特那樣，使用標點時有如擲骰子。他的 *Collected Poems: 1909-1962* 由Faber and Faber 出版；當時編輯部的編輯或助手，是否懾於他的大名，不敢就詩稿中毫無準則的標點用法向他提問或請教呢？就以上述幾行為例吧：第八十九行結束時，應該有一個句號或分號；艾略特卻甚麼標點都不用；其他可以不用標點的地方，他卻虔虔誠誠地用了。這類矛盾、混亂的例子，在他的詩集裏多的是，在此難以枚舉。艾略特對二十世紀的詩壇影響極大；流風所及，詩界作者使用標點時也「百花齊放」，毫無準則。——這次第，怎一個「亂」字了得？

地位和成就與艾略特相埒——甚至高於艾略特——的詩人葉慈，就沒有這一弱點；不但沒有這一弱點，而且是後來者的楷模。有關葉慈標點符號的用法，參看Peter Allt 和 Russell K. Alspach 合編的 *The Variorum Edition of the Poems of W. B. Yeats* 和 *The Collected Poems of W. B. Yeats*（二書均由Macmillan出版社出版）。嚴格說來，詩中用不用標點符號，用甚麼標點符號，以至分不分段，何時分段，都是詩義的一部分；胡亂用標點符號，用或不用都沒有準則，分段時又不標明，等於放棄表達詩義的一個有效方式。當然，屈原、李白、杜甫、蘇軾等古典大詩人，創作時尚無西方傳入中國的標點符號系統，則作別論。本譯者於上世紀七十年代在香港大學英文系唸碩士課程研究葉慈時，所用的葉慈詩集主要是上述兩本；人書相對達數載之久，結果獲益良多。在此只舉一例：受了葉慈的啟發，本譯者寫詩運用標點時會力求精確；詩作在頁與頁之間如要分段，則會以 *The Variorum Edition of the Poems of W. B. Yeats* 為榜樣，以方括號標明兩頁之間的分段排版格式（〔分段〕）（方括號表示：括號內的文字或符號並非詩作的一部分）。這種做法，就本譯者所知，在以前的漢語詩界還沒有出現過。當然，《秋興》八首完全不用標點，仍然是不朽傑作；一首劣詩，即使標點和分段標示得精確無訛，仍然是劣詩。不過，精確地運用標點，應該是文字工作的基本功夫，是習武者的馬步。說到標點符號的運用，不妨以作曲為喻。你能否成為韓德爾、莫札特、貝多芬，要由上帝來決定；但是你一旦要作曲，把音符寫在五線譜的一刻，就不該亂來，不該讓演奏家瞎猜，你寫在五線譜的某一符號，是四分音符還是八分音符；也不該讓指揮絞盡腦汁去揣度，哪些小節由小號演奏，哪些小節由小提琴演奏，哪些小節由多種樂器交響⋯⋯。細聽韓德爾、莫札特、貝多芬的樂曲，然後瀏覽他們的樂譜，我們就會知道，三位神級作曲家獲上帝厚賜天才的同時，在作曲的過程中還會以天鷹之目注視五線譜上的任何一個符號。艾略特是大名鼎鼎的藝術家，在二十世紀的詩壇萬眾矚目；但是後來者若要在四位藝術家之中選擇三位來偷師，本譯者會勸他們越界（從詩界潛入音樂界）偷韓德爾、莫札特、貝多芬的神功。

　　艾略特運用標點時沒有準則，也許有艾迷或學者無條件捍衛，舉出不成理由的「理由」，說：正因為詩人運用標點時沒有準則，其作品反而更開放，蘊含更豐富的意義；運用標點有了準則，就會把詩義禁錮，如老太太的纏腳布把天足纏死。這種不成理由的「理由」，叫本譯者想起一位朋友的經驗。這位朋友，在某一場合聽過某人以無上權威宣佈：「看不懂的文學作品，才有機會偉大。」朋友轉述這「偉論」時，轉述者和聆聽者都不禁莞爾。當時本譯者忘了加按語，隔著時空對「偉大新論」的創始人說：「尹吉甫、屈原、李白、杜甫、蘇軾、曹雪芹、荷馬、埃斯庫羅斯、索福克勒斯、維吉爾、但丁、莎士比亞、米爾頓、塞萬提斯、歌德、多斯托耶夫斯基、托爾斯泰⋯⋯的作品，我都看得懂啊！——而且十分欣賞，十分佩服。以你的『偉大新論』為標準，在古今中外的作家群中選『偉大』，上述作家未進試場，應考的資格就被取消了。」

28　**骨頭忘記了自我彼此，渾然相聯：**原文 "Forgetting themselves

and each other, united" (92)。骨頭既忘我，又彼此相忘，結果沒有了我執，反而能相融如一。

29　這就是你們／要拈鬮分給之地。分或者合／都不重要。這就是那片土地。我們繼承為業：原文 "This is the land which ye / Shall divide by lot. And neither division nor unity / Matters. This is the land. We have our inheritance." (93-95)。參看《以西結書》第四十八章第二十九節："This is the land which ye shall divide by lot unto the tribes of Israel for inheritance, and these are their portions, saith the Lord God."（「『這就是你們要拈鬮分給以色列支派為業之地，乃是他們各支派所得之分。』這是主耶和華說的。」）艾略特這幾行的意思不容易詮釋。八十九行說骨頭 "scattered"，似乎指向負面；在九十二行，骨頭忘我復彼此相忘而渾然相聯，似乎指向正面；九十四—九十五行又說 "And neither division nor unity / Matters"，又似乎同時否定 "division" 和 "unity"。是艾略特引述另一角色的話還是要讀者超越凡塵的價值觀，同時卑視 "division" 和 "unity"？這種忽正忽負、忽實忽虛的觀點和無從捉摸的指向，恐怕要找艾公本人來註釋了。當然，找來了艾公，讀者大概也只會聽到他說："I mean…" 然後把八十九—九十五行一字不易地唸一遍，讓者繼續搔頭抓腮。

30　第三部分最初發表時，題為 "Som de L'Escalina"（參看《荒原》四二七行艾略特的自註）。Matthiessen指出，梯級每一迴旋處，展示不同的精神鬥爭。艾略特的梯級，可以聯繫到但丁《神曲・煉獄篇》煉獄山的三部分：煉獄山的最低層，是罪孽最重的亡魂。這些亡魂在生時，內心之愛遭扭曲，不愛上帝，只愛邪惡的東西。由於他們生性跋扈，只顧自己，結果與上帝隔絕。煉獄山再上，是另一批亡魂。這些亡魂無疑都愛上帝，不過其愛有所虧欠。再上，是第三批亡魂。他們在生時罪孽最輕，對次要的東西愛得過了分。淫蕩和耽於色慾的人，所犯就是這種罪。參看Southam, 228；黃國彬漢譯，但丁《神曲·煉獄篇》。

31　**在第二梯級迴旋的第一重**：原文 "At the first turning of the second stair" (96)。Southam (229) 指出，九十六行、一〇二行（「在第二梯級迴旋的第二重」）、一〇七行（「在第三梯級迴旋的第一重」）也許在引述蘭斯洛特·安德魯斯一六一九年的聖灰星期三佈道詞。該佈道詞題為《懺悔》("Of Repentance")，提到 "turns"（「回首」）的意念。安德魯斯指出，要皈依上帝，必須兩度回首：第一度是向前，以瞻視上帝；第二度是向後，以回顧個人的罪孽。此外，「回首」也可能與這部分最初發表時的題目有關。參看註三十。

32　**在水氣下腐臭的空氣中**：原文 "Under the vapour in the fetid air" (99)。Southam (229) 指出，這行可能用了《神曲·地獄篇》第六章七一十二行的典故：

> Io sono al terzo cerchio, de la piova
> 　etterna, maladetta, fredda e greve;
> 　regola e qualità mai non l' è nova.
> Grandine grossa, acqua tinta e neve
> 　per l'aere tenebroso si riversa;
> 　pute la terra che questo riceve.

> 此刻，我置身於第三層。那裏，
> 　寒冷的凶雨一直在滂沱不絕，
> 　雨勢始終不變，也永不稍息。
> 粗大的冰雹、污水以及飛雪
> 　從晦冥黯黮的空中澎湃下傾；
> 　承受它們的地面則臭氣肆虐。

上引的一段文字，描寫但丁在地獄第三層（懲罰貪饕者的一層）醒轉時所見。參看黃國彬譯註，但丁，《神曲・地獄篇》第六章。

33　**與梯級的魔鬼搏鬥，魔鬼戴著／希望和絕望的狡詐臉孔：**原文 "Struggling with the devil of the stairs who wears / The deceitful face of hope and of despair" (100-101)。Southam (229) 指出，在帕斯卡爾 (Blaise Pascal)《隨想錄》(*Pensées*) 的導論中，艾略特這樣描寫帕斯卡爾面對的妖魔："the demon of doubt which is inseparable from the spirit of belief"（「離不開信仰之靈的懷疑之妖」）。

34　**這時候，再沒有臉孔，樓梯黑暗、／……又像年邁鯊魚那尚有殘齦的齒槽一般：**原文 "There were no more faces and the stair was dark, /...Or the toothed gullet of an agèd shark." (104-106)。「老人的口腔」和「年邁鯊魚那尚有殘齦的齒槽」，把現實之醜化為藝術之美，警策而大膽，是上世紀現代詩的典型意象。

35　**開槽窗口：**原文 "slotted window" (108)，也叫 "slot window"，是鑿開牆壁或建築時在牆壁留出空間，用來透光的窗口；通常是條形，沒有窗框（上下左右的牆壁就是窗框），也沒有可開可關的窗扉。

36　**風拂的頭髮芬芳，棕色的頭髮嘴上拂：**原文 "Blown hair is sweet, brown hair over the mouth blown" (112)。原文的音聲效果繁富：有 "*B*lown"、"*b*rown"、"*b*lown" 的頭韻 (alliteration) /b/，有 "mouth" (/maʊθ/) 和 "brown" (/braʊn/) 的元音韻 (assonance)，有 "blown" (/bləʊn/) 和 "brown" (/braʊn/) 的輔音韻 (consonance) /n/。漢譯設法以「風」、「拂」、「髮」、「芬」、「芳」、「髮」、「拂」的 /f/ 傳遞頭韻效果，以「風」、「芳」、「棕」的 /ŋ/ 傳遞輔音韻效果。

37　主哇，我不敢當／主哇，我不敢當／只要你說一句話：原
　　文 "Lord, I am not worthy / Lord, I am not worthy / but speak the
　　word only" (117-19)。這三行是零碎片段，出自《馬太福音》
　　第八章第八節："Lord, I am not worthy that thou shouldest come
　　under my roof: but speak the word only, and my servant shall be
　　healed."（「主啊，你到我舍下，我不敢當；只要你說一句
　　話，我的僕人就必好了。」）同一章第五—七節，描述事
　　情的始末：「耶穌進了迦百農，有一個百夫長進前來，求他
　　說：『主啊，我的僕人害癱瘓病，躺在家裏，甚是痛苦。』
　　耶穌說：『我去醫治他。』」接著就是第八節：「百夫長回
　　答說：『主啊，你到我舍下，我不敢當……。』」百夫長相
　　信耶穌不必到病人家裏看病人，能夠遠距離診治。耶穌認為
　　百夫長這樣無條件相信他，是信念的極致。基督教會的牧師
　　主持聖禮時，會先說這句話的前半部 ("Lord, I am not worthy
　　[…]")，以表示謙卑。參看Southam, 229。

38　Southam (229-30) 指出，在第四部分，艾略特大量引用《神
　　曲‧煉獄篇》結尾各章的典故。這時，但丁到了煉獄山之
　　巔，抵達伊甸園，貝緹麗彩神聖超凡，美得不可方物，叫他
　　想起自己過去的罪孽。

39　紫衣和紫衣：原文 "the violet and the violet" (120)。紫色是基
　　督教禮拜儀式的顏色 (Southam, 230)。

40　穿白穿藍：原文 "in white and blue" (123)。白色和藍色是基督
　　教禮拜儀式中聖母瑪利亞的顏色 (Southam, 230)。

41　無盡之苦：原文 "eternal dolour" (125)。在《地獄篇》第三章
　　的開頭，但丁這樣描寫刻在地獄入口的語句：

　　　　«Per me si va ne la città dolente,
　　　　　per me si va ne l'etterno dolore,

per me si va tra la perduta gente.

Giustizia mosse il mio alto fattore;

fecemi la divina podestate,

la somma sapienza e 'l primo amore.

Dinanzi a me non fuor cose create

se non etterne, e io etterna duro.

Lasciate ogni speranza, voi ch'entrate.»

「由我這裏，直通悲慘之城。

由我這裏，直通無盡之苦。

由我這裏，直通墮落眾生。

聖裁於高天激發造我的君主；

造我的大能是神的力量，

是無上的智慧與眾愛所自出。

我永遠不朽；在我之前，萬象

未形，只有永恆的事物存在。

來者呀，快把一切希望棄揚。」

參看但丁著，黃國彬譯註，《神曲‧地獄篇》第三章一一
九行。艾略特的 "eternal dolour" 是但丁原文第二行 "etterno
dolore" 的英譯。"dolour" (/ˈdɒlə/) 和一二三行的 "colour"
(/ˈkʌlə/) 押視韻 (eye rhyme)；漢語詩律中沒有視韻，只能押
全韻「徹」—「色」。

42　使湧泉康強，使流泉清鮮／……使乾石清涼，使浮沙穩固：
原文 "made strong the fountains and made fresh the springs /…
Made cool the dry rock and made firm the sand" (127-28)。由於
英漢句法不同，漢譯中的「使湧泉康強，使流泉清鮮」和
「使乾石清涼，使浮沙穩固」之間隔了一行（「身穿飛燕草
之藍，瑪利亞衣裳之藍」）；原文一二七、一二八行，只隔

了一行的空間（也就是說，出現在不同的段落）。Southam
(230)指出，原文兩行與波德萊爾《旅途中的吉卜賽人》
("Bohémiens en voyage") 一詩中的一行呼應："Fait couler le
rocher et fleurir le désert"（「使岩石傾出湧泉，使沙漠向榮
吐艷」）。波德萊爾的作品出自詩集《惡之華》(Les Fleurs
du mal)，描述旅途中的吉卜賽人，獲寵愛他們的西貝爾
(Cybèle) 施恩："Cybèle, qui les aime, augmente ses verdures, /
Fait couler le rocher et fleurir le desert"（「西貝爾寵愛他們，
舒展其綠原，／使岩石傾出湧泉，使沙漠向榮吐艷」）。西
貝爾，法語 "Cybèle"，英語 Cybele，是希臘和羅馬女神，希
臘文 Κυβέλη（可譯「柯貝麗」）；古希臘語 Κυ 和 λη 的發
音，現代漢語沒有音節可以準確音譯，只能分別以「柯」和
「麗」傳遞近似的音值；「貝」和 βέ 的發音也不相同，不過
比「柯」和 Κυ、「麗」和 λη 接近。在希臘和羅馬神話中，
柯貝麗有多種角色：是人地之母、大自然女神、康復女神、
生育女神，也是眾神和萬物之母，戰爭中又是保護女神，原
為弗里吉亞人所信仰的神祇。另一漢譯「庫柏勒」也接近
希臘文原音，不過毫不婉柔，「勒」字更叫人想起「希特
勒」，不像女神的名字，在文學翻譯裏不宜採用。至於何以
不宜，詳見本譯者漢譯《神曲》的《譯本前言》，尤其是前
言中有關古希臘女神名字漢譯的段落。

43 **Sovegna vos**：這是引語，出自普羅旺斯 (Provence) 吟遊詩人
(troubadour，普羅旺斯語 (Provençal) 為 trobador) 阿諾・丹尼
爾在《神曲・煉獄篇》第二十六章一四〇—四七行對但丁所
說的話，原文是普羅旺斯語：

> "Tan m'abellis vostre cortes deman,
> qu'ieu no me puesc ni voill a vos cobrire.

Ieu sui Arnaut, que plor e vau cantan;

 consiros vei la passada folor,

 e vei jausen lo joi qu'esper, denan.

Ara vos prec, per aquella valor

 que vos guida al som de l'escalina,

 sovenha vos a temps de ma dolor!"

「承蒙垂詢，在下感到高興。

 在下既不能，也不想讓鄙貌隱沒。

鄙人是阿諾，前行時唱歌又涕零。

 過去的愚行，鄙人正憮然回望，

 也對期待中的歡欣雀躍憧憬。

偉力把閣下帶到梯頂之上。

 看在他分上，讓鄙人向閣下懇祈：

 機會來時，請眷念在下的悵恨！」

艾略特引文 "Sovegna vos" 在 Barbi et al. 版《但丁全集》作 "sovenha vos"（「請眷念」）。兩個版本的第一字有別，可能因艾略特另有所本。參看 Barbi, M., E. G. Parodi, F. Pellegrini, E. Pistelli, P. Rajna, E. Rostagno, and G. Vandelli, eds., Dante Alighieri, *Le opere di Dante: Testo critico della Società Dantesca Italiana* (Firenze: Nella Sede della Società, 1960)。"sovenha vos"（「請眷念」）直譯是「請你記住」，大約等於英語直譯 "remember (sovenha) you (vos)"。法語有所謂「反身動詞」(法語 "verbe pronominal")，通常與反身代詞 (如 *me, te, se, nous, vous, se*) 共用。英國人說 "I remember" 或 "recall" 時，法國人說 "se rappeler / se souvenir de"；換言之，在主詞代詞 (pronom sujet) (*je, tu, il, elle, on, nous, vous, ils, elles*) 之後要加一個反身代詞 (pronom réfléchi)，然後才加動詞。中國人

說「我不記得他的地址」時，英國人說 "I can't remember his address"，法國人說 "Je ne me souviens pas de son adresse"，在 "souviens" 之前要加 "me"（當然，漢語的「不」、英語 "can't" 中的 "not"，則變成 "ne...pas" 二字，一個在天南，一個在地北，「慘遭」"me souviens" 分隔。）阿諾‧丹尼爾對話的漢譯，見但丁著，黃國彬譯註，《神曲‧煉獄篇》（台北：九歌出版社，二〇〇三年九月），頁四一〇。

44　**收復／時間**：原文 "Redeem / The time." (137-38)。Southam (230) 指出，《聖經》有多處談到 "redeeming time"。《歌羅西書》第四章第五節說："Walk in wisdom toward them that are without, redeeming the time"（「你們要愛惜光陰，用智慧與外人交往」）。《以弗所書》第五章第十五—十六節說："See then that ye walk circumspectly, not as fools, but as wise, Redeeming the time, because the days are evil."（「你們要謹慎行事，不要像愚昧人，當像智慧人。要愛惜光陰，因為現今的世代邪惡。」）在上述的話中，聖保羅告訴基督徒，他們對神、對人負有責任。艾略特用 "Redeem / The time" 一語時，想到的大概也是智慧的人如何善用時間為基督教盡力。在一九三一年發表的《林伯斯會議後的隨想》（"Thoughts after Lambeth"）一文中，他說："redeeming the time, so that the Faith may be preserved alive through the dark ages before us; to renew and rebuild civilization, and save the World from suicide."（「珍惜時間。這樣，信仰才得以保存不死，在我們眼前的黑暗時代延續下去；藉此把文明更新、重建，並且拯救世界，不讓它自我毀滅。」）英語 *redeem*，通常指「收復」、「贖回」；在上述《聖經》引文中指「珍惜」。在艾略特詩中，"redeem" 也許一語雙關，不過「收復」或「贖回」的意思較明顯。如像和合本《聖經》那樣把艾略特的 "Redeem /

The time" 譯為「珍惜時間」，作品的詩意和哲學意味會蕩然無存。在現代漢語中，「珍惜時間」一語太陳俗，語域與艾略特的 "Redeem / The time" 迥異，因此漢譯棄「珍惜」而取「收復」。

45 **戴著／寶石飾物的麒麟曳過鍍金的靈車時，／收復更高層次的夢中未經解讀的異象**：原文 "Redeem / The unread vision in the higher dream / While jewelled unicorns draw by the gilded hearse." (138-40)。在《煉獄篇》第二十九章，但丁目睹凱旋隊伍。在這一隊伍中，貝緹麗彩坐在凱旋車上，由鷹獅拉曳。就艾略特而言，凱旋隊伍代表他心目中「高層次」("*high dream*") 的「世界」("world")。Southam (231) 說："Eliot associates the 'pageantry' of that scene〔指《煉獄篇》第二十九章描述的景象〕with 'the world of what I call the *high dream*, and the modern world seems capable only of the *low dream*'"（見艾略特 "Dante" 一文）。此外參看基督徒於聖灰星期三誦讀的使徒書（即《約珥書》第二章第二十八節）。在該節中，上帝的承諾包括："your old men shall dream dreams, your young men shall see visions."（「你們的老年人要做異夢，／少年人要見異象。」）**麒麟曳過鍍金的靈車**：康拉德‧艾肯 (Conrad Aiken)《森林：一部傳記》("Senlin：A Biography") 一詩中，有 "white unicorns"（「白麒麟」），有 "white horses drawing a small white hearse"（「白馬拉曳著一輛白色的小靈車」）；同時有下列兩行，寫森林看見靈車時這樣自忖："Is it my childhood there," he asks, / "Sealed in a hearse and hurrying by?"（「那邊是我的童年，」他問道：「密封在靈車裏匆匆馳過？」）一九一九年，艾略評論艾肯的作品時，曾提到《森林》一詩。因此大有可能在《聖灰星期三》與艾肯呼應。參看Southam, 231。

46 **默默無言的女子蒙著藍白面紗**：原文 "The silent sister veiled in white and blue" (141)。在《煉獄篇》第三十章第三十一行，但丁獲准瞻視貝緹麗彩超凡的美貌前，貝緹麗彩的臉顏仍蒙在面紗裏。詩中的 "sister" 指誰，論者無從確定。就字面意義而言，"sister" 可以譯「姐姐」、「妹妹」、「姐妹」或「修女」。

47 **紫杉**：原文 "yews" (142)。就 "yews"（「紫杉」）一詞，不同的論者曾提出各種詮釋，認為有各種象徵，都被艾略特一一否認。參看Southam, 231。不過，在西方，紫杉常常種植在墳場；有人說是死亡之樹；非基督教傳統中，紫杉象徵死而復生。艾略特在此何以選用紫杉，則可能是無從破解的懸案。

48 **花園神祇**：原文 "garden god" (142)。Southam (231) 認為指普里阿普斯 (Priapus)，因為在花園和果園中，常有這一神祇的雕像。不過一四二行提到「笛子」("flute")，則 "garden god" 又似乎指 "Pan"（「牧神」）。普里阿普斯，希臘文 Πρίαπος，酒神狄俄尼索斯和愛神阿芙蘿狄蒂之子，是生殖之神、壯陽之神、陰莖之神，也是家畜、園藝、果樹、蔬菜、蜜蜂的保護神，又長又大、遠超人體生理比例的陰莖一直勃起，是英語*priapism*（陰莖持續勃起症）一詞的源起，也是不少男人無聊共聚時說葷笑話常用的題材。

49 **一旦流亡期滿**：原文 "And after this our exile" (148)，是《又聖母經》("Salve Regina") 中的片語。天主教的《又聖母經》白話中文版全文如下：

> 萬福母后！仁慈的母親，我們的生命，我們的甘飴，我們的希望。厄娃子孫，在此塵世，向妳哀呼。在這涕泣之谷，向妳嘆息哭求。我們的主保，求妳回顧，憐視我

們。一旦流亡期滿，使我們得見妳的聖子，萬民稱呼的耶穌。童貞瑪利亞，妳是寬仁的，慈悲的，甘飴的。天主聖母，請為我們祈求，使我們堪受基督的恩許。阿門。

詩中「一旦流亡期滿」（"And after this our exile"）的言外之意是：「一旦流亡期滿，請妳（聖母）使我們得見聖子。」

50　**依然**：原文 "Still" (152) 一語雙關，既指「仍然」，也指「寂然」、「凝然」。

51　**如果失去的言詞已經失去，耗完的言詞已經耗完／……繞著寂然載道之詞的中心旋轉**：原文 "If the lost word is lost, if the spent word is spent / If the unheard, unspoken / Word is unspoken, unheard; / Still is the unspoken word, the Word unheard, / The Word without a word, the Word within / The world and for the world; / And the light shone in darkness and / Against the Word the unstilled world still whirled / About the centre of the silent Word." (149-57)。Southam (232) 指出，在這一節，"word / Word / world / World" 的組織安排，仿效蘭斯洛特·安德魯斯於一六一八年講基督降生的佈道詞。兩人用 "Word" 一詞時，都指希臘語所謂的 "logos"（漢語音譯「邏各斯」）。所謂 "logos"，指上帝的道或至高理性和創世秩序中的原理，在《約翰福音》中等於三位一體中的第二位，也就是聖子耶穌基督。"logos"，希臘文 λόγος，源出 λέγω（直譯是「我說」），西方哲學、心理學、修辭學、宗教都有採用，有「意見」、「期望」、「言詞」、「話語」等不同的意思；到了赫拉克利特（Heraclitus，希臘文 Ἡράκλειτος，約公元前535-約公元前475，一說公元前540-公元前480），成為西方哲學的術語，在赫拉克利特的著作中，指秩序和知識的原理

和萬物變動中的規律。其後，各家各派（包括亞里士多德、新柏拉圖主義者、斯多葛（又譯「斯多噶」或「斯多亞」）主義者）採用 "logos" 一詞時有不同的意思，難以一概而論。參看 *Wikipedia*, "logos" 條和《維基百科》，「邏各斯」條（多倫多時間二〇二〇年十一月二十日下午四時登入）。此外參看《艾略特詩選1 (1909-1922)：〈荒原〉及其他詩作》《小老頭》第十八—十九行註釋（註十二）。在這一節，艾略特採用的意義主要是《約翰福音》第一章第一節所指：“In the beginning was the Word, and the Word was with God, and the Word was God.”（「太初有道，道與 神同在，道就是 神。」）在艾略特詩中，"Word" 和 "word" 是同一字，發音相同，迴環往復間產生的音樂效果難以用漢語全部傳達，因為「道」、「詞」、「言詞」是不同的詞，發音有別。此外，艾略特的詩義從 "Word" 到 "word"，然後再從 "word" 到 "Word" 迭換間不著痕跡，再加上 "World"、"word" 和 "world" 押元音韻、"world" (154) 和 "whirled" (156) 押全韻，更叫英漢譯者有技窮之感。詩的語義易傳，詩的音樂難譯，於此可見一斑。**載道之詞沒有言詞**：原文 "The Word without a word" (153)。這是安德魯斯佈道詞的話，指神蹟，也就是 "Verbum infans"，沒有言詞（不會言說）之道，即披上血肉體而化為聖嬰之道。參看《約翰福音》第一章第十四節：「道成了肉身，住在我們中間，充充滿滿地有恩典，有真理。我們也見過他的榮光，正是父獨生子的榮光。」拉文版為：“Et Verbum caro factum est, et habitavit in nobis: et vidimus gloriam ejus, gloriam quasi unigeniti a Patre plenum gratiae et veritatis.” 英文版為：“And the Word was made flesh, and dwelt among us, (and we beheld his glory, the glory as of the only begotten of the Father,) full of grace and truth." 原文 "world"-"whirled"（一五四和一五六行）的音聲迴環，Southam (232) 猜測，是艾略特抄自約翰・戴維斯爵士 (Sir John Davies, 1565-1618，一說1569-1626)《管弦樂團》(*Orchestra: or a Poeme of Dauncing*) 一詩的三十四節："Behold the world, how it is whirled round! / And for it is so whirled, is named so." 不過，僅是二字相同，也可能是雷同，不能確證艾略特抄襲；世界（地球）旋轉這一意念，至為普通，有了日心說之後，幾乎誰都會想到，絕非戴維斯的專利。戴維斯之前、之後，都可以有作家的作品有相同或相類的描寫；註釋艾略特作品時要避免牽強附會，否則，有谷歌大能幫助的今天，搜遍世界古今典籍找艾略特用詞的出處，「艾略特抄襲」（其實是雷同，是不約而同）的「例子」會多不勝數。當然，在這種天羅地網、兩字相同即定罪的資料搜索中，天下作家都會變成「文抄公」。今天，谷歌成了學者搜證的神級助手，學者成了至高無上的主控官兼法官；因此「判案」時要加倍小心，否則任何無辜的作家都會蒙冤。

52　**我的百姓啊，我向你做了甚麼呢？**：原文 "O my people, what have I done unto thee." (158)。此語出自《舊約・彌迦書》第六章第三節，是耶和華譴責以色列人忘恩負義之詞：「我的百姓啊，我向你做了甚麼呢？／我在甚麼事上使你厭煩，／你可以對我證明。」同一章第四節敘述耶和華對以色列人所施的聖恩：「我曾將你從埃及地領出來，／從作奴隸之家救贖你，／我也差遣摩西、／亞倫和米利暗在你前面行。」《聖經》在「我的百姓啊，我向你做了甚麼呢」之後用問號，也應該用問號。不知何故，艾略特徵引時卻用句號（又是艾略特使用標點符號時粗疏、混亂的例子）。後來，耶和華這句話引入了天主教禮拜儀式，在耶穌受難日的天主教彌撒中，十字架上的耶穌會這樣責備百姓："O my people, what have I done unto thee? Or in what have I grieved thee? Because I brought thee out of the land of Egypt, thou hast prepared a cross for thy Saviour." 參看Southam, 232。

53 **大陸區域……非洲雨域**：原文 "mainland...rain land" (162)。"rain land" 也拼 "rainland"，意思是：（尤其指非洲撒哈拉沙漠以南）降雨量較多的地區。艾略特要傳遞的意思，不過是「不管在任何地方」；"mainland" 和 "rain land" 押韻，易唸易記，能突出並加強詩義，結果獲敏於音聲、韻律的艾略特「青睞」。

54 **對於那些在黑暗中前行的眾人／不管在白晝時間還是黑夜時間／適切時間和適切地點都不在這裏**：原文 "For those who walk in darkness / Both in the day time and in the night time / The right time and the right place are not here" (163-65)。在黑暗中前行，是背離光明，前行而不得其所；因此，「適切時間」和「適切地點」（蒙恩或救贖的時間和地點）都不在「眾人」所行之地。原文 "day time"、"night time"、"right time"、"right place" 以 "time"、"night"、"right" 在音聲上前呼後應，又是艾略特在《聖灰星期三》所用的修辭技巧；漢譯以「時間」、「黑夜」、「適切」模擬原詩的音聲效果。

55 **躲避宓顏的眾人沒有地點賜他們禧典**：原文 "No place of grace for those who avoid the face" (166)。"grace" 大概指聖父、聖子或聖母的恩典；"face" 大概指他們的聖顏。原文 "place"、"grace"、"face" 押韻（單音節押韻）；漢譯「宓顏」、「地點」、「禧典」也押韻（雙音節押韻，像但丁《神曲》的韻腳）。為了押韻，意義要稍微遷就音聲。不過，說聖顏是「宓顏」，「神恩」是「禧典」，詩義所受的委屈也不算太大。這句的意義十分明朗：拒絕上帝、聖子或聖母的人不會獲賜恩典。

56　在喧闐中間前進而不認洪音的眾人無從同欣：原文 "No time to rejoice for those who walk among noise and deny the voice" (167)。原文 "rejoice"、"noise"、"voice" 押韻；漢譯以「前進」、「洪音」、「同欣」傳遞原文押韻的效果。此外，「喧闐」和「中間」、「洪」和「眾」和「同」也押韻。若從語音學角度分析，"rejoice" (/rɪˈdʒɔɪs/)、"noise" (/nɔɪz/)、"voice" (/vɔɪs/) 不是全韻，因為 /z/ 是濁音，/s/ 是清音；也就是說，三個字中，只有 "rejoice" 和 "voice" 押全韻。這行的意思也十分明朗：在凡塵的喧鬧、擾攘中不聽聖音的人不會歡欣。

57　猶豫在利得和損失之間的處所／在這個短暫的過境處：原文 "Wavering between the profit and the loss / In this brief transit" (188-89)。參看《荒原》中的《水殞》部分：「也忘了利得和損失」（"And the profit and loss"）。Southam (233) 引 Hayward指出，《聖灰星期三》的這部分，可能是《荒原》刪削後剩下的材料。這兩行和《水殞》一一三行 ("Phlebas the Phoenician, a fortnight dead, / Forgot the cry of gulls, and the deep sea swell / And the profit and loss")（「腓尼基水手菲利巴斯，死了兩星期，／忘了海鷗的叫聲和巨浪的起伏連綿，／也忘了利得和損失」），在詩義和哲思上（人死後，凡塵的一切再也無足輕重）的確有相通的地方。由於這緣故，Hayward的推測並非無的放矢。**短暫的過境處**：原文 "brief transit"，指人死後進入永生或由凡塵升天的過渡時刻。

58　**這裏，眾夢越過／夢越的暮色，在誕生與死亡之間**：原文 "where the dreams cross / The dreamcrossed twilight between birth and dying" (189-90)。在凡塵和天堂的邊境，夢在暮色中越過；由於這邊境或過境處的暮色，一直有夢跨越，因此稱為「夢越的暮色」（"dreamcrossed twilight"）。**在誕生與**

死亡之間：原文 "between birth and dying"。死亡之後復活升天；升天前的一瞬，亡魂「在誕生與死亡之間」。"dreams cross / The dreamcrossed" 一類把文字重重疊疊反反覆覆移動搬弄的手法，是艾略特經常喜歡採用的修辭技巧；在《聖灰星期三》裏推到極致。這一極致，在但丁、米爾頓的作品中找不到。莎士比亞的戲劇，描寫各種角色，嚴肅、輕鬆、滑稽場合都有，則屬例外；因為在輕鬆和滑稽場合中，有時要玩玩文字遊戲。艾略特的這種技巧，有加強和突出詩義的效果；但用得太多、太濫就會變成陳腔，叫讀者想起遊戲詩（nonsense verse，也譯「胡鬧詩」），覺得作者在耍貧嘴；結果本來嚴肅、智慧的信息也會顯得輕佻。如何用得恰到好處，是對作者的一大挑戰。綜觀艾略特全集，讀者有時會覺得詩人把持不定，因巧思而一時忘形，被「巧言」扯離重心。

59 （神父，請降福我）：原文 "(Bless me father)" (191)。這是天主教告解聖事 (sacrament of confession) 開始時懺悔者／悔罪者對神父所說的話："Bless me, father, for I have sinned […]"（「神父，請降福我，因為我犯了罪……」）。"Confession" 又稱 "Penance"，漢譯「告解聖事」、「懺悔聖事」、「修和聖事」或「和好聖事」。「請降福我」一語不符合漢語的說話習慣；漢語通常說：「請降福予我」、「請降福給我」或「請給我降福」。不過天主教傳統既然說「請降福我」，引用時也只好遵循原文了。

60 從開向花崗岩海岸的寬窗：原文 "From the wide window towards the granite shore" (192)。Matthiessen指出，一九二二○三行的描寫，是美國新英格蘭美麗多姿的景色；童年的艾略特，學校放假時曾在這裏住過；所居的房子有寬闊窗戶，位於麻薩諸塞州安恩角 (Cape Ann) 的格洛斯特市

(Gloucester)，在波士頓東北三十英里，下臨海岩，可遠眺大西洋。參看Southam, 233。不過，值得稱道的，是詩人把童年經驗轉化為好詩的本領。

61　**白帆仍翩翩向大海向大海一直翩翩**：原文 "The white sails still fly seaward, seaward flying" (193)。艾略特在這裏用了修辭學所謂的「交錯法」（"chiasmus"）。漢譯設法保留同樣的修辭效果。

62　**遭到拗彎的金杖**：原文 "the bent golden-rod" (198)。單獨看來，"golden-rod" 有多種意義：秋麒麟草、一枝黃花、金杖。在這裏，應該譯「金杖」。金杖象徵上帝／基督（萬王之王）的統治和權威。基督在俗世的權威不揚，猶如金杖遭拗彎；人類（尤其是基督徒）在聖教不彰的俗世變得萎靡不振，必須振作復活，反抗壓抑聖教的邪惡，重振基督的權威。參看《啟示錄》第二章第二十七節："And he shall rule them with a rod of iron; as the vessels of a potter shall they be broken to shivers: even as I received of my Father."（「他必用鐵杖轄管他們，將他們如同窰戶的瓦器打得粉碎 —— 像我從我父領受的權柄一樣。」）第十二章第五節："And she brought forth a man child, who was to rule all nations with a rod of iron: and her child was caught up unto God, and to his throne."（「婦人生了一個男孩子，是將來要用鐵杖轄管萬國的；她的孩子被提到　神寶座那裏去了。」）第十九章第十五節："And out of his mouth goeth a sharp sword, that with it he should smite the nations: and he shall rule them with a rod of iron: and he treadeth the winepress of the fierceness and wrath of Almighty God."（「有利劍從他口中出來，可以擊殺列國。他必用鐵杖轄管他們，並要踹全能　神烈怒的酒醡。」）《啟示錄》的鐵杖，在艾略特詩中變成了金杖，不過兩者都象徵權柄。

另一詮釋認為 "golden-rod" 指「一枝黃花」，也言之成理：一九六行有植物「丁香」("lilac")，這裏再有植物「一枝黃花」似乎也說得通；不過這樣詮釋，「遭到拗彎」("bent")一語就沒有著落了（好好的「一枝黃花」，為甚麼要「拗彎」呢──何況在一般情形下，花朵一拗即折，談不上「彎」或「不彎」）。

63 **象牙門之間，瞎眼創造／空虛的形貌**：原文 "And the blind eye creates / The empty forms between the ivory gates" (201-202)。在荷馬的長篇敘事詩《奧德修斯紀》第十九章五六○─六九行，佩尼蘿佩做了個夢，覺得那個夢好像預兆丈夫奧德修斯即將還家。不過她說，夢境能叫人迷惑，不會常常是美夢化為現實。然後指出，飄紗之夢有兩道門：經獸角出來的會成真；經象牙之門出來的會騙人，帶來不能成為現實的虛幻。哈佛大學版《奧德修斯紀》英譯本譯者亞瑟‧T‧默里 (Arthur T. Murray) 指出，希臘文原著中，荷馬巧妙地利用兩對音近義異的字傳意：κέρας ("horn")-κραίνω ("fulfil")，ἐλέφας ("ivory")-ἐλεφαίρομαι ("deceive")，玩的是文字遊戲，英譯無從傳遞相同的效果。有關獸角之門和象牙之門的說法，後來也為其他作家（如柏拉圖、維吉爾）所引用。在《埃涅阿斯紀》卷六（八九三─九八行），維吉爾提到獸角之門和象牙之門的典故。英語作家引用這一典故的更不勝枚舉（艾略特是其中之一）。艾略特《聖灰星期三》的 "And the blind eye creates / The empty forms between the ivory gates" 是例子之一；他的 "Sweeney Among the Nightingales" 中的 "And Sweeney guards the hornèd gate" 是例子之二。參看 *Wikipedia*，"Gates of horn and ivory" 條（多倫多時間二○二○年十一月二十四日下午四時登入）。詩中的 "blind eye" 是否指失明的荷馬呢，則難以確定。

64　**另一棵紫杉**：原文 "the other yew" (208)。這棵紫杉是永生和死亡之樹 (Southam, 234)。

65　**我們的安寧寓於他的意志**：原文 "Our peace in His will" (214)。參看《神曲‧天堂篇》第三章八十五—八十七行。其中（八十五行）有 "E 'n la sua volontade è nostra pace"（「他的意志是我們的安寧所居」）一語，直譯是：「同時，在他的意志是我們的安寧」，等於英譯 "And in his will is our peace." 艾略特在這裏把但丁原文的次序倒過來，並加以簡化，變成 "Our peace in his Will"（直譯是「我們的安寧在他的意志」）。在黃國彬《神曲‧天堂篇》漢譯中，由於要照顧上下文的呼應，"E 'n la sua volontade è nostra pace" 譯「君王的意志是我們的安寧所居」，也就是說，"la sua"（「他的」）變成了「君王的」。

66　**大海的魂魄呀**：原文 "spirit of the sea" (217)。天主教的一篇連禱文稱瑪利亞為 "Stella Maris"（「大海之星」）。參看 Southam, 234。

67　**別讓我遭到分離**：原文 "Suffer me not to be separated" (218)。這句出自天主教向耶穌禱告之詞《基督之魂》（ "Anima Christi"）： "Ne permittas me separari a te." 英譯 "Suffer me not to be separated from Thee." 艾略特截取英譯的一部分入詩。《基督之魂》原文為拉丁文，作於中世紀，至於作者是誰，則有不止一種說法，在此不再贅述。禱告詞的拉丁文全文如下：

> Anima Christi, sanctifica me.
> Corpus Christi, salva me.
> Sanguis Christi, enebria me.
> Aqua lateris Christi, lava me.
> Passio Christi, conforta me.

O bone Iesu, exaudi me.

Intra tua vulnera absconde me.

Ne permittas me separari a te.

Ab hoste maligno defende me.

In hora mortis meae voca me.

Et jube me venire ad te,

Ut cum Sanctis tuis laudem te.

In saecula saeculorum.

Amen.

英譯全文如下：

Soul of Christ, sanctify me.

Body of Christ, save me.

Blood of Christ, inebriate me.

Water from the side of Christ, wash me.

Passion of Christ, strengthen me.

O good Jesus, hear me.

Within Thy wounds, hide me.

Suffer me not to be separated from Thee.

From the malignant enemy defend me.

In the hour of my death call me.

And bid me come unto Thee,

That with Thy Saints I may praise Thee

Forever and ever.

Amen.

參看*Wikipedia*, "Anima Christi" 條（多倫多時間二〇二〇年

十一月二十五日下午十時登入）。

68　**容我的呼求達到你面前**：原文 "And let my cry come unto Thee" (219)。參看《舊約・詩篇》第一〇二篇第一節：「耶和華啊，求你聽我的禱告，／容我的呼求達到你面前。」("Hear my prayer, O Lord, and let my cry come unto thee.") 這一詩篇的要旨是「急難之時呼求主眷顧」。在天主教彌撒中，神父先說：「耶和華啊，求你聽我的禱告。」然後，信徒說句子的第二部分回應：「容我的呼求達到你面前」。

三王來朝[1]

「真冷啊，那一次旅程，
一年當中，上路的最糟時節，
而且是這麼漫長的旅程：
路又深窅，天氣又嚴寒，
正是深冬最冷的日子。」[2]
駱駝被鞍韉擦傷，蹄部受損，桀驁不馴，
躺落正在融化的雪中。
有些時刻，我們懷念
山坡上的夏宮，懷念台榭，
以及端上果子露的穿綢少女。
然後，牽管駱駝的僕人在咒罵在抱怨
在逃離我們，而且嚷著要酒要女人，
而篝火又開始熄滅，我們又無處求庇，
大城兇惡小鎮不友善，
各個村子都骯髒，而且收費高昂：
真難熬呀，那時節。
最後，我們決定整夜趕路會更好，
途中睡一會，走一會，
耳邊是眾聲喧嚷，說：
這樣做，真是愚不可及。

然後，黎明時，我們走落一個氣候溫和的山谷，
在雪線之下，潮濕，浮漾著植被的氣味；
有一條奔流的小河，[3] 一座水磨拍打著黑暗，
有三棵樹映著低天，[4]
還有一匹老邁的白馬在草原上向遠處奔馳。[5]
然後，我們來到一家客棧，門楣覆著藤葉，
大門沒關，門內有六隻手在擲骰子賭碎銀，[6]
幾隻腳在踢著幾個空酒囊。[7]
不過，客棧裏得不到消息，於是我們繼續前行，
黃昏時抵達，找到那地方時，
一點也不早了；結果嗎，你可以說，還過得去。[8]

這一切，就記憶所及，是好久以前的事了，[9]
但願能再來一次；不過，請記下
這一次記下
這一次：[10] 當時，我們一直受引領，去尋覓
大誕生還是大死亡？當時的確有一次大誕生，[11]
我們有真憑實據，毫無疑問。我見過尋常的生死，
以為是兩回事；[12] 這一次大誕生，
對我們而言，是既艱且苦的大痛，一如大死亡──我們
　　的死亡。[13]
後來，我們回到老家，也就是這些王國。[14]
不過，在這裏，在舊制度中，[15]
看一個異類民族緊抓著他們的神怪，[16] 我們不再安舒。
但願我能夠再死一次。[17]

註釋

1 　一九二七年，傑弗里・費伯 (Geoffrey Faber) 邀請艾略特為
　　「聖獅系列」("The Ariel Poems")聖誕小冊子寫詩。艾略特應
　　邀，寫了《三王來朝》("Journey of the Magi")，於一九二七
　　年八月發表。同年九月，艾略特再發表了《西面之歌》("A
　　Song for Simeon")；十月發表了《小靈魂》("Animula")；
　　一九三〇年九月發表了《瑪麗娜》("Marina")。四首作品，
　　其後與《培育聖誕樹》("The Cultivation of Christmas Trees")
　　一起收入《聖獅詩作》(*Ariel Poems*) 一輯。今日，"Ariel" 是
　　人名，不過根據其希伯來文的語源，是「神的獅子」之意。

　　　　"Magi" 是拉丁文 *magus* 的複數；而 *magus* 又源出希臘
　　文 μάγος，複數 μάγοι，在《新約・馬太福音》指智者或君
　　王。參看*Wikipedia*, "Biblical Magi" 條（多倫多時間二〇二
　　〇年十二月一日下午十時登入）。《維基百科》「東方三博
　　士」條認為 "Magi" (希臘文 μάγοι) 有多種意義：「東方三博
　　士」、「東方三王」（公教舊稱）、「東方三賢士」（思高
　　本）、「三智者」、「麥琪」、「術士」（多倫多時間二〇
　　二〇年十二月一日下午十時登入）。此詩所寫，源出《馬太
　　福音》第二章第一一十二節：

> Now when Jesus was born in Bethlehem of Judaea in the
> days of Herod the king, behold, there came wise men from
> the east to Jerusalem, Saying, Where is he that is born King
> of the Jews? for we have seen his star in the east, and are
> come to worship him. When Herod the king had heard these
> things, he was troubled, and all Jerusalem with him. And
> when he had gathered all the chief priests and scribes of the
> people together, he demanded of them where Christ should

be born. And they said unto him, In Bethlehem of Judæa: for thus it is written by the prophet, And thou Bethlehem, in the land of Juda, art not the least among the princes of Juda: for out of thee shall come a Governor, that shall rule my people Israel. Then Herod, when he had privily called the wise men, inquired of them diligently what time the star appeared. And he sent them to Bethlehem, and said, Go and search diligently for the young child; and when ye have found him, bring me word again, that I may come and worship him also. When they had heard the king, they departed; and, lo, the star, which they saw in the east, went before them, till it came and stood over where the young child was. When they saw the star, they rejoiced with exceeding great joy. And when they were come into the house, they saw the young child with Mary his mother, and fell down, and worshipped him: and when they had opened their treasures, they presented unto him gifts; gold, and frankincense, and myrrh. And being warned of God in a dream that they should not return to Herod, they departed into their own country another way.

當希律（天主教思高聖經學會譯「黑落德」）王的時候，耶穌生在猶太的伯利恆。有幾個博士從東方來到耶路撒冷，說：「那生下來作猶太人之王的在哪裏？我們在東方看見他的星，特來拜他。」希律王聽了，就心裏不安；耶路撒冷合城的人也都不安。他就召齊了祭司長和民間的文士，問他們說：「基督當生在何處？」他們回答說：「在猶太的伯利恆。因為有先知記著說：

　『猶大地的伯利恆啊，

你在猶大諸城中並不是最小的，

因為將來有一位君王要從你那裏出來，

牧養我以色列民。』」

當下希律暗暗地召了博士來，細問那星是甚麼時候出現的，就差他們往伯利恆去，說：「你們去仔細尋訪那小孩子，尋到了，就來報信，我也好去拜他。」他們聽見王的話就去了。在東方所看見的那星，忽然在他們前頭行，直行到小孩子的地方，就在上頭停住了。他們看見那星，就大大地歡喜。進了房子，看見小孩子和他母親馬利亞，就俯伏拜那小孩子，揭開寶盒，拿黃金、乳香、沒藥為禮物獻給他。博士因為在夢中被主指示，不要回去見希律，就從別的路回本地去了。

看了《聖經》的資料，再考慮基督教傳統，譯者就會自忖，詩題中的 "Magi" 該如何漢譯呢？欽定本《聖經》說是 "wise men"，詞典解釋 "magi" 時也有「智者」、「智士」等定義；天主教或新教譯「賢人」或「博士」；目前網上又有「東方三博士」之說。因此 "magi" 譯「智者」、「智士」、「賢人」、「博士」或「東方三博士」都有理由。可是，基督教又有「三王來朝」（朝拜聖嬰基督）的說法；"Magi" 也有「君王」的意思。英語的 *the Three Wise Men* 或 *the Magi*，譯成意大利語時要變成 *i Re Magi*，而 *Re* 正是「君王」的意思。Southam (236) 指出，根據基督教後期傳統，來自東方的三個朝拜者是三個君王：Balthazar (King of Chaldea)、Caspar (the Ethiopian King of Tarshish)、Melchior (King of Nubia)。和合本《聖經》說這些 "Magi"「揭開寶盒，拿黃金、乳香、沒藥為禮物獻給」基督；則從東方到伯利恆朝拜基督的人，又不是清貧的「智者」、「智士」或「博士」了（「智者」、

「智士」或「博士」通常並不富有）；何況艾略特詩中的敘事者說："There were times we regretted / The summer palaces on slopes, the terraces, / And the silken girls bringing sherbet." 這樣豪華的環境和享受，與清貧的「智者」、「智士」、「博士」恐怕拉不上關係。此外，身為「君王」而紆尊降貴，千辛萬苦，甚至遭人奚落，一心去朝拜一個無名嬰兒，方能顯出他們的宗教情操可貴，信仰篤切；而基督有三王遠道而來，向他朝拜，其萬王之王的神範方能彰顯。清貧的「智者」、「智士」或「博士」即使思接天人，棄凡塵的榮華富貴如敝屣，到遠方朝拜基督，也不怎麼稀奇，不值得《聖經》或艾略特大書特書。由於這緣故，本譯者漢譯 "Magi" 一詞時，選了「君王」一義。至於有多少個君王呢，欽定本《聖經‧馬太福音》只用複數，沒有數詞或量詞："there came wise men from the east"。和合本《馬太福音》有複數，也有數詞和量詞：「有幾個博士從東方來到耶路撒冷」，但沒有說明確實數目。不過，漢語世界處理數目時，「無三不成『幾』」是不成文規定，因此朝拜基督的人至少有三個；既然基督教後期傳統都說「三王來朝」，聖誕來臨時，基督徒都唱 "We three kings of Orient are / Bearing gifts we traverse afar / Field and fountain / Moor and mountain, / Following yonder Star. […]" 而艾略特詩中的細節也顯示，敘事者是君王。因此把 "Journey of the Magi" 譯為《三王來朝》，應該是最佳選擇了。從事翻譯並研究過翻譯理論的都知道，世上沒有完美的翻譯，《三王來朝》譯 "Journey of the Magi" 也不完美。最大的原因是，艾略特詩作的題目中，"Journey" 一詞突出；詩的重心是有關 "Journey" 的描述，其餘文字不過是敘事者的回顧和反思。那麼，《三王來朝》似乎可以改為《三王之旅》。不過這樣一改，又會引起新的問題：第一，「三王之旅」一語，會叫讀者想起「八王之亂」一類中史事件。第二，「三王之旅」會把豐富的基督教聯想一筆勾銷。幸好「三王來朝」中的「來」字，在題目中的地位也十分「顯赫」，是活力充沛的動詞，在語義上大致可與原題中的名詞 "Journey" 頡頏（翻譯中，要照顧譯入語的說話習慣，譯者常要採取換位策略，把詞類互換）。以《三王來朝》譯 "Journey of the Magi"，猶如以 *Journey to the West* 譯《西遊記》，是本譯者所謂的「離心翻譯」。如把《三王來朝》改為《三王來朝記》，則 "Journey of the Magi" 這一題目的漢譯（《三王來朝記》），就變成《西遊記》書名英譯 (*Journey to the West*) 的倒影了。換言之，翻譯的方向相反，詞性的變換模式卻相同。

　　Southam (236) 指出，艾略特致尚・波朗 (Jean Paulhan) 的法文信中，承認翻譯了聖約翰・佩斯 (Saint-John Perse，Alexis Leger的筆名) 的《內陸行》(*Anabase*) (1924) 一詩後，寫詩時意象和節奏都受影響。在 "Journey of the Magi" 中，影響主要來自佩斯作品中有關沙漠、大篷車、女僕、長途跋涉過程的描寫。

2　「真冷啊，那一次旅程，／……正是深冬最冷的日子。」：原文 "'A cold coming we had of it, / Just the worst time of the year / For a journey, and such a long journey: / The ways deep and the weather sharp, / The very dead of winter.'" (1-5)。這幾行改編自蘭斯洛特・安德魯斯一六二二年聖誕節在英王詹姆士一世御前所講的佈道詞，主題為基督誕生。佈道詞的有關段落如下："A cold coming they had of it at this time of the year, just the worst time of the year to take a journey, and specially a long journey in. The ways deep, the weather sharp, the days short, the sun farthest off, *in solstitio brumali*, 'the very dead of winter'. "

一九二六年，艾略特在 "Lancelot Andrewes" 一文中也引述這段文字（引述時與安德魯斯原文稍有出入），說這段文字一讀難忘。艾略特把安德魯斯原作稍微改動，同樣是平易的口語。在上引的佈道詞之前，安德魯斯還這樣描寫路程的艱苦："This was nothing pleasant, for through deserts, all the way waste and desolate. Nor easy neither; for over the rocks and crags of both Arabias, specially Petraea their journey lay... Exceeding dangerous, as lying through the midst of 'black tents of Kedar', a nation of thieves and cut-throats; to pass over the hills of robbers...It was no summer progress."（這段文字描寫的細節，艾略特在六─二十行也引用了）。

Southam (237) 指出，此詩一─五行的口語風格，也受了龐德 "Exile's Letter" (*Cathay*, 1915) 的影響。其中較明顯的例子，是龐德詩中的下列幾行："And what with broken wheels and so on, I won't say it wasn't hard going, / Over roads twisted like sheep's guts. / And I was still going, late in the year, in the cutting wind from the North..., And the vermilioned girls getting drunk about sunset..." 龐德翻譯過中國古典詩（雖然他的漢英翻譯不能算翻譯），曾受中國古典詩人影響；詩中的 "sheep's guts" 顯然來自「羊腸」一詞。

3　　**一條奔流的小河**：原文 "a running stream" (23)。有的論者認為小河象徵活水。參看《約翰福音》第四章第十節："Jesus answered and said unto her, If thou knewest the gift of God, and who it is that saith to thee, Give me to drink; thou wouldest have asked of him, and he would have given thee living water."（「耶穌回答說：『你若知道　神的恩賜和對你說「給我水喝」〔漢語一般作「給水我喝」〕的是誰，你必早求他，他也必早給了你活水。』」）

4　**有三棵樹映著低天**：原文 "And three trees on the low sky." (24)。髑髏地有三個十字架，中間的一個用來釘耶穌，左右各一個，用來釘犯人。三棵樹可能象徵三個十字架。參看《路加福音》第二十三章第三十二—三十三節。

5　**白馬**：原文 "white horse" (25)。《聖經》裏，勝利者耶穌騎的是白馬。參看《啟示錄》第六章第二節：「我就觀看，見有一匹白馬；騎在馬上的拿著弓，並有冠冕賜給他。他便出來，勝了又要勝。」在第十九章，萬王之王耶穌騎的也是白馬。參看該章第十一—十四節。

6　**大門沒關，門內有六隻手在擲骰子賭碎銀**：原文 "Six hands at an open door dicing for pieces of silver" (27)。Southam (237-38) 認為，這行暗示猶大出賣耶穌；也暗示士兵把耶穌釘在十字架之後，「拈鬮分他的衣服」。參看《馬太福音》第二十六章第十四—十五節：「當下，十二門徒裏有一個稱為加略人猶大的，去見祭司長，說：『我把他交給你們，你們願意給我多少錢？』他們就給了他三十塊錢。」第二十七章第三十五節：「他們〔指士兵〕既將他〔指耶穌〕釘在十字架上，就拈鬮分他的衣服……。」此外參看《約翰福音》第十九章第二十三—二十四節。單獨看來，"Six hands" 可以指六個俠役。不過下一行 ("And feet kicking the empty wine-skins") 有 "feet"，艾略特似乎要把鏡頭聚焦於 "hands" 和 "feet" 之上，因此以「手」譯 "hands" 較佳。也就是說，客棧的門沒關（大概是沒全關，卻也不是大開），敘事者剎那間只看見六隻擲骰子賭博的手和踢著空酒囊的腳（原文是 "feet"，即超過一隻腳）。這樣以大特寫方式聚焦於手腳，讓讀者只見手腳而不見人，有強烈的電影效果，是另一種「空山不見人，但聞人語響」的詩法。當然，在字典中，"hand" 有「以勞力工作的人」、「熟練技工」和「水手」等定義，把「Six hands」譯為「伕役」或「役夫」都不算錯。

7　**酒囊**：原文 "wine-skins" (28)。"wine-skin" 是羊皮縫成、用來裝酒的袋子。

8　**結果嗎，你可以說，還過得去**：原文 "it was (you may say) satisfactory." (31) 敘事者及其同伴，最後找到了嬰兒基督，覺得沒有甚麼特別。艾略特處理朝聖的手法，與傳統有很大的分別：沒有說一顆星引領三王；三王見了聖嬰，沒有獻上黃金、乳香、沒藥；不但沒有獻上禮物，還說所見情景只是「過得去」，也就是說，不怎麼樣。這一手法，與艾略特對詩的看法吻合：要逃遁自我，要避免濫情。（當然，艾略特的看法並非放諸四海或千古而皆準的。其他詩人，不必——也不應該——奉艾氏信條為圭臬。但丁、莎士比亞、米爾頓、葉慈寫同一題材，一定與艾氏手法迥異。）艾略特以低調寫三王來朝，也受了安德魯斯的影響。有關艾略特的逃遁自我說，本譯者的《世紀詩人艾略特》有詳細討論。

9　**這一切，就記憶所及，是好久以前的事了**：原文 "All this was a long time ago, I remember" (32)。Southam (238) 指出，從這一行到全詩末行 ("I should be glad of another death")，艾略特的語調可能受安德魯斯的佈道詞啟發。在佈道詞中，安德魯斯反詰道：三王找到了甚麼？自問後接著自答："No sight to comfort them, nor a word for which they any whit the wiser; nothing worth their travel…Well, they will take Him as they find Him, and all this notwithstanding, worship Him for all that."（「沒有給他們慰藉的景象，沒有叫他們增添一點點智慧的隻字片言；沒有任何東西叫他們長途跋涉而來後，覺得苦有所值……是啊，他們就這樣接受他了。儘管一切不過如此，他們還是朝拜他。」）

10　**不過，請記下／這一次記下／這一次**：原文 "but set down /

This set down / This" (33-35)。Southam (238) 指出，安德魯斯的佈道詞有「第二，請記下這點」("Secondly, set down this") 一語。安德魯斯的佈道詞，可能是三十三─三十五行所本。至於敘事者叫聽者把事情始末記下來的做法，則可能受了葉慈影響。葉慈有一篇散文作品，發表於一八九七年，題為 "The Adoration of the Magi"（《三王朝聖》），提到三個老人在寒夜探訪他，向他講故事，講述時要他一字不漏地筆錄。這一描敘手法，可能是艾略特 "set down / This set down / This" 的藍本。至於艾詩中斷斷續續的句法，也可能借鏡自葉慈故事的情節："Now one talked and now another, and they often interrupted one another, with a desire like that of countrymen, when they tell a story, to leave no detail untold."（「一忽兒是這個說，一忽兒是另一個說；一人說時，另一人常常插入，就像鄉下人說故事那樣，一心要把故事說個齊全，一項細節都不遺漏。」）

11　當時，我們一直受引領，去尋覓／大誕生還是大死亡？當時的確有一次大誕生：原文 "were we led all that way for / Birth or Death? There was a Birth, certainly […]" (35-36)。安德魯斯以三王來朝比較示巴王后遠道跋涉，到以色列見所羅門王："Weigh what she found, and what these here—as poor and unlikely a birth as could be, ever to prove a King, or any great matter. No sight to comfort them, nor a word for which they any whit the wiser; nothing worth their travel..."（「請各位掂量一下示巴女王當日所見和三王此刻所見──就大君王身分或任何重大結果的證明而言，再沒有更窮困更不像樣的誕生了。沒有給他們慰藉的景象，沒有叫他們增添一點點智慧的隻字片言；沒有任何東西叫他們長途跋涉而來後，覺得苦有所值⋯⋯」）。

12　**我見過尋常的生死，╱以為是兩回事**：原文 "I had seen birth and death, / But had thought they were different" (37-38)。敘事者見過一般的生與死，以為二者有別。見過基督誕生後，才知道生是為了死（被釘十字架），死是為了復活。

13　**這一次大誕生，╱對我們而言，是既艱且苦的大痛，一如大死亡——我們的死亡**：原文 "this Birth was / Hard and bitter agony for us, like Death, our death." (38-39)。基督誕生，是真神的誕生，對異教徒的朝拜者而言，是既艱且苦的大痛；因為這大誕生把他們過去的信仰連根拔起，叫他們不再相信以前的偶像，回到故土後變成了異類，一如經歷大死亡。

14　**我們回到老家，也就是這些王國**：原文 "We returned to our places, these Kingdoms" (40)。敘事者把讀者帶回此時此地——敘事者此刻的「老家」（"our places"），即他們此刻的「王國」（"Kingdoms"）。這行無可置疑地證明，作者艾略特視 "Magi" 為「三王」，而不是「東方三博士」。

15　**在舊制度中**：原文 "in the old dispensation" (41)。基督教認為，基督統治世界是新制度 (Southam, 239)。參看《以弗所書》第三章第一一五節："For this cause I Paul, the prisoner of Jesus Christ for you Gentiles, If ye have heard of the dispensation of the grace of God which is given me to you-ward: How that by revelation he made known unto me the mystery; (as I wrote afore in few words, Whereby, when ye read, ye may understand my knowledge in the mystery of Christ) Which in other ages was not made known unto the sons of men, as it is now revealed unto his holy apostles and prophets by the Spirit […]"（「因此，我保羅為你們外邦人作了基督耶穌被囚的，替你們祈禱。諒必你們曾聽見　神賜恩給我，將關切你們的職分託付我，用啟示使我知道福音的奧秘，正如我以前略略寫過的。你們念

了，就能曉得我深知基督的奧秘，這奧秘在以前的世代沒有叫人知道，像如今藉著聖靈啟示他的聖使徒和先知一樣。〔……〕」」）。

16　**一個異類民族**：原文 "an alien people" (42)。敘事者目睹基督誕生後，變成了另一個人，其子民卻仍然緊抓偶像（偽神），變成了異類，叫他感到不安。

17　**但願我能夠再死一次**：原文 "I should be glad of another death." (43)。敘事者回憶個人經歷的大變後，覺得朝聖之旅，苦有所值。在全詩的末行，敘事者語氣突變，艾略特筆鋒陡轉，一反第三十一行的說法："it was (you may say) satisfactory"（「結果嗎，你可以說，還過得去」）。第三十一行所寫，是當年的感覺；第四十三行所寫，是此刻的醒悟。這裏的「死」，是舊我之死；舊我死後，新我誕生。因此，三王朝聖之旅既是現實世界之旅，也是精神世界之旅。

《磐石》合誦（節譯）

一

天鷹軒然高翥於天堂的巔峰，
獵人帶著獵犬追逐其迴環道路。
啊，有序的眾星始終在運行不息，
啊，不移的季節始終在循環往復，
啊，春去秋來、方生方死的世界！

三

上主不跟我們一起興建，我們興建也是徒然。
上主不跟你一起保留城市，你能把城市保留嗎？
一千個警員指揮交通，
不能夠告訴你，你此來何為或此去何往。
一大群豚鼠或一大批土撥鼠行動起來
比不靠上主而興建的人興建得更穩牢。

五

上主哇，拯救我，使我脫離胸中懷著極佳好意而心術不
　　純的人；因為呀，這樣的心比一切都詐偽，且壞得
　　不擇手段。

　　〔⋯⋯⋯⋯⋯⋯〕

保護我，使我脫離會獲某種利益的敵人
　　和蒙受某種損失的朋友。

六

人類為甚麼要愛教會？為甚麼要愛教會的律法？
教會跟他們講生死，講他們想忘記的一切。
他們要嚴峻時教會會溫和；心欲柔弱時教會會嚴峻。
教會跟他們講邪惡、罪愆以及其他令人不快的事實。
他們一直設法逃離
外界和內心的黑暗，
辦法是夢想種種完美的制度——完美得誰也無須
　　再行善。

七

起初，神創造世界。荒涼混沌。荒涼混沌。淵面黑暗。
有了人之後，他們以不同的方式在折磨中向神奮進，
盲目而徒勞，因為人是個自負的傢伙；人而無神，只是
　　風中的一粒種子，吹向這邊那邊，找不到棲止萌芽
　　之所。

十

無從得睹的大光啊，我們稱頌你！
你的光華太盛，非肉眼所能看見。
盛大之光啊，我們因小光稱頌你：
我們的塔尖黎明時觸到的曙光，
黃昏時斜斜照落向西之門的夕光，
蝙蝠光裏停在滯寂池沼之上的暮光，
月光和星光，梟光和蛾光，

草葉薄片上螢火蟲的螢光。
無從得睹的大光啊，我們崇拜你！

我們因點燃了眾光而感謝你：
祭壇之光，聖殿之光；
午夜冥想者的小光；
透過窗戶的彩色玻璃射出來的光；
從打磨的石頭、鍍金的木刻、
色彩壁畫上反映的光。
我們的凝視在海面之下，眼睛上望，
透過不寧的海水，看見碎裂的光。
我們看到光，卻看不到光從哪裏來。
無從得睹的大光啊，我們讚美你！

在凡塵的早期節奏中，對於光，我們感到疲累。
　　日御西徂或戲劇結束，[3] 我們會高興；而
　　狂喜的感覺太痛苦。
我們是很快就感到疲累的小孩——夜裏不睡、
　　煙花施放時入睡的小孩；無論花在工作或
　　玩耍，一天都太長。
分心或專心，我們都疲累；我們睡眠，也樂於
　　睡眠，
受控於血液、晝夜、四季的節奏。
我們要熄滅蠟燭，把光熄掉再重燃；
總是要撲滅，總是要重燃火焰。
所以，我們因暗影斑駁的小光感謝你。
　　　　〔…………〕
我們一旦給無從得睹的大光建好了祭壇，
　　就可把小光放在上面；我們的肉眼，

為那些小光而創造。

黑暗叫我們想起光；為此，我們感謝你。

無從得睹的大光啊，因你的盛大榮耀，

我們向你致謝！

註釋

1 節慶劇《磐石》(*The Rock*) 於一九三四年五月二十八日在倫敦薩德勒的威爾斯劇院 (Sadler's Wells Theatre) 上演，戲劇導演為E・馬丁・布朗 (E. Martin Browne)，劇本作者為艾略特，由馬丁・蕭 (Martin Shaw) 作曲。不過根據艾略特本人的說法，劇本由他和E・馬丁・布朗、R・韋布—奧德爾 (R. Webb-Odell) 合撰。今日，艾略特的詩集只收錄了劇作的合誦部分：Choruses from 'The Rock'（《磐石》合誦）。《磐石》上演，是為了籌款在倫敦興建教堂；從一九三四年五月二十八日至六月九日上演了十四場，籌得一千五百英鎊。本選集收錄的節譯，本譯者的《世紀詩人艾略特》一書有詳細分析。

2 艾略特原文有的用字直接引自《舊約・創世記》，如 "And darkness was upon the face of the deep." 艾略特的 "In the beginning GOD created the world" 則與《創世記》的 "In the beginning God created the heaven and the earth" 稍異。艾略特原文與《創世記》相同時，漢譯直接引錄和合本《聖經》。

3 原文 "day ends"-"play ends" 押韻；漢譯以「御」和「劇」、「徂」和「束」押韻。

四重奏四首[1]

焚毀的諾頓[2]

τοῦ λόγου δ'ἐόντος ξυνοῦ ζώουσιν οἱ πολλοί
ὡς ἰδίαν ἔχοντες φρόνησιν.[3]

　　　　　　　　　　　　1. p. 77. Fr. 2.

ὁδὸς ἄνω κάτω μία καὶ ὠυτή.[4]

　　　　　　　　　　　　1. p. 89. Fr. 60.

Diels: *Die Fragmente der Vorsokratiker* (Herakleitos)[5]

—

現在的時間和過去的時間
也許都存在於將來的時間，
而將來的時間則包含於過去的時間。[6]
假如所有的時間永屬現在，
所有的時間都無從收復。[7]
可能發生過的是個抽象概念，
只有在一個揣測的世界裏
才一直是個永恆的可能。
可能發生過和發生過的
指向一個終點，這終點永屬現在。[8]
跫音在記憶裏回響，
傳到我們沒有走過的通道
傳向我們從未開過的門[9]
傳入玫瑰園裏。[10] 我的話語
這樣回響，在你的心中。
　　　　　　　　但是，目的何在呢，
這樣打擾一缽玫瑰葉上的塵埃？[11]
我不知道。

住在花園裏的

是其他回響。我們在後面跟隨，好嗎？
快點，鳥兒說，[12] 找他們，找他們，[13]
在轉角處。穿過第一道門，
進入我們第一個世界，我們該跟隨
畫眉的詐諉嗎？進入我們第一個世界。[14]
啊，他們就在那裏，莊嚴，無人得睹，[15]
毫不著力地盈盈飄移，越過敗葉，[16]
在秋天的灼熱裏穿過顫蕩的空氣；
鳥兒在鳴叫，回應
藏在樹叢中無人傾聽的音樂；[17]
無人得睹的目光相交，[18] 因為這些玫瑰
看來像有人凝望的花朵。[19]
在那裏，它們就像我們的客人，獲人接受，也接受別人。
就這樣，我們動，它們也動，秩序肅然，
沿著空蕩的小徑，進入黃楊圍繞的空地，
下望乾涸的水池。
乾涸的水池，乾涸的混凝土，池邊褐黃，
池中充滿了陽光照出的水；[20]
蓮花升起，靜靜地，靜靜地；
池面從光的核心閃爍出來；[21]
他們呢，在我們後面，投影池中。[22]
然後，一片雲飄過，水池就乾了。
走吧，鳥兒說，葉叢中滿是小孩呀，[23]
興奮地藏匿著，忍著笑。[24]
走吧，走，走哇，鳥兒說：人類
承受不了太多的現實。[25]
過去的時間和未來的時間，

可能發生過和發生過的
指向一個終點，這終點永屬現在。[26]

一[27]

泥濘中的大蒜和藍寶石
把被嵌的輪軸涸住。[28]
血中顫動的弦線
在根深柢固的疤痕下唱歌，
安撫遺忘已久的戰爭。
沿動脈進行的舞蹈
淋巴液的循環
繪在眾星的漂移中，
升向樹中的夏天。[29]
我們移動，凌越移動的樹，[30]
在圓葉之上的光中；[31]
同時聽到下面地板滲漉，
其上有獵犬和野豬[32]
追逐它們的秩序，一如往古，
最後卻在星際調和。[33]

在旋轉世界的定點。既非血肉，也非血肉全無；[34]
既非向外，也非向內；定點是舞蹈所在，[35]
但不是停止，也不是運動。更不要稱為固定；
那裏，過去和未來共聚。[36] 既非向外，也非向內的運動；
既非升起，也非下斜。除了該點，該一定點，
就沒有舞蹈，而那裏只有舞蹈。[37]
我只能說，我們曾一度置身那裏；卻說不出是哪裏。
也說不出在那裏有多久，因為這樣，就等於置諸時間內。

內在自由，擺脫了實際欲望，
解脫自行動和痛苦，解脫自內在
和外在的逼迫，[38] 卻獲
感覺之恩圍繞，[39] 一朵白光，靜止又旋動，
沒有運動的 *Erhebung*，[40] 沒有減損的
貫注，[41] 一個新世界
和舊世界同時獲得彰顯，[42] 在它
局部至悅的完成中獲得理解——
局部驚怖的圓滿解決。
但是，過去和未來的牽繫，
織入了變化之軀的弱態，
保護了人類，免為肉體
忍受不了的天堂和永詛所傷。

　　　　　　　　　　過去的時間和未來的時間
只給人一點點的知覺。[43]
有知覺不等於置身時間內；
但只有在時間內，玫瑰園裏的俄頃、[44]
雨水擊打時藤架裏的俄頃、
煙降時多風教堂中的俄頃[45]
才能夠為人記住，與過去和未來相轇轕。[46]
只有藉時間，時間才可以征服。[47]

三[48]

這是滌情之所[49]
一絲暗淡的光線中，
之前的時間和之後的時間：既非白晝之光，
賦形貌以清晰的靜態，
把影子變成短暫之美，

緩轉間叫人想起恆久；
也非黑暗，用來淨化靈魂，
以匱乏掏空情慾，
滌淨感情，不再鍾愛短暫的事物；
既非豐繁，也非空缺。[50] 只是微光一閃
劃過為時間所壓的緊繃臉孔，
以分神狀態分神以脫離分神狀態，[51]
充滿怪想，空無得毫無意義
腫脹的冷漠，沒有貫注的全神
眾男人和紙屑，被時間之前
和時間之後吹起的冷風旋捲，[52]
由不健康的肺葉呼出又吸入的風
之前的時間和之後的時間。[53]
不健康的靈魂把噫氣
吐入褪色的空中，酷熱
乘著風被驅拂，掃過倫敦的冥暗山丘：
漢普斯特德和克拉肯威爾、肯普頓和帕特尼、
海蓋特、普里姆婁斯和勒蓋特。[54] 不在這裏
黑暗不在這裏，不在這嘰嘰喳喳的世界。[55]

　降得低些，只降落
永遠幽寂的世界；
世界並不是世界，而是不屬於這世界的世界，
內在的黑暗，剝奪
並喪失一切本質，[56]
烘乾感官世界
撒出幻想世界；
精神世界失去效能；

這是道路之一，另一條道路
也相同，不在於運動，
而在於放棄運動；[57] 這時候，世界
汲汲於運動，在金屬鋪設的道路上；
那些道路，屬於過去的時間和未來的時間。

四[58]

時間和晚鐘埋葬了白晝，[59]
黑雲捲走了太陽。
向日葵會轉向我們嗎？鐵線蓮會不會
散爬向下，俯向我們？莖鬚和枝葉
抓攫緊附？
紫杉的[60]
冷手指
會蜷落我們身上？翠鳥的翅膀
以光答光，然後沉寂，光，靜止
在旋轉世界的定點。

五[61]

只在時間裏，言詞才能運動，
音樂才能運動；但是，只能活著的
也只能死亡。言詞，在話語之後，探
入寂靜。[62] 只有靠理念，靠規律，
言詞或音樂方能到達
靜止狀態，一如中國花瓶，靜止間
恆在靜止中運動。[63]
並非音符尚在時小提琴的靜止，
不僅是那樣的靜止，而是共存狀態，

或者可以說，終點先於起點，
而終點和起點一直存在，
存在於起點之前，存在於終點之後。
一切始終是現在。[64] 在負擔之下，
言詞會繃緊、坼裂，有時會折斷，
在張力之下會失足、滑倒、毀滅，
因不夠精確而衰敗，不再安於其所，
不再繼續靜止。尖叫的聲音
罵人、嘲人，或僅是吱喳聒噪，
總是向言詞進襲。[65] 沙漠中的言詞，也就是道，[66]
最受誘惑之聲、
喪禮舞蹈中的哭泣影子、
沮喪的獅蛇怪的大聲哀鳴攻擊。[67]

　規律的細節是運動，
就像十級樓梯的圖形所示。[68]
渴求本身就是運動，[69]
本身並不值得渴求；
大愛本身並不運動，
只是運動的起因和目標，[70]
超越時間，並不渴求，
除了在下述的一類時間狀態：
在不存在和存在之間
受縛於局限的形式。[71]
突如其來，在一束陽光中，
甚至在灰塵仍然浮動的時候
小孩子藏匿的笑聲
就在葉叢中響起，[72]

快點啦，此地，此時，永遠——
真可笑哇，被荒廢的哀傷時間
伸向之前和之後。[73]

東科克[74]

在我的起點是我的終點。一所接一所，
房子升起復下塌、坍圮、擴展，
被移開、摧毀、修復，或者在原址
出現一片空田野、一家工廠、一條旁道。
舊石頭歸新建築，舊木材歸新火焰，
舊火焰歸灰燼，灰燼呢，歸泥土；
泥土已經是肉體、皮毛、糞便、
人獸的骨頭、玉米稈和葉子。
房子生存然後死亡：建築有時，[76]
生存和繁衍有時，
風颳破鬆弛的窗格玻璃，
搖動有野鼠竄過的護壁鑲板，[77]
搖動織有無聲箴言的牆上破爛花毯有時。[78]

在我的起點是我的終點。此刻，光照落
整幅空曠的田野，剩下深深的蹊徑
由枝幹障隔，在午後顯得幽暗。
徑中，一輛搬運汽車經過時，
你倚身斜坡。而深深的蹊徑堅持
朝村子的方向伸延，電熱中
被催眠。暖靄中，悶熱的光
被灰色的石頭吸收，不是被折射。
大麗花朵朵，在空寂中入睡——
等待早起的鴟鴞。

　　　　　　　在那空曠的田野，
要是你不靠得太近，要是你不靠得太近，
在夏季的一個午夜，你會聽到音樂
發自低笛和小鼓，
看見他們圍著篝火在舞蹈，
男子和女子相諧，
共舞兮，證此合巹——
莊重得宜之聖禮。
雙雙對對，天作之合兮，
彼此挽著手，挽著臂兮——
證此諧協兮。繞著火呀轉哪轉，
跳躍著穿過光焰，或圍成圓圈，
莊嚴得拙樸，或拙樸地歡笑間，
提起穿笨拙鞋子的笨重腳，
土腳、壞腳，在鄉土的歡欣中提起；
歡欣屬於早已埋在泥土下
滋養玉米的人。跳舞時，
他們按著拍子的時間，按著音樂的節奏，
一如他們活在活著的季節；
季節的時間，[79] 星宿的時間
擠奶的時間，收穫的時間
男女交合的時間
牲畜交合的時間。一隻隻的腳舉起，落下。
吃和喝。糞便和死亡。[80]

　　黎明在預示，[81] 另一天
又準備應付炎熱和寂靜。出了海，曉風
把海面吹皺，向前方滑航。[82] 我在這裏或在那裏，或在別的地方。在我的起點。

二 [83]

春天的騷動，
暑熱中的動物，
在腳下扭動的雪花蓮， [84]
瞄得過高的蜀葵，
由紅變灰後下墜， [85]
晚開的玫瑰盛滿初雪——
對於這一切，將盡的十一月怎麼處置呢？
雷聲隆隆，滾過滾動的群星，
模擬凱旋車集結，
在星聚的戰事中部署；
天蠍與太陽爭戰，
到太陽和月亮下沉才結束。
眾彗星在哭泣，獅子座的流星雨在飛迸， [86]
疾掠著搜遍天空和曠野， [87]
漩渦中被疾捲。那漩渦，必定
把世界捲向那摧枯拉朽的烈火；
那烈火，會在冰帽君臨前焚燒。 [88]

　　這也算一種說法吧——只是說得不太好：
陳腐詩風中的囉唆習作；
囉唆完畢，我們仍在跟詞語、跟意義苦纏，
過程難以忍受。苦纏的過程中，詩並不重要；
詩（再說一遍吧）並非我們期盼的東西。
我們一直期待、一直盼望的平靜，
那秋天的澄澈和晚年的智慧，究竟有甚麼價值？

他們欺騙了我們嗎？還是欺騙了自己？
言語姁姁的長者。他們留傳給我們的，
僅是一張收訖便箋，證明他們曾經受騙？
澄澈不過是蓄意愚鈍，
智慧不過是對已死秘密的認識，
在他們極目凝盱或避而不望的
黑暗中毫無用處。由經驗
得來的認識，在我們看來，
充其量只有有限的價值。[89]
這認識，會預設某種秩序而歪曲真相，
因為秩序每一瞬都會更新；
而每一瞬都在評估我們過去的一切——
一個叫人震驚的新過程。只有欺騙時
不能再為害的事物才叫我們不再受欺騙。
在中途，不僅在旅程中途，
而是在整個旅程，在黑林，在荊棘中，
在沼澤邊緣。那地方，沒有安穩的立足點，[90]
遭妖怪、遭虛幻的光焰威脅，[91]
有被迷的危險。別讓我聽人講
老人的智慧；我寧願聽人講他們的愚昧、
他們的狂亂，講他們恐懼恐懼，恐懼被祟，[92]
恐懼歸屬於另一人，或者另一些人，或者神。
我們能希望得到的智慧，僅是
謙卑之心的智慧：謙卑之心沒有止境。

一所所的房子都沉入了海裏。

一個個的舞者都沉入了山下。

三

黑暗哪，黑暗，黑暗。他們都走進黑暗──
虛空的星際空間，[93] 沒入虛空的虛空，
一個個司令官、[94] 商業銀行家、顯赫文人、[95]
贊助藝術的善長仁翁、政治家、統治者、
傑出的公務員、兼掌多個委員會的主席、
一個個工業鉅子和小承辦商，都走進黑暗。
黑暗了，太陽和月亮、德哥達年鑑[96]
和證券交易所公報、記錄董事人名的人名錄；
變冷了，感覺；喪失了，行動的動機。
我們全部跟他們一起，走入寂靜的葬禮，
不屬於誰的葬禮，因為無人可葬。
我對我的靈魂說，別動，讓黑暗降臨你；
那是神的黑暗。[97] 情形就像戲院裏
燈光熄滅，讓佈景轉換時，
舞台兩側的佈景就發出空洞的隆隆，[98] 黑暗在黑暗上面
　　移動。
這時候，我們知道，群山、樹木、遠處的廣闊景觀，
輪廓分明、莊嚴堂皇的門面都正被隆隆推走──
或者像一列地下火車，地下鐵道中在車站之間停得太久，
談話聲響起再慢慢逝入寂靜。
這時候，你會看見每張臉孔後神態的空茫加深，
只剩下無事可想的驚怖在增加。[99]
或者，在乙醚下，神志有知覺，卻甚麼也不知不覺──
恍如置身於上述各種處境。
我對我的靈魂說，別動，等待吧，卻別懷希望，
因為希望會望而望錯了目標；期待吧，卻別懷愛欲，

因為愛欲會愛而愛錯了目標；信念，還是有的，
不過信和愛和望都在期待中的未來。
等待吧，卻不要思考，因為你還未為思考準備好。
因此，黑暗必成為光明，靜止必成為舞蹈。
潺潺眾溪的低語，冬天的閃電。
野生草莓和不為人見的野生百里香，[100]
花園裏的笑聲，[101] 回聲中傳來的狂喜
沒有消逝，卻有所要求，指向
死亡和誕生的煎熬大痛。

　　　　　　　　　你說我在重複
我以前說過的一些話。我會再說一遍。
我該再說一遍嗎？[102] 要到達那裏，
到達你此刻所在，離開非你所在處，
　　你必須走沒有狂喜的途徑。
要到達你不認識的境界，
　　你所走的途徑必須是無識的途徑。[103]
要擁有你未曾擁有的東西，
　　你必須走褫奪擁有的途徑。[104]
要到達你尚未身處的狀態，[105]
　　你必須走尚未身處的途徑。
你所不知的是你唯一所知
你的所有是你的所沒有[106]
你所置身處是你所非置身處。[107]

四[108]

受傷的外科醫師把鋼刀持操；
鋼刀探詢身體的失衡部位。

在淌血的雙手下，我們感覺到
回春手術的銳利慈惠；
銳利慈惠拆解著發燒海圖的譎詭。[109]

臨死的護士一直關心的問題，
並不是如何討好，而是如何提醒
我們因自己和亞當而惡咒是罹。
我們如服從臨死的護士，唯一的康復途徑是染病。
只有讓疢疾加重，惡咒方能滌清。

整個地球是我們的醫院，
由破產的百萬富翁捐贈。
醫院裏，如果我們能舉止惓惓，
就會因至高無上的父寵結束此生。
那父寵會不離不棄，處處在前面給我們引路啟蒙。[110]

寒冷由雙足升到膝蓋；
高燒在精神的電線裏歌謳。
要接受溫暖，我就得凍凝起來，
並且在酷寒的煉獄之火中顫抖。
烈火之焰是玫瑰朵朵，其煙是野薔薇相哀。[111]

淌滴的血是我們唯一的飲料，
血洴洴的肉是我們唯一的食糧。[112]
儘管如此，我們喜歡自描，
自以為血肉充實而康強；
儘管如此，我們稱這個星期五為禎祥。[113]

五[114]

好了，我身處這裏，在人生的中途，[115] 度過了二十年──

二十年，大部分時間都浪費了，那些 *l'entre deux guerres*
　　之年──[116]
一直在設法學習如何運用文字，每次嘗試
都是全新的開始，是另一種失敗，
因為我們學習去克服的言詞，
只適用於我們無須再說的事物，只適用於
我們不想再運用的說話方式。於是，每次冒險
都是一次新的開始，一次向未言狀態的進襲，
用的是破爛工具；這些工具，在模糊感覺的大混亂中，
在未經訓練的感情散兵中每況愈下。同時，能夠
憑力量和謙順去征服的，[117] 早已為人發現，
一次，兩次，甚至數次，而那些發現者，我們無從
企及──不過，彼此之間並沒有競爭──
有的只是一場奮戰，去收復失去
再尋獲然後一再失去的東西：而現在，條件
似乎不利於奮戰。[118] 不過，也許沒有得，也沒有失。
就我們而言，只有嘗試一途。其餘一切，我們再管不
　　著。[119]

家，是我們的起點。[120] 我們年紀漸長，
世界就變得更陌生，存者和歿者的
理路變得更複雜。不是高潮的一瞬
塊然獨存，沒有之前和之後；
而是每一瞬都在燃燒的一生；
也不是僅僅一人的一生，
而是一塊塊無從辨識的古老墓碑的一生。
星光下的夜晚有時，
燈光下的夜晚有時

（翻看照相簿的夜晚）。[121]
此時此地無關重要時，
愛就最接近其真我。
老漢該是探險者；
此地和彼地都無關重要。
我們得靜止，靜止中移動，
進入另一高潮，
為了進一步交融，一種更深的溝通，[122]
透過黑冷和空虛的淒絕。
浪之喚，風之喚，海燕和海豚的
遼闊海域。[123] 在我的終點是我的起點。

三野礁

（The Dry Salvages——大概是法語*les trois sauvages*的英譯——麻薩諸塞州安恩角東北岸外面的一小堆礁石，上面有一座燈塔。*Salvages*的發音，與*assuages*押韻。*Groaner*：發聲浮標。）[124]

——[125]

　　關於神祇，我所知不多；不過，我認為，河流
是個強壯的褐神祇——乖僻、不羈而又難馴，
頗有耐性，起先是眾所周知的邊界；[126]
當作商貿傳送工具來衡量，則有用而不可靠；
然後，只是一道難題橫亘在築橋者面前。[127]
難題一旦解決，褐神祇就幾乎被城市的居民
遺忘——不過仍嚴酷如故，毫不寬貸，
按季節行事，且仍會大怒，是個破壞者，提醒
人類，他們故意遺忘了甚麼。不獲機器崇拜者
尊崇、祈禳，只是等待著，觀望著，等待著。[128]
他的節奏律動於托兒所的睡房裏，
律動於四月門前庭院的繁蕪臭椿中，
律動於從秋天桌上的葡萄散發的氣味，
律動於冬天黃昏煤氣燈下的團聚。[129]

　　河流在我們體內；[130] 大海呢，渾然在我們周圍。[131]
大海也是陸地的邊緣，是海水探伸所及的
花崗岩，是一個個的沙灘；它把種種線索
用到灘上，顯示更早之前有過其他生物：[132]
有海星，有鱟魚，有鯨魚的脊骨。
大海也是一泓泓的水。水中，它給我們的

好奇心呈獻更加柔細的海藻和海葵。
它把我們的失物甩上來：撕破了的拖網、
砸碎了的捕蝦簍、折斷了的槳、
外籍死者的衣服。大海有多種噪音、[133]
多個神祇和多種噪音。

                鹽沾在薔薇莓上，
霧棲止在一棵棵的冷杉中。
海之嚎
和海之吠是不同的噪音，
常常一起傳來：帆纜中的嗚咽、
波浪塌落水面時的威嚇和愛撫、
遠處花崗岩齒中的濤聲、[134]
由漸近的海岬發出的嗚嗚警告——[135]
這一切，都是大海的噪音，還有起伏的發聲浮標
像還家一樣漂轉，[136] 還有海鷗。
此外，在無聲海霧的壓抑下，
鳴響的鐘
量度著時間非我們的時間，由從容不迫的
起伏波濤搖動。這時間，古遠於
精密計時器所計，[137] 古遠於
憂心忡忡的焦慮婦女
醒著躺在床上所數。她們盤算著未來，
設法把過去和未來如織物拆散，如線卷反繞，
如繩索擘分，然後再加以拼合，
在子夜和黎明之間。這時候，過去都是詐偽，
未來沒有未來，[138] 而末更尚未來臨；[139]
這時候，時間停止，又永不結束；
而自始就存在至今仍存在的起伏波濤

噹的
把鐘敲響。[140]

━━ [141]

何處有了結呢──那無聲的嗚嗚，
那一朵朵秋花的默默枯萎？[142]
秋花投下了花瓣仍寂然不動；
失事船隻漂浮的殘餘，
沙灘上骨骸的禱告，[143] 宣佈災難來臨時[144]
禱告不了的禱告──這一切，何處有了結呢？

沒有了結，卻有增添：未來的
日子和時辰中拖沓而來的後果。[145]
這時，感情本身接過沒有感情的
歲月──毀壞後繼續活下去的歲月。[146]
毀壞的，原來被認為最可靠而得人信奉──
由於這緣故，也最適宜棄揚。

還有最終的增添：權力無濟於事
而引起的無濟於事的尊嚴和反感，
看似沒有忠誠的沒有所屬的忠誠，
在一隻緩緩漏水而又四處漂浮的小船裏，
靜聽無可否認的喧鬧──那喧鬧，
來自最後報喜時響起的鐘聲。

他們在哪裏了結呢？張帆航入
風尾的漁人。風尾裏，霧在瑟縮。
我們想不起哪一段時間會沒有海洋，
想不起哪一個海洋不是廢物滿佈，

也想不起哪一個未來
會不像過去那樣渺無終點。[147]

　　我們得想像，他們總在船裏戽水，
揚帆啟航或收網拉繩；[148] 那時候，東北風
在恆久不變又不受侵蝕的淺渚之上減弱；[149]
得想像他們在提款，入塢時在晾帆；
不該想像他們出海而徒勞，得不到酬報，
捕一網禁不起檢視的魚獲。

　　沒有了結，沒有嗓音的嗚嗚；
沒有了結，已凋殘的花朵的凋殘；
沒有了結，疼痛感覺的移動；那移動，無痛而又無動；[150]
沒有了結，大海的漂流和失事船隻漂流的殘餘，
骨骸向死亡——也就是它的神——的祈禱。只有唯一報
　　　喜的
祈禱，[151] 那幾乎禱不了或勉強禱得了的祈禱。

　　人老了，過去就好像
有另一種秩序，不再僅是前後的連屬——
連發展也不是。所謂發展，是局部謬誤；
這局部謬誤由那些關於進化的膚淺概念鼓動；
而進化，在大眾心目中成為與過去脫離關係的手段。
幸福剎那——不是安舒感、
成就感、滿足感、安全感或親切感，
甚至不是一頓極愜意的晚餐，而是霍然的啟悟——
我們有過這樣的經驗，卻掌握不到其意義。
接近這意義就能以另一種形式
恢復原來的經驗，超越了我們能

賦予幸福的任何意義。我曾經說過，
在意義中更生的往昔經驗，
不僅是個體的經驗，
而是許多代的經驗——[152] 包括[153]
有可能完全無從言說的經驗：
在信史斷言後的向後回顧，
那畏畏葸葸的向後回顧，
回顧原始的驚怖。
此刻，我們終於發現，煎熬之痛的時刻
（是否希冀不該希冀的東西
或害怕不該害怕的東西時出於誤會，
並不是問題所在）同樣是那麼恆久，
恆久得像時間那樣。我們在別人的大痛中，
比在自己的大痛中更了解這點——
只要別人的大痛觸及我們，叫我們感同身受。
因為我們本身的過去被行動之流覆蓋；
而別人所受的折磨則始終是未經修飾的[154]
經驗，不受隨後而來的磨擦耗損。
人會變化，會微笑；但大痛會繼續。
時間這摧毀者也是保存者，[155]
就像運載黑奴死屍、母牛、雞籠的河，
就像酸苦的蘋果、吃蘋果時的一咬。[156]
就像翻湧不息的水域中巉巖的礁石：
波浪在上面浴過，大霧一再把它隱藏。[157]
在風平浪靜的日子裏，它不過是塊碑石；
在適宜航行的天氣裏，它始終是個航標，
助人設定航向。可是，在陰晦的季節
或突如其來的狂風暴雨裏，則始終如故。

三¹⁵⁸

有時候，不知道黑天的意思是否如此——
是否他要說的意思之一——或者是同一意思的說法之一：
未來是一支已逝的歌曲，一朵珍藏玫瑰或者一枝薰衣草，
充滿悵然若失之情，給尚未來此表示悵然的人，
壓在發黃的書頁間；書呢，卻從未翻開。
而向上之路是向下之路，向前之路是向後之路。
你不能目不轉睛地正視這點；不過有一點卻可以肯定：
時間並不是療傷者：病人已不在這裏。
火車啟動後，乘客會安頓下來，
吃水果，看期刊，看商業信件
（送行的人已離開月台）。
這時候，一張張的臉變得舒暢，不再哀傷，¹⁵⁹
開始適應一百小時的睏倦節奏。
奮進向前哪！各位旅客。不是從過去
逃進不同的生命或逃進任何未來；
漸漸收窄的雙軌在你們後面滑行成一線時，
你們不再是剛才離開車站
或將抵任何終點站的同一批人；
郵輪隆隆啟航，甲板上，
你們看著浪轍在後面擴闊時，
可不要以為「過去已經結束」
或「未來就在眼前」。
夜臨時，在帆索和天線中，
有一個聲音在侃侃（對象雖不是耳朵——
時間喃喃的貝殼，¹⁶⁰ 也不靠任何語言發聲）：
「奮進向前哪，你們這些自以為在大海航行的人；

你們並不是當初看海港漸漸遠退的人，
也不是將要離船登岸者。
在這裏，在此岸和彼岸之間，
時間被抽離之際，要對未來
和過去一視同仁。
在不是行動又不是怠然不動的一瞬，[161]
你們不妨記住這點：『在臨終的時候，
不管一個人的心貫注於
生命的任何領域』──這是唯一的行動
（而臨終的時辰是每一剎那），
必在他人的生命中結果。
不過，不要考慮行動的果實。
奮進向前哪！
　　　　　　各位航行者呀，各位水手，
你們進入海港了，你們的肉體
將受大海的考驗和裁判，
或者遭遇各種事件。這，才是你們真正的目標。」[162]
戰場上，黑天訓示阿周那的時候，
就是這樣說的。[163]
　　　　　　不是順利向前，
而是奮進向前哪！各位航行者。[164]

四[165]

　　娘娘啊，你的神殿立於海角；
請你祈禱吧，[166] 為身在船中的，
為從事魚類業務的，
為那些跟所有合法交易有關
和經營這些合法交易的。

也請你把禱詞重複一遍，為那些
送兒子或丈夫揚帆出海、
卻不見他們歸來的女子：[167]
Figlia del tuo figlio，[168]
天堂之后啊。

　　有的人，曾經身在船上，航程
卻結束在沙灘，結束在大海的唇間，[169]
結束在不肯把他們吐出的黑喉，[170]
或結束在大海之鐘的永恆禱聲傳不到的任何角落。[171]
為這些人哪，也請你祈禱。

五[172]

與火星溝通，與靈魂交談，
就海怪的行為寫報告，[173]
描述星相，憑動物內臟或水晶球占卜，
憑簽名測疾病，[174] 從掌紋
推運程，從手指斷吉凶；
抽籤或抽取茶葉
來發放兆頭，以紙牌
解釋命運的必然，把玩五角星
或各種巴比土酸，[175] 或者
把一再出現的形象解剖成前意識驚恐──[176]
探測子宮，或墓宮，[177] 或睡夢；這一切，都是常見的
消遣和藥物，也是報章的專題；
以後也永遠如此；有些會見得更頻，
尤其是國家有災難，大家有困惑的時候
──不管在亞洲海岸，還是在埃治維爾路。[178]

人類的好奇心搜尋過去和未來，
並且緊纏著這樣的層次不放。[179] 不過，
了解超時間狀態和時間狀態的
交叉點，卻是聖者的工作——
其實也不是工作，而是一種施予
和接受，發生於一輩子的愛中之死，[180]
一輩子的熾熱之情和無私之心和自我奉獻。
我們當中的大多數人，則只有不以為意的
一瞬，[181] 時間之內和時間之外的一瞬，[182]
即叫人分心的一時發作：失落在一束陽光中，
失落在不為人見的百里香，[183] 或者冬天的閃電，[184]
或者瀑布，[185] 或者為人傾聽得太貫注
而完全不為人聽到的音樂；[186] 不過，音樂仍在繼續時，
你就是音樂。這些現象只是提示和猜測，
跟隨提示的猜測；[187] 其餘
就只有祈禱、依遵、自律、思想和行動。
猜對了一半的提示、了解了一半的賞賜，就是道成肉身。
存在的不同領域不可能融合；
在這裏卻成為事實。
在這裏，過去和未來
被征服，並獲得調和。
在這裏，行動本來是另一種運動；
而這種運動，僅是被動之動，
本身並沒有運動之源——[188]
由精靈，由幽冥的神祇[189]
來推動。而正確的行動並不受
過去，也不受未來束縛。[190]
就大多數人而言，這一目標

永遠不能在這裏實現；[191]
我們沒有戰敗，
只因為我們一直在嘗試；
我們，最後會心滿意足──
只要我們在時間的復歸能夠[192]
（在距離紫杉不太遠的地方）[193]
滋養后土的生命。[194]

小格丁[195]

──[196]

仲冬之春自成季節[197]
維持久長，儘管將近日落時變得濕漉漉，
懸垂於時間裏，在極點與回歸線之間。[198]
這時，短晝最亮，有霜有火，
短暫的太陽以光焰煽冰，[199] 在池塘和溝渠上，
在無風的寒冷──心的焮熱，[200]
在水汪汪的鏡中反射出
炫目的強光──下午初臨時的失明狀態。
同時，比樹枝的光焰和火盆都熾烈的熊熊[201]
撩撥瘖啞的心靈：沒有風，只有聖靈降臨節之火
燃燒於一年中的黑暗時令。在融化與凍結之間，
靈魂之液在震顫。沒有土地的氣息，
生物的氣息也沒有。這是春之時令，
卻不在時令的盟約中。[202] 此刻，樹籬
變白了一小時，因白雪而短暫
綻放；這綻放，比夏季的綻放
更突然；既不吐蕾，也不凋殘，
不在繁衍生息的秩序內。[203]
夏季在哪裏呢？那無從想像的
零度夏季。[204]

　　　　要是你這邊走，
循著你會依循的途徑，
啟程於你會啟程的地方；
要是你這邊走，在五月時節，你會發覺，樹籬

已再度轉白，在五月，散發著馥郁的芬芳。
旅程結束時情形也會這樣──
要是你在夜裏來此，像個毀掉的國王；[205]
要是你白天來此，不知此來的目標，
情形也會一樣──那時候，你正要離開崎嶇的道路，
在豬圈後拐彎走向暗沉的門面
和墓碑。結果呢，你心目中此來的目標
原來只是個空殼，一個意義的穀殼。
目標實現，才會破殼而出──
要是目標真能實現。可能你不曾有過目標；
可能目標在你想像的盡頭外，
因實現而改變。此外，還有別的地方
也是世界的盡頭：有的在海顎，
或在黑湖的另一邊，在一個沙漠或一個城市裏──[206]
不過在空間和時間，這是最近的終點，
在此刻，在英格蘭。

　　　　　　要是你這邊走，
不管循哪一途徑，也不管從哪裏出發，
不管在甚麼時候甚麼季節，
情形總是一樣：你得擱置
意識和概念。你來此，不是為了驗證，
或自我啟迪，或滿足好奇，
或給人打報告。你來此，是要下跪，
在祈禱曾經靈驗之地。祈禱不僅是
一串話語，不僅是祈禱之心
有意識介入，或祈禱之嗓在發聲。
在生時，死者沒有言語表達的，

死後能向你述說：死者的
溝通以火焰為舌，超越生者的語言。
這裏，超越時間的一瞬，其交疊處
是英格蘭和烏有之鄉。從來未始，又始終如是。

—207

一個老漢袖子上的灰燼
是朵朵玫瑰燃燒後的全部灰燼。[208]
懸垂在空氣的塵埃，[209]
標誌故事結束的所在。
吸入的塵埃是一間屋——
牆壁、護壁鑲板和老鼠。[210]
死亡了，希望和絕望，
　　這是空氣的死亡。

有洪水和乾旱，
在口中，在雙眼泛濫，
死水和死沙[211]
在爭鬥傾軋。
挖去了內臟的焦土，
目瞪口呆，看勞動者白辛苦，
笑聲中並無歡暢。[212]
　　這是土地的死亡。

水火會取代
城鎮、草原和野稗。
水火會作踐
我們拒付的奉獻。
水火會蝕腐

被我們遺忘的壞基礎；
聖殿和歌詠在基礎之上。
　　這是水火的死亡。

在早晨來臨前的忐忑時辰，[213]
　　在無限黑夜將要結束的須臾，
　　在沒有止境之境的重重止境，
枯葉仍然像錫片在颯颯發聲間，[214]
　　有閃晃之舌的黑暗鴿子
　　飛入了歸巢旅程的地平線下；[215]
在沒有其他聲音的瀝青之上，
　　在冒煙的三個地區之間，
　　我碰見一個人，走著路，時而躑躅，時而急行，[216]
彷彿被風吹向我這邊，就像金屬葉子，[217]
　　城中黎明之風吹來時並不抗拒。
　　我凝望著那張下俯的臉孔，
以審視陌生人的眼神，就像我們
　　在暗夜漸退時逼視第一個過路人——
　　剎那間，我瞥見某位已故的大師。[218]
這大師，我曾經認識、遺忘，又依稀記起，[219]
　　是個人又是大眾；在褐黃焦涸的輪廓中，[220]
　　是一雙眼睛，屬於熟悉的鬼魅；這鬼魅，
糅合眾貌，[221] 親切又無從辨認。
　　於是，我扮演雙重角色呼喊，[222]
　　也聽到另一個人的聲音呼喊：「咦，你在這兒？」——
雖然我們不在場。我依然是老樣子，
　　認識自己，雖然是另一人的身分——
　　他呢，仍是將形未形的臉；儘管如此，這番話就足以在說後令我認出他是誰。[223]

　　於是，順著吹向我們的風而行，

　　彼此因太陌生而不致誤解對方；

在烏有之鄉相逢，沒有之前或之後——

　　就在這樣的相逢時辰翕然相契，[224]

　　我們以死寂的步伐踏過人行道。

我說：「我的神奇感來得輕易；

　　也因為輕易，才覺神奇。[225] 那麼，請說話吧；

　　你的話我也許不明白，也許記不住。」

他答道：「我的想法和論點，你已經

　　忘記，我也不急於重複。這些東西

　　已經發揮了作用，就不必再提了。

你自己的東西也該如此；你就求

　　別人包涵吧，像我求你包涵那樣——

　　不管是優是劣。上一造果子已吃完，

飽飫的野獸應該把空桶踢倒。

　　因為，去年的話屬於去年的語言，

　　明年的話要等另一嗓子來言說。

不過，此刻的篇章既然沒有給尚未[226]

　　得到安撫的心靈障礙——在兩個變得

　　彼此很相類的世界之間徜徉的心靈，

結果我找到了從未想過會說的話語

　　在這些街道言說。這些街道，我把

　　身體留在遠方的海涯時，[227] 從未想過會重臨。

當年，我們關心的既是言詞，而言詞

　　又驅遣過我們淨化一族的方言，[228]

　　促使我們的心思顧後瞻前，

就讓我展示留給晚年的各種禮物吧。[229]

這些禮物，為你畢生的努力加冕。
第一，氣絕感覺的冷冷摩擦，[230]
不再迷人，也不叫人對未來憧憬，
　只在身體和靈魂開始解散時
　叫人嚐到影子果實的無味苦澀。
第二，面對人類愚行時感覺到的
　盛怒無奈，以及面對不再惹笑的
　事物而發笑時的那種撕裂感覺。
最後，是重演你過去的一切行為
　和經歷時的絞心之痛，是新近揭示
　動機時所引起的羞恥感，是察覺
某些行動弄巧反拙，給他人造成傷害
　（那些行動，你還以為是德行付諸實踐）。
　之後，愚人的首肯螫你，榮譽玷你。
如非獲鍛煉之火重賦康強，[231] 激怒的心靈
　會從錯誤步向錯誤；在鍛煉之火裏，
　你的行動要中節合拍，像舞者一樣。」[232]
這時候，正值破曉。在面目全非的街上，
　他離開了我，以某種告別的姿態，
　並且在號角響起時漸漸消失。[233]

三[234]

有三種狀態往往彼此相仿
又完全不同，在同一樹籬中茁壯：
情繫於己、於物、於人；情離
於己、於物、於人；此外是冷漠之情，在情繫
　情離間成長。
這冷漠之情與前兩者相似處，猶死之於生，

存在於兩種生命間——不會開花，在
活蕁麻和死蕁麻之間。[235] 記憶的用處在於此：
用來解放——不是要減少愛，而是把愛
擴展至欲望外。結果這解放
是從未來和過去解放出來。[236] 因此，愛國之情
以情繫我們行動領域的方式開始；
然後，終於發覺該行動無足輕重，
儘管從未曾漠然不理。歷史可以是奴役，
歷史可以是自由。[237] 看哪，它們消失了，
那些臉孔、那些地方，與自我消失；那自我，曾盡力
　　愛那些臉孔、那些地方；
臉孔與自我消失後，在另一秩序中更新、變形。[238]
罪惡是必需的，不過，
一切都會沒事，
一切事物都會沒事。[239]
如果我再次想起這地方，[240]
想起一些人，非完全值得稱道，
並非直屬親人，也並不同裔，[241]
但其中一些有獨特的才華，
都受共通的才華感染，
團結於分裂他們的傾軋；[242]
如果我想起夜臨時的一個君王，[243]
想起絞刑架上的三個人——[244] 不止三個人；
想起某幾個在別的地方——
在這裏或海外——喪生，被人遺忘；[245]
想起另一個失明的安靜去世；[246]
我們頌揚這些已死的人，
為甚麼要比頌揚瀕死的人熱烈呢？[247]

並不是為了向後搖鈴，[248]
也不是為了唸咒
來呼召一朵玫瑰的鬼魂。[249]
我們不能叫舊派別重生，
我們不能叫舊政策恢復，
也不能追隨一面古老的戰鼓。[250]
這些人，和曾經反對他們的人，
和他們曾經反對的人，
都接受了沉默憲法，
在同一黨派中聚攏。
我們從幸運者承繼的不管是甚麼，
都是我們從戰敗者那裏得來，
也就是他們要留給我們的遺物——一個象徵：
在死亡中臻於完美的象徵。[251]
一切都會沒事，
一切事物都會沒事，
藉淨化動機的過程，
在我們懇求行動的土地上。[252]

四[253]

鴿子下降間擘破了空氣，
以白熱駭怖的火焰；[254]
火焰諸舌在宣佈一個實例：
如何釋放自羞忐和罪愆。[255]
唯一的希望或絕望所繫，
　　在於選擇此祭火還是彼祭火——
　　以烈火把罪人救贖自烈火。[256]

那麼，是誰發明這酷刑的？是大愛。
大愛就是那陌生的大名。
一雙手，就按大名的旨意
把火焰之衫編織成形，
叫人力無從擺脫此衫的牽累。
　　我們不過在苟活，不過在咄咄；
　　焚燒我們的，不是此火即彼火。[257]

五[258]

我們所謂的起點往往就是終點，
到達終點就是離開起點。
終點是我們啟程的地方。每一短語、
每一句子，只要恰到好處（即字字安舒，
各就其位以輔佐其他文字，
每個單字，都不侷促，也不張揚，
舊字與新詞在安然交融，
通俗的用字恰當而不俚鄙，
高雅的用字精確而不古板，
完全相配的匹偶在一起共舞）[259]
每一短語、每一句子都是終點和起點，[260]
每一首詩是一篇墓誌。[261] 而任何行動
都是前踏的一步，向行刑台，向火焰，直入大海的咽喉，
或向一塊無從解讀的石頭：而這，正是我們出發的地
　　　方。[262]
我們與瀕死者一起死亡：
看哪，他們離開了，我們跟他們一起離開。
我們與死者一起出生：
看哪，他們回來了，也把我們帶了回來。

玫瑰的剎那和紫杉的剎那
修短相同。[263] 沒有歷史的民族
不能從時間裏獲得救贖，因為歷史是規律，
由超越時間的剎那組成。[264] 因此，光線
在冬日的一個下午轉暗時，在一個幽靜的小教堂，
歷史是現在是英格蘭。[265]

受到這大愛的牽引聽到這大召的聲音[266]

我們會不停探索，[267]
而我們一切探索的目標
是到達我們出發的地方，
並首度認識該地方。
穿過記憶中陌生的門，
當供人發現的最後一幅土地
是當日的起點之地；
在最長河流的源頭，
隱蔽瀑布的嗓子[268]
和蘋果樹上的孩子們[269]
不為人知（因為不是尋找的對象），
卻為人聽到，隱約聽到，
在兩個海浪間的靜止裏。
快點啦，此地，此時，永遠——[270]
至單至純的條件
（代價並不比一切低）
一切都會沒事
一切事物都會沒事
當炯焰諸舌捲進了
烈火的冠結

而烈火與玫瑰合而為一。[271]

註釋

1 《四重奏四首》發表於不同的時間：《焚毀的諾頓》收入一九三六年出版的*Collected Poems: 1909-1935*;《東科克》發表於一九四〇年；《三野礁》發表於一九四一年；《小格丁》發表於一九四二年。整組詩作發表於一九四三年。

　　每首四重奏共有五個樂章（也有論者稱為 "section"（「部分」））；每一樂章再分為較小的單元。就主題而言，《四重奏四首》既談宗教，也談時間本質，談歷史以至神秘經驗。

　　一九四三年，艾略特創作《東科克》時，才有《四重奏四首》這一構思；換言之，遲至一九四三年，他才想到寫於不同時間、關係不算十分密切的作品可以合併為組詩，以一個總標題弁首。

　　四首作品雖然與四元素（空氣、泥土、水、火）有關，卻不像某些論者所說那樣：分別象徵春、夏、秋、冬。也有論者曾設法證明，《四重奏四首》衍生自貝多芬晚期的四重奏，但提出的論點十分牽強，難以服人。其實，詩人採用「四重奏」一詞，不過旨在說明，四首作品糅合了多個主題，內容和技巧有相似之處而已；論者無須節外生枝，枝外生節，一窩蜂穿鑿附會。四首作品中，《焚毀的諾頓》是定音之調；其餘三首，在推演本身的主題時，也在不同的地方與《焚毀的諾頓》呼應。

　　在《詩的音樂》("The Music of Poetry") 一文中，艾略特對詩與音樂的關係有以下看法：

I think that a poet may gain much from the study of music
[…] I think that it might be possible for a poet to work too
closely to musical analogies: the result might be an effect of
artificiality; but I know that a poem, or a passage of a poem,
may tend to realize itself first as a particular rhythm before it
reaches expression in words, and that this rhythm may bring
to birth the idea and the image […] There are possibilities
for verse which bear some analogy to the development
of a theme by different groups of instruments; there are
possibilities of transitions in a poem comparable to the
different movements of a symphony or a quartet; there are
possibilities of contrapuntal arrangement of subject-matter.
(T. S. Eliot, "The Music of Poetry", *On Poetry and Poets*
(New York: Farrar, Straus and Giroux, 2009), 32.)

我認為，詩人研聽音樂會獲益良多。……我認為，詩人
模擬音樂時會有過度類比的可能：結果會顯得做作；不
過我知道，一首詩，或者詩中的一個段落，首先往往在
某一特殊節奏中體現，然後才藉文字表達詩意；而這一
特殊節奏，可能會衍生詩作的意念和意象。……詩語如
果在某一程度與不同組別的樂器推演主題的過程相類，
則這種詩語就會有各種發展的可能；一首詩中，各段落
的過渡可以與交響曲或四重奏的不同樂章相仿；題材也
可以有對位安排的各種可能。

這段文字，可視為艾略特在《四重奏四首》一類作品中做完
「音樂實驗」後所寫的一篇報告。文中提到的「各種……可
能」，在組詩裏化為具體的實例供其他詩人參考。

首先，詩質較濃部分和散文化部分會交錯出現，一如樂

曲中的靜躁、弛張。這種技巧，在轉折處尤其明顯。例子之一，是《焚毀的諾頓》第一部分中的一節：

Footfalls echo in the memory / Down the passage which we did not take / Towards the door we never opened / Into the rose-garden. […]

這節之前的文字 ("Time present and time past" … "Point to one end, which is always present") 較為嚴肅，談的是時間本質，是冷靜的哲理反思。這節之後，詩人開始描寫神秘經驗：

There they were, dignified, invisible […] What might have been and what has been / Point to one end, which is always present.

對心智層次的挑戰較大。於是，作者在兩段文字之間，插入一段張力較小的「抒情小品」，把詩的調子稍微降低，讓讀者「稍息」一下。以賞山為喻，這技巧能讓遊人登完泰山後、再登峨眉之前在春風中到柳宗元的西山宴遊，從容細味心凝形釋的舒弛境界。

第二，意象的安排與音樂旋律的推展相類：一個意象出現後會繼續推展；推展過程中會在不同的語境產生變化（詩中有關火的意象是例子之一）。

第三，作者會重複某一短語、某一詩行或某些詩行，以喚起讀者的回憶和聯想，藉此把詩的各小節、各部分聯繫起來。比如說，"Quick now, here, now, always" 幾個字在《焚毀的諾頓》第五部分出現後，在《小格丁》第五部分再出現。《小格丁》第五部分說到永恆的「提示和猜測」("hints and guesses")，叫讀者想起《焚毀的諾頓》第二部分和《三野礁》第五部分中類似的描寫。英國地下火車的經驗在《焚毀的諾頓》第三部分出現後，在《東科克》第三部分再出現；再出現時篇幅較短，引發的聯想有了變化。護壁鑲板後的老鼠，首先出現在《東科克》第一部分第十二行，在《小格丁》第二部分第六十一行再度出現；結果一隻小小的動物乃能在互殊的語境中給讀者同中有異、異中有同的欣悅。

第四，《四重奏四首》的主題，在最後一首（《小格丁》）結尾的詩行中組成類似音樂中的「結束樂段」（"coda"，又譯「結尾」或「尾聲」），為四首作品收結，讓眾音返回穩定的 *do*。

2 「焚毀的諾頓」一名，源自格洛斯特郡 (Gloucestershire) 的一間莊園大屋，也叫人想到美國的風景。一九三四年夏天，艾略特曾到過諾頓。不過在詩中，他沒有描寫諾頓的莊園大屋；其花園也只是間接提到。讀者讀後，只覺莊園肅穆寧靜，屬早期文明 (Williamson, 211-12; Bodelsen, 39, 41)。

3 這是希臘哲學家赫拉克利特的話，意為：「雖然理性的規律為大家所共有，但是大多數人的一生，彷彿各有自己的見解（或智慧）。」（錄自赫拉克利特的斷章）英語直譯是："τοῦ λόγου (The reason) δ᾽(although) ἐόντος (being) ξυνοῦ (common) ζώουσιν (live) οἱ (the) πολλοί (many) ὡς (as if / as though) ἰδίαν (private) ἔχοντες (having) φρόνησιν (understanding)." 英語和古希臘語同屬印歐語系，以英語直譯較能彰顯原文的句法、詞序、屈折、變位。在 Hermann Diels 原書 *Die Fragmente der Vorsokratiker: Griechisch und Deutsch* 第三版 (Berlin: Weidmannsche Buchhandlung, 1912)，艾略特引言中的 "πολλοί" 為 "πολλοὶ"。

4 這也是希臘哲學家赫拉克利特的話，意為：「上升的道路和下降的道路是同一道路。」（錄自赫拉克利特的斷章）英語直譯是："ὁδὸς ([The]way) ἄνω (up / upward) κάτω (down /

downward) μία (one) καὶ (and) ὡυτή ([the] same)"。引述赫拉克利特的話後，艾略特開始重談邏各斯學說（這一學說，他在《艾略特先生星期天早晨的主日崇拜》("Mr. Eliot's Sunday Morning Service") 一詩裏曾經提過）。邏各斯學說認為，世界有自然存在的理性；其後由宗教哲學家菲洛 (Philo，約公元前20-約公元50，希臘文 Φίλων，又稱 "Philo of Alexandria" 或 "Philo Judaeus") 和基督教教父繼承，成為《約翰福音》的基本思想。在赫拉克利特看來，變化是人生經驗中的重要事實；變化中有秩序與和諧；各種事件的節奏就是宇宙的理性 (reason) 或邏各斯；而「存在只能在形成的過程中彰顯」("Being is intelligible only in terms of Becoming")。他的第一斷章闡述德性 (virtue) 本質；德性在於讓個人從屬於和諧本質的規律或邏各斯；只有在邏各斯中，才能超越變化。第二斷章的要旨是：在上述秩序中，相反的事物不過是同一事物的不同狀貌；諸相 (the Many) 的矛盾 (paradoxes)，在統一 (the One) 中獲得調和。在艾略特的詩中，時間屬於變化領域；邏各斯屬於超時間領域；邏各斯要進入時間成為理念方能讓人覺察。上述兩個領域，又可以用表象 (appearance) 與實質 (reality) 來形容。。

5 **Diels: *Die Fragmente der Vorsokratiker* (Herakleitos)**：德語，意為「狄爾斯：蘇格拉底前哲學家（赫拉克利特）的斷章」。

6 現在的時間和過去的時間／……包含於過去的時間 (1-3)：原文 "Time present and time past / Are both perhaps present in time future, / And time future contained in time past." (1-3)。在這三行裏，艾略特把過去、現在、將來的時間混合為一，成為永恆的現在。柏拉圖在對話錄《蒂邁歐篇》(*Timaeus*，希臘文*Τίμαιος*) 裏指出，時間是「永恆性的彷彿，變動不居」("a

moving likeness of eternity")。

7　**所有的時間都無從收復**：原文 "All time is unredeemable." (5)。這行在艾略特好幾篇作品中都出現過，不過出現時意義不完全相同。在這裏的意思是：過去發生的只發生一次，發生了就永遠不能改變；一個人不能返回過去，選擇另一條道路重新啟程。不過這一意念在後面會被推翻(Bodelsen, 44)。在《聖灰星期三》中，「收復時間」("redeem time") 有另一意義："bring back something that belongs to a forgotten time"（「把屬於被遺忘的時間的事物帶回來」）："The new years walk, restoring / Through a bright cloud of tears, the years, restoring / With a new verse the ancient rhyme. Redeem / The time. Redeem / The unread vision in the higher dream / While jewelled unicorns draw by the gilded hearse."（「新的年年歲歲在行走，以眼淚的一朵亮雲／康復，年年歲歲，以新的詩歌／恢復古韻。收復／時間。戴著／寶石飾物的麟麟曳過鍍金的靈車時，／收復更高層次的夢中未經解讀的異象。」）參看Bodelsen, 33, 44。

8　**現在的時間和過去的時間／……這終點永屬現在**：原文 "Time present and time past / ... which is always present." (1-10)。從作品的開頭到這裏，艾略特以近乎哲學散文的語言陳述自己對時間的看法。到了下一行，筆鋒一轉，則以象徵語言重複同一意念："Footfalls echo in the memory / Down the passage which we did not take / Towards the door we never opened / Into the rose-garden. My words echo / Thus, in your mind. / But to what purpose / Disturbing the dust on a bowl of rose-leaves / I do not know."（「跫音在記憶裏回響，／傳到我們沒有走過的通道／傳向我們從未開過的門／傳入玫瑰園裏。我的話語／這樣回響，在你的心中。／但是，目的何在

呢，／這樣打擾一缽玫瑰葉上的塵埃？／我不知道。」）這種轉折手法，在整組詩中經常出現 (Bodelsen, 39-40)。

9　**我們從未開過的門**：原文 "the door we never opened" (13)。Bodelsen (44) 指出，「未開過的門」這一意象，也在艾略特劇作《家庭團聚》(*The Family Reunion*) 中出現。

10　**傳到我們沒有走過的通道／傳向我們從未開過的門／傳入玫瑰園裏**：原文 "Down the passage which we did not take / Towards the door we never opened / Into the rose-garden." (12-14)。Pinion (220-21) 指出，艾略特寫這一意象時，心中想到《愛麗絲夢遊仙境記》(*Alice in Wonderland*)。不過所有這些意象，都從屬於最主要的典故：但丁《神曲・煉獄篇》結尾篇章所描寫的伊甸園 (Earthly Paradise)。Bodelsen (45) 指出，「玫瑰園」("the rose-garden") 在艾略特作品中一再出現，象徵「超越凡塵的至樂經驗」("an experience of unearthly bliss")。

11　**打擾……塵埃**：原文 "Disturbing the dust on a bowl of rose-leaves" (17)，是隱喻，指「喚起過去的記憶（即女子昔日對鬼孩子的感情）」(Bodelsen, 43)。

12　**鳥兒**：原文 "the bird" (21)。指下文第二十四行「畫眉的詐諼」("The deception of the thrush") 中的「畫眉」("thrush")。

13　**找他們，找他們**：原文 "find them, find them" (21)。這裏的「他們」指園中的靈異，象徵可能發生卻沒有發生的人或事物。艾略特這種 "they" 的用法，受吉卜齡題為《他們》("They") 的故事所啟發。在吉卜齡的故事中，"they" 是夭折兒童的鬼魂，受花園主人（一位失明的女士）的吸引而來。失明的女士由於沒有孩子而長期鬱鬱不樂。在艾略特詩中，"they" 也指兒童（唯一的例外是第二十五行 "There they were, dignified, invisible" 中的 "they"），屬於「可能發生過的」("What might have been" (47)) 現象或事物，在這裏指可能生存過的人，象徵詩中主角 (protagonist) 未能實現的願望：在「沒有走過的通道」中可能找到的景物。「可能發生，卻沒有發生」這一意念是第一部分的主題，其開頭和結尾的用詞十分相似："Time present and time past / Are both perhaps present in time future… / What might have been and what has been / Point to one end, which is always present." (1-2, 9-10) "Time past and time future / What might have been and what has been / Point to one end, which is always present." (44-46) 詩中的敘事人猜想，如果他打開那道不曾打開的門 (13)，他的生命又會變成怎樣呢？這一題意，正好以沒有出生的孩子為象徵；因為沒有出生的孩子，始終存在於「一個揣測的世界」("a world of speculation" (8))，不會成為事實 (Bodelsen, 41-42)。

14 **穿過第一道門，／進入我們第一個世界，我們該跟隨／畫眉的詐謢嗎？進入我們第一個世界**：原文 "Through the first gate, / Into our first world, shall we follow / The deception of the thrush? Into our first world." (22-24)。Bodelsen (45) 這樣解釋：「我們第一個世界」，是主角和同伴的童年世界，充滿童真。「假如所有的時間永屬現在」("If all time is eternally present" (4))，那童年世界就仍然存在於某處；「某處」是他們的天堂；不過由於見逐，乃有童年不再的結果。藉想像或幻境重返該世界，他們發現那裏有可能出生卻沒有出生的孩子。**畫眉的詐謢**：原文 "The deception of the thrush […]"。如果「時間無從收復」，如果「可能發生過的是個抽象概念」，畫眉的呼喚就是騙人的呼喚。有些人相信，鳥兒的歌聲能把人帶進神秘經驗的世界。這一主題，在文學作品中為人熟知；其中特別有名的一個故事，寫一個僧人聽一隻鳥兒歌唱；聽畢，時間已過了一百年 (Bodelsen, 45)。

15　**啊，他們就在那裏，莊嚴，無人得睹**：原文 "There they were, dignified, invisible" (25)。Bodelsen (43) 指出，這句的「他們」("They") 首次不指花園裏的鬼孩子，而指主角和他的同伴（即和他一起進花園的女子）。驟看之下，艾略特以「他們」稱呼主角和陪他進花園的女子，似乎有點突兀；細看卻並非如此：艾略特從現實世界（現在）看可能發生的世界，進花園的人也就像鬼孩子一樣，變成了另一個世界的人，用「他們」（或「她們」）一詞，也就順理成章了。在《三野礁》中，艾略特指出，我們過去的自我和現在的自我並不一樣："That time is no healer: the patient is no longer here" (133); "You are not the same people who left that station, / Or who will arrive at any terminus" (141-42)。在《哭泣的女兒》("La Figlia Che Piange") 一詩中，艾略特也這樣交疊使用 "we" 和 "they"，效果也相近。

16　**毫不著力地盈盈飄移，越過敗葉**：原文 "Moving without pressure, over the dead leaves" (26)。進入花園的人屬於可能發生過的世界，因此也是鬼魂，移動時不用著力 (Bodelsen, 45)。

17　**無人傾聽的音樂**：原文 "The unheard music" (29)。進入花園的人屬於另一個世界，不能算現實世界的人，因此音樂「無人傾聽」(Bodelsen, 45)。

18　**無人得睹的目光相交**：原文 "And the unseen eyebeam crossed" (30)。Bodelsen (45) 的解釋頗為落實：進入花園的人是父母，見到了鬼孩子；卻不為鬼孩子所見，於是交換眼色：看哪，我們的孩子！艾略特在這裏大概要營造詭異和懸疑氣氛，並不落實，也不要求讀者落實。

19　**看來像有人凝望的花朵**：原文 "Had the look of flowers that

are looked at." (31)。意思是：花園並非空空如也；園中有孩子居住。這行和第三十二行 ("There they were as our guests, accepted and accepting.") 呼應：鬼孩子知道進花園的是他們的父母，而父母也知道鬼孩子是他們的孩子。這樣解讀第三十二行，第三十三行 ("So we moved, and they, in a formal pattern") 才解得通。也有論者 (Elizabeth Drew: *T. S. Eliot*, 188) 認為，這裏的 "they" 指花。這樣解釋，實在不可思議 (Bodelsen, 42)。第一節 "Thus, in your mind. / But to what purpose" 前半部佔一行，後半部佔一行。在詩劇（如莎士比亞的作品）中，一般只算一行，因為兩部分合起來才能湊夠一行的音步，與其餘各行的韻律相等。不過《四重奏四首》並非詩劇，各詩行的音節沒有固定數目，因此當作兩行計算比較合理。同樣，同一節的 "I do not know. / Other echoes" 也當作兩行計算。有關詩行韻律、音步、行數的關係，參看莎士比亞著，黃國彬譯註，《解讀〈哈姆雷特〉——莎士比亞原著漢譯及詳注》，全二冊，翻譯與跨學科學術研究叢書，宮力、羅選民策劃，羅選民主編（北京：清華大學出版社，二〇一三年一月），《譯本說明》。

20 **陽光照出的水**：原文 "water out of sunlight" (37) = "made of sunlight" (Bodelsen, 45)。水在艾略特詩中常常象徵生命；乾旱象徵不育，象徵沒有生命；這一題意在三十八行（寫蓮花從乾涸的水池升起）獲得強調 (Bodelsen, 43)。其實，水池並沒有水；所謂「水」，只是陽光照射下觀者產生的幻覺。

21 **池中充滿了陽光照出的水／……閃爍出來**：原文 "And the pool was filled with water out of sunlight, / And the lotos rose, quietly, quietly, / The surface glittered out of heart of light" (37-39)。Pinion (221) 指出，在《焚毀的諾頓》裏，艾略特與艾米莉‧黑爾一起經歷了短暫的超時間經驗。這一經驗，以

不能得睹的人物、不為人聽到的音樂以及這裏的意象表現出來。在佛教傳統中，蓮花象徵神聖和自然結合的經驗。Blamires (13) 指出，"heart of light" 一語，在早期的版本是 "the heart of light"；修訂後，韻律有所改善，同時能遙應康拉德的小說《黑暗之心》。

22 **投影池中**：原文 "reflected in the pool." (40)。Bodelsen (43) 指出，池水反映的自然是鬼孩子。進花園的人，只能看到鬼孩子的投影；因為鬼孩子屬於另一世界，一個可能發生過的世界。在這方面而言，艾略特的意象又與吉卜齡的《他們》相仿。第一節之所以隱晦，是因為「我們」("we")、「你」("you")、「他們」("they") 不明確，而這些代詞又彼此相交，叫讀者難以捉摸。一般論者認為，「你」("you") 指讀者；Bodelsen (43) 認為指陪伴敘事者進花園的女子，也就是在可能發生的世界中可能成為鬼孩子母親的女子。第十四至十五行「我的話語／這樣回響，在你的心中」("My words echo / Thus, in your mind") 的「你」，應該指這位女子；如果指讀者，就沒有甚麼意義了。Bodelsen的說法言之成理；不過艾略特在這裏大概故意（當然也可以是一時疏忽）把所指說得不明確。不管是有意或無意，由於所指不明確，詩中多了一點懸疑和神秘氣氛。

23 **葉叢中滿是小孩呀**：原文 "for the leaves were full of children" (42)。原文直譯是：「因為葉叢中滿是小孩」。不過這樣直譯，語氣會變得太生硬；「呀」字才能譯出 "for" 在詩中漫不經意的語調。

24 **忍著笑**：原文 "containing laughter" (43)，指孩子忍著笑，像現實世界的孩子跟父母玩藏貓貓遊戲 ("playing bo-peep with their parents") 那樣 (Bodelsen, 45)。

25 **走吧，走，走哇，鳥兒說：人類／承受不了太多的現實：**

原文 "Go, go, go, said the bird: human kind / Cannot bear very much reality." (44-45)。起先，是畫眉的歌聲把主角和她的同伴引進花園；現在，畫眉又叫他們離開；他們在花園裏瞥見的是真正的現實，超越理性、感官、時間；而真正的現實，人類不能忍受得太久 (Bodelsen, 44)。

26 過去的時間和未來的時間／……這終點永屬現在：原文 "Time past and time future / What might have been and what has been / Point to one end, which is always present." (46-48)。在這裏，艾略特重複第九－十行的論點，重新強調，上述所寫有關花園和鬼孩子的情節，是可能發生的事情，屬於可能發生的世界。可能發生的事情，也是某種實際的存在；我們的行動和未能付諸實行的行動相輔相成，同時為我們的生命賦形 (Bodelsen, 44)。

27 Bodelsen (46) 指出，迄今沒有評論家能破解第二樂章第一部分；要解釋這部分，必須兼顧同一樂章的第二部分。每首四重奏中，同一樂章各部分都從不同角度處理同一題意。第二部分處理的是與時間有關的神秘經驗；這一經驗超越時間；輪軸在車輪轉動時，本身完全靜止，正象徵超越時間的狀態。

28 泥濘中的大蒜和藍寶石／把被嵌的輪軸涸住：原文 "Garlic and sapphires in the mud / Clot the bedded axle-tree." (49-50)。輪軸「被嵌」("bedded") 並「涸住」("clotted")，象徵運動受窒礙。到了同一樂章的第二部分，輪軸以平時的速度運行，中心靜止不動。大蒜象徵生命中的低層次部分，藍寶石象徵生命中的高層次部分；兩者都妨礙輪子的運動。Pinion (221) 指出，第二部分的開頭源出馬拉梅 (Stéphane Mallarmé) 的兩首十四行詩：《讓我進入你的故事》("M'introduire dans ton histoire") 和《沙爾‧波德萊爾之墓》("Le Tombeau de Charles

Baudelaire")。二詩分別有 "Tonnerre et rubis aux moyeux"（「輪轂上的雷聲和紅寶石」）和 "boue et rubis"（「泥濘和紅寶石」）之語。在這裏，艾略特想到原罪，於是以凝涸在大蒜和瑪瑙的藍寶石為意象傳遞其感覺。人類可以為惡，也可以行善，就像《大教堂謀殺案》中的 "hellish sweet scent in the woodpath" 一樣。大蒜暗示腐敗；藍寶石代表天堂和神的榮耀。Blamires (17) 指出，約翰·戴維斯《管弦樂團》一詩，也有輪軸意象，在思想和詞彙方面對《四重奏四首》都有影響。戴維斯的詩這樣描寫宇宙之舞："'Dancing, bright Lady! then, began to be / When the first seeds whereof the world did spring; / The Fire, Air, Earth and Water did agree / By Love's persuasion (nature's mighty King) / To leave their first disordered combating; / And, in a dance, such Measure to observe, / As all the world their motion should preserve.'"《四重奏四首》中的每一首詩，都分別與四元素有關：風（《焚毀的諾頓》）、土（《東科克》）、水（《三野礁》）、火（《小格丁》）。Bodelsen (47) 指出，艾略特只引述了馬拉梅詩作的一小部分，而馬拉梅詩作本身又隱晦難解。由於這緣故，各論者的解釋都不完滿，甚至彼此矛盾。第二樂章第一部分，有超現實主義特色，也可視為自由聯想；或者可以說，這部分是文學理論中所謂的開放型書寫，可以衍生多種——甚至數不盡——的解釋。這部分給讀者的大致感覺是：凡間和生命中的紛爭、擾攘、傾軋、傷痛、活動或律動早已注定，「繪在眾星的漂移中」("Are figured in the drift of stars" (56))，最後也在凡間以外的世界（在時間外）獲得調解、融和，「在星際調和」("reconciled among the stars" (63))。一旦飄離凡界，我們就彷彿「凌越移動的樹」("move above the moving tree" (58))，俯望凡間的追逐、傾軋。

29　**升向樹中的夏天**：原文 "Ascend to summer in the tree" (57)。也可譯「在樹中升向夏天」。這裏的「升」，像樹中的汁液那樣上升。

30　**移動的樹**：原文 "moving tree" (58)。既指樹在風中擺動，也指樹在生長，彷彿有生命的個體，就像梵高畫中的樹木 (Bodelsen, 50)。超越凡間的生命，才能俯望生命，回顧紅塵。

31　**圖葉**：原文 "figured leaf" (59)。指葉子的圖像，由葉子的經絡、形狀構成 (Bodelsen, 50)。「圖葉」("figured leaf") 這個詞組，源出坦尼森 (Alfred Lord Tennyson) 的《悼念亞瑟・亨利・哈拉姆》(*In Memoriam*) 第四十三節；而坦尼森的意象又出自托馬斯・布朗 (Thomas Browne)《一個醫生的宗教》(*Religio Medici*) 第二部分開頭的一段文字。在該段文字中，布朗提到植物的「外表形象」("outward figures")；並且指出，上帝的手指在他創造的萬物上面都留下了印記 (Pinion, 221)。在《小格丁》裏，人的靈魂到了夜裏就像花園夜裏的花朵收攏。這一意象，也在*In Memoriam*, xliii出現："'So that still garden of the souls / In many a figured leaf enrols / The total world since life began.'" 在坦尼森的詩中，詩人喻天堂為花園，靈魂是園中的植物。。

32　**獵犬和野豬**：原文 "the boarhound and the boar" (61)。嚴格說來，"boar" 是「公豬」或「豭」；"boarhound" 是用來獵公豬或豭的獵狗。不過，為了避免彆扭，兩個詞語在這裏都不宜直譯。

33　**最後卻在星際調和**：原文 "But reconciled among the stars." (63)。靈魂和肉體是一而二，二而一。血液和感官裏有生命；藉著這生命，我們可以獲得救贖，解決矛盾，跟宇宙合而為一；彷彿從泥濘中的輪軸升起，在一株移動的活樹之上的光中俯看泥濘的地面；地面上，動物按宇宙的規律繼續活動。「獵犬」和「野豬」在凡塵是對立的兩面；「在星際」的「調和」，象徵它們脫離凡塵後的諧協。

34 在第二樂章第二部分（六十四—九十二行），艾略特的詩筆轉向較高的層次。葉慈的詩 ("Those Dancing Days Are Gone" 和 "The Dancer at Cruachan and Cro-Patrick") 可能叫艾略特重新想到伊芙琳‧恩德希爾 (Evelyn Underhill, 1875-1941)《神秘主義》(*Mysticism*) 一書中的意象："But when we *do* behold Him, says *Plotinus*, then we are no longer discordant, but 'form a truly divine dance about Him; in the which dance the soul beholds the Fountain of life'."（「不過，正如普羅提諾所說，我們真正得睹他的時候，就不再會彼此不諧協；卻會『繞著他，跳起真正神聖的舞蹈；在這一舞蹈中，靈魂會得睹生命之泉』。」）在《大教堂謀殺案》中，主角貝克特 (Becket) 討論到脫離行動和痛苦的解放；這一解放，能使人在「感覺恩典」("grace of sense") 中獲得精神提升 (*Erhebung*)；就像一點白光，「既靜止，又運動」("still and moving")，因為超時間狀態——轉輪中心的定點，或「玫瑰園中的剎那」("the moment in the rose-garden")——在時間的伸延過程中進入覺察領域；也就是說，透過舊世界得睹新世界。在這一過程中，「局部驚怖」("partial horror") 會無可避免地伴隨著「局部至悅」("partial ecstasy")。輻射光芒之源就是神，也就是大愛；大愛本身始終不動，卻是一切運動之源。只有在超越時間的狀態，超越過去和未來的世界，我們的意識才能夠全部恢復 (Pinion, 221-22)。**既非血肉，也非血肉全無**：原文 "Neither flesh nor fleshless" (64)。意思是：在生與死之間 (Bodelsen, 50)。

35 **舞蹈**：原文 "the dance" (65)，是但丁的象徵，象徵更高層次的現實，暗含「秩序」和「圖案」的意思。

36　但不是停止，也不是運動。更不要稱為固定；／那裏，過去和未來共聚：原文 "But neither arrest nor movement. And do not call it fixity, / Where past and future are gathered." (66-67)。舞蹈在沒有時間的領域裏進行；在那裏，「運動」和「固定」一類觀念再沒有任何意義。

37　而那裏只有舞蹈：原文 "and there is only the dance." (69)。"there" 指「定點」；在定點上面，只有舞蹈存在；也就是說，超越了凡塵的時間，定點的一切都是秩序，都是圖案；人間生命中看來毫無意義、彼此矛盾的一切都成了這超凡和諧的一部分。嚴格說來，定點不佔空間，沒有長度、寬度、深度；在「定點」之前用「在」，「定點」之後用「上面」，都有語病。

38　解脫自內在／和外在的逼迫：原文 "release from the inner / And the outer compulsion" (73-74)。指解脫自人類的我執和物執 (Bodelsen, 49)。

39　感覺之恩：原文 "a grace of sense" (75)。"grace" = "divine grace"（「聖恩」）；"sense" = "the senses"（「感官」），有伊麗莎白時代英語的含義。

40　*Erhebung* (76) = "exaltation" (Williamson, 213)；"spiritual elevation" (Pinion, 222)；"elevation", "being lifted up" (Bodelsen, 51)。原文是德語，意為「提升」。

41　沒有減損的／貫注：原文 "concentration / Without elimination" (76-77)。神秘主義者縱覽整個宇宙的秩序，鉅細無遺，無所不睹 (Bodelsen, 51)；也就是說，不會因精神集中在一點而忽視萬殊的任何部分。

42　一個新世界／和舊世界同時獲得彰顯：原文 "both a new world / And the old made explicit" (77-78)。「新世界」指

神秘主義者在天啟中得睹的世界;「舊世界」指凡塵世界 (Bodelsen, 51)。

43 **過去的時間和未來的時間／只給人一點點的知覺**:原文 "Time past and time future / Allow but a little consciousness" (85-86)。這句的意思是:真正的知覺、完全的知覺來自天啟 (Bodelsen, 50)。換言之,到了定點,到了永恆的現在,才會有全面的知覺。

44 **玫瑰園**:原文 "rose-garden" (88)。參看註十。

45 **煙降**:原文 "smokefall" (90)。Bodelsen (51) 認為,此詞看來像作者臨時自鑄之詞,喚起黃昏情景。

46 **與過去和未來相輵轇**:原文 "involved with past and future." (91)。意思是:置於凡塵的時間內(Bodelsen, 51)。凡塵有過去和未來;天堂只有永恆的現在。

47 **過去的時間和未來的時間／……時間才可以征服**:原文 "Time past and time future /…Only through time time is conquered." (85-92)。這是第二部分的最後八行,意思是:即使不是聖者,憑記憶中的某些經驗,也可以在某一程度上洞悉現實的真相;也就是說,獲得某些「暗示與猜測」("hints and guesses")。這一主題,艾略特在《三野礁》第五樂章二十四—二十九行和《小格丁》第五樂章三十五—三十八行再度重奏。

48 第三樂章所描寫的場景是倫敦的地下鐵路。在艾略特筆下,倫敦的地下鐵路變成了地獄邊境 (Limbo)。這裏的光線並非地面的光線(在地面,光線在不同時間的變化標誌白晝的節奏),也不是神秘天啟前的黑暗 (Bodelsen, 52)。就乘客而言,這啟示變成了光暗在他們疲倦的臉上閃晃;在光暗閃晃之際,他們閱讀報紙,設法逃離精神的空茫。火車飛馳,則像時間一樣,此刻的剎那一直從未來衝出來,衝進過

去 (Bodelsen, 52)。現實世界的景象，在這裏經艾略特的詩筆點染，升到了象徵層次。第三樂章第二節，轉入另一種黑暗；隨著這種黑暗而來的是光芒。向下的道路以一連串陳述來形容；有些詩行採用醫學術語 ("desiccation", "evacuation", "inoperancy")，叫讀者想起十七世紀英詩的意象。三十三—三十七行寫另一道路（「上升的道路和下降的道路是同一道路」）。這一道路是脫離時間的道路；一旦脫離時間，就剩下塵世「汲汲於運動，在它那屬於／過去時間和未來時間的金屬道路上」(Bodelsen, 52)。

49　**滌情**：原文 "disaffection" (93)。Bodelsen (53) 解作 "restlessness"（「焦躁」）；不過就詩中的語境而言，應該指「滌去情慾」。

50　**這是滌情之所……也非空缺**：原文 "This is a place of disaffection /...nor vacancy." (93-102)。這十行的大旨是：時間中的世界沒有白晝的光來表示恆久或意義，也沒有黑暗來淨化靈魂 (Pinion, 222)。**既非豐繁，也非空缺**：原文 "Neither plenitude nor vacancy"。"'Plenitude' and 'vacancy' are analogous to light and darkness respectively, darkness not being a positive quality, but merely the absence of light"（「『豐繁』與『空缺』分別相等於光芒和黑暗，黑暗並非具體特質，只是光芒的欠缺」）(Bodelsen, 53)。

51　**以分神狀態分神以脫離分神狀態**：原文 "Distracted from distraction by distraction" (104)，效果有如《小格丁》第四樂章六—七行："Lies in the choice of pyre or pyre— / To be redeemed from fire by fire."（「在於選擇此祭火還是彼祭火——／以烈火把罪人救贖自烈火。」）同一詞重複，卻有不同的意義。"The two meanings of 'distraction' are here 'vacancy of spirit' and 'way of passing the time'"（「『分

神』在這裏的兩種意義為『精神的空茫』和『打發時間的方法』」）(Bodelsen, 53)。艾略特這樣重複，不但強調了要傳遞的信息，還為作品營造了音樂效果。"Distracted from distraction by distraction" 一語，叫人想起米爾頓《失樂園》第十卷一〇〇六行夏娃的話："[...] Destruction with destruction to destroy"（「用摧毀的行動去摧毀摧毀的行動」）。米爾頓和艾略特都在文字中嬉遊。

52　時間之前／和時間之後吹起的冷風：原文 "the cold wind / That blows before and after time" (107-108)。作者把地下火車比喻為「此刻」，馳出過去向未來疾馳。冷風是一種「客觀對應」("objective correlative")，指隧道中的氣流，迎向火車或在火車過後捲起。

53　只是微光一閃／劃過為時間所壓的緊繃臉孔，／……由不健康的肺葉呼出又吸入的風／之前的時間和之後的時間：原文 "Only a flicker / Over the strained time-ridden faces /…Wind in and out of unwholesome lungs / Time before and time after." (102-110)。漫無目的的人，臉孔為時間所壓，由彼種分神狀態進入此種分神狀態，就像被冷風吹拂而又把過去和未來相連的紙屑那樣，沒有甚麼意義 (Pinion, 222)。

54　掃過倫敦的冥暗山丘／……勒蓋特：原文 "sweeps the gloomy hills of London, / Hampstead and Clerkenwell, Campden and Putney, / Highgate, Primrose and Ludgate." (113-15)。Bodelsen (53) 認為這些地名沒有特別意義，只是倫敦冥暗山丘的一些例子；地下火車，就在這些山丘之下馳過。此外，這些地名也可以指地下火車站的站名標記。Pinion (222) 則認為，倫敦冥暗的七座山，被時間颳過，叫讀者悵然想起羅馬七丘；在傳統中，羅馬是神聖地位的代表。"Putney" 唸 /ˈpʌtni/；"Ludgate" 唸 /ˈlʌdgeɪt/；二字的英語發音都難以用漢語音節精確傳達。

55　**黑暗不在這裏，不在這嘰嘰喳喳的世界**：原文 "Not here the darkness, in this twittering world." (116)。通向神境的黑暗不在喧囂的世界；喧囂的世界以倫敦的地下火車為代表。

56　**喪失一切本質**：原文 "destitution of all property" (121)。在這裏，"property" 不是指個人擁有的財產，而是指事物的本質；同時暗含另一意義：「至極」("the Absolute") (Bodelsen, 53)。

57　**黑暗不在這裏……而在於放棄運動**：原文 "Not here the darkness...But abstention from movement" (116-127)。要獲得精神生命，必須由這個「嘰嘰喳喳的世界」降落一個「內在」("internal") 的黑暗世界，「烘乾感官世界／撤出幻想世界；／精神世界失去效能」(Pinion, 222)。

58　第四部分，調子較輕鬆；艾略特常用的一些意象與向日葵（源出布雷克 (Blake)）、翠鳥翅膀的閃爍同時出現。在這裏，作者沒有表達希望，只是祈禱；祈禱能再度與定點的光芒溝通 (Pinion, 222)。Bodelsen (53) 認為，第四樂章是一首抒情詩，充滿了期待氣氛：詩中的象徵不易確定；不過大致描寫下列意念以及變換的情調：太陽此刻離開我們了，有甚麼仁慈力量保護我們呢？向日葵會轉向我們嗎？鐵線蓮會撫摸我們嗎？然後，調子一轉，可親的力量中出現紫杉（墳場之樹）。敘事者發問：紫杉的冷手指會蜷向我們嗎？然後，調子再轉：暮光徘徊間，照落翠鳥的藍翅再從藍翅反射回來。凡間這一剎那，再度把讀者從轉動的世界（會死亡、會變化的世界）帶往象徵永恆的定點，調子由悲觀變為期盼。

59　**晚鐘**：原文 "the bell" (130) = "curfew" (Bodelsen, 54)。"curfew" 在這裏指「黃昏敲鐘」或「黃昏的鐘聲」，不指常見的「戒嚴」或「宵禁」。

60　紫杉：原文 "yew" (136)。紫杉在艾略特作品中有不同——甚至矛盾——的象徵意義：由於紫杉是墳場之樹，因此象徵死亡。同時，紫杉長壽（據某些民間傳說，甚至是不死之樹），因此又象徵永恆。

61　Pinion (222-23) 指出，在第五樂章裏，艾略特設法描寫精神的挫折與藝術家的挫折如何相似。這一想法，可能受濟慈 (John Keats)《希臘古甕頌》("Ode on a Grecian Urn") 的影響："dost tease us out of thought / As doth eternity"（「確把我們逗出神思外／一如永恆那樣」）。只有在完美的理念中，詩人方能不受桀驁不馴的文字制肘而獲得自由。這完美的理念，就像時間的全部，彷彿永遠存在。不過在凡間，這種自由狀態不可能長存；即使基督和聖者，在沙漠也逃不過誘惑的聲音，逃不過影子和人蛇怪。最後，作者告訴我們，進入靜止的過程有如十級樓梯的圖形，也就是十字架聖約翰《靈魂的黑夜》("The Dark Night of the Soul") (II.xviii) 中的冥想之梯 (the ladder of contemplation): "upon this road to go down is to go up, and to go up is to go down; for he that humbleth himself is exalted and he that exalts himself is humbled."（「在這條路上，下降就是上升，上升就是下降；因為，自我卑抑的獲得榮顯，白我榮顯的遭到卑抑。」）這一主題，回應了作品開始前赫拉克利特的話。第五節是全詩的最後一節，開始時像散文，然後轉而談到抽象的哲學，結尾時藉意象申述詩旨。Bodelsen (54-58) 指出，在這一樂章裏，艾略特討論藝術與時間的關係：音樂和詩歌，有別於圖畫或瓷器，是時間藝術，要在時間中按先後次序呈現；不若空間藝術（如圖畫或瓷器），能超越時間，剎那間即為觀者全部接收、欣賞。可是，詩一旦有了規律 (pattern)，就能超越時間，有永恆的存在，不再是個別的詞語，不必在時間中按先後次序呈現。

62 **言詞，在話語之後，探／入寂靜**：原文 "Words, after speech, reach / Into the silence." (142-43)。指言詞說出後的靜止；因此，相對於言詞而言，靜止就是未來。

63 **一如中國花瓶，靜止間／恆在靜止中運動**：原文 "as a Chinese jar still / Moves perpetually in its stillness." (145-46)。艾略特在這裏用了矛盾語法：中國花瓶，在藝術中到達了永恆；恆靜中也在恆動。

64 **並非音符尚在時小提琴的靜止，／……一切始終是現在。**：原文 "Not the stillness of the violin, while the note lasts, / Not that only, but the co-existence, / Or say that the end precedes the beginning, / And the end and the beginning were always there / Before the beginning and after the end. / And all is always now." (147-52)。艾略特的意思是：所謂「到達／靜止狀態」，並不是小提琴奏出音符讓聽者聽到後的靜止，而是「共存狀態」（"co-existence"）。所謂「共存狀態」，指一首詩完成後，此後每次重讀或重聽，作品就獲得再次創造；出色的詩作會超越時間的局限，直達一個新境界；在這個新境界中，一切時間都屬現在 (Bodelsen, 55)。

65 **在負擔之下，／……總是向言詞進襲**：原文 "Words strain, / Crack and sometimes break, under the burden, / Under the tension, slip, slide, perish, / Decay with imprecision, will not stay in place, / Will not stay still. Shrieking voices / Scolding, mocking, or merely chattering, / Always assail them." (152-58)。這幾行寫語言如何受各種力量侵襲、惡待，其中包括低俗的新聞、誇張的言詞、危言聳聽的言論 (Bodelsen, 56)。

66 **沙漠中的言詞，也就是道**：原文 "The Word in the desert" (158)。艾略特原文用大寫 "Word"，從一般的言詞轉向更高層次的道（基督教概念，指聖子基督），即希臘哲學中的邏各斯。這裏的「沙漠」既指現代的文化沙漠，也指聖安東尼和耶穌被誘惑之地 (Bodelsen, 56)。

67　**喪禮舞蹈中的哭泣影子、／……攻擊**：原文 "The crying shadow in the funeral dance, / The loud lament of the disconsolate chimera." (160-61)。「喪禮舞蹈中的哭泣影子」和「沮喪的獅蛇怪的大聲哀鳴」象徵使語言淪落的破壞力。獅蛇怪叫讀者想起法國作家福樓拜 (Flaubert) 的《聖安東尼被誘記》(*La Tentation de Saint Antoine*) (Bodelsen, 56)。嚴格說來，"chimera"，是獅首羊身蛇尾怪；不過漢譯時要簡化，否則唸起來會十分累贅。

68　**十級樓梯的圖形**：原文 "the figure of the ten stairs" (163)。西班牙神秘主義者十字架聖約翰認為，靈魂升向上帝的旅程，像攀登一排十級樓梯，要逐級而上 (Bodelsen, 59)。

69　**渴求本身就是運動**：原文 "Desire itself is movement" (164)。在艾略特的作品中，「渴求」通常指世俗的渴求；不過就這裏的語境而言，指渴求與上帝契合；儘管如此，這種渴求仍在時間之內，受時間束縛；只有到達最後的頓悟，人類才能夠超越時間。

70　**大愛本身並不運動，／只是運動的起因和目標**：原文 "Love is itself unmoving, / Only the cause and end of movement" (166-67)。上帝是定點，凝寂不動，是一切運動之源；一切運動的最終目標，是與上帝契合。一切運動之源，托勒密天文稱為 *Primum Mobile*（原動天）。這一主題，但丁在《神曲·天堂篇》第三十三章發揮得最為淋漓：「那大愛，迴太陽啊動群星」。艾略特受但丁的影響，在這裏至為明顯。

71　**在不存在和存在之間／受縛於局限的形式**：原文 "Caught in the form of limitation / Between un-being and being." (170-71) 指此刻，也就是時間之內；此刻，未來尚未來臨而過去已成過

去。這句也暗示道成肉身，時間外的聖子披上血肉體，進入時間內。

72 **小孩子藏匿的笑聲／就在葉叢中響起**：原文 "There rises the hidden laughter / Of children in the foliage" (174-75)。這兩行重奏第一樂章的「葉叢中滿是小孩呀，／興奮地藏匿著，忍著笑」。在這裏，藏匿的小孩不僅象徵可能發生的事情，也象徵欣悅之感，是時間之內的世界。

73 **真可笑哇，被荒廢的哀傷時間／伸向之前和之後**：原文 "Ridiculous the waste sad time / Stretching before and after." (177-78)。這兩行把《焚毀的諾頓》收結得爽利完滿。

74 **東科克**：原文 "East Coker"，是英國薩默塞特郡的一間莊園大屋 (manor house)，在約維爾 (Yeovil) 附近，對艾略特個人有重要意義：這所房子，是艾略特祖先安德魯·艾略特爵士故居。安德魯·艾略特於一六六七年移居北美，建立艾略特家族（參看Pierre Leyris的《四重奏四首》法語譯本*Quatre Quatuors*, 134, John Heywood的註釋）；因此在詩中象徵起點。東科克距離大海頗遠，艾略特遊東科克時，只在想像中看到大海。詩的主題來自蘇格蘭瑪麗女王的箴言："en ma fin est mon commencement"（「在我的終點是我的起點」）。不過艾略特在詩中的第一行把次序顛倒："In my beginning is my end"（「在我的起點是我的終點」）。瑪麗女王的箴言有宗教意味，意思是「我的生命因我的死亡開始」；艾略特的意思稍異，指東科克是其家族的開始；結果受開始決定，過去的祖先會把某一模式加諸後裔 (Bodelsen, 60)。Bodelsen的說法不能說不對，但是在詩中，第一行也有象徵意義和宗教意義。也就是說，現實世界的景物經艾略特點化，不再局限於東科克的直指意義。Bodelsen (60) 同時指出，到了這首四重奏的結尾，第一行的次序顛倒過來，變成了 "In my end is my

beginning"（「在我的終點是我的起點」）。因此我們可以說，整首詩是「在我的起點是我的終點」一句轉化為「在我的終點是我的起點」的過程。Pinion (223) 指出，《東科克》沒有把《焚毀的諾頓》的境界提升，結構也並不統一。所以如此，也許因為題材本身不容易處理；加以艾略特寫這首詩時，正值第二次世界大戰，要應付戰爭所引起的焦慮和困擾，不能專心致志寫作。

75　第一樂章分為四節：第一節（一—十三行）描寫艾略特祖先的故鄉；指出人世如何受變幻、興衰影響；這些變幻、興衰如何無可抗拒；詩的語調沉鬱，回應《聖經・傳道書》第三章第一—八節 (*Ecclesiastes* III, 1-8): "To everything there is a season, and a time to every purpose under the heaven: a time to be born, and a time to die; a time to plant, and a time to pluck up that which is planted; a time to kill, and a time to heal; a time to break down, and a time to build up; a time to weep, and a time to laugh; a time to mourn, and a time to dance; a time to cast away stones, and a time to gather stones together; a time to embrace, and a time to refrain from embracing; a time to get, and a time to lose; a time to keep, and a time to cast away; a time to rend, and a time to sew; a time to keep silence, and a time to speak; a time to love, and a time to hate; a time of war, and a time of peace." （「凡事都有定期，／天下萬務都有定時。／生有時，死有時；栽種有時，拔出所栽種的也有時；／殺戮有時，醫治有時；拆毀有時，建造有時；／哭有時，笑有時；哀慟有時，跳舞有時；／拋擲石頭有時，堆聚石頭有時；懷抱有時，不懷抱有時；／尋找有時，失落有時；保守有時，捨棄有時；／撕裂有時，縫補有時；靜默有時，言語有時；／喜愛有時，恨惡有時；／爭戰有時，和好有時。」）第二節（十四—二十三行）喚起

七月底或八月初的景象：夏日的一個村莊、灰石的小屋以及通向小屋的小徑。在第三節（二十三─四十六行），詩人夢想村子昔日的景況，在描寫過程中用了十六世紀英語，出自一五三一年托馬斯・艾略特爵士 (Sir Thomas Elyot [Eliot]) 的《治道》("The Governour", 1531) 一書。艾略特爵士是詩人家族的祖先，與東科克有淵源。最後一節（四十七─五十行），語調再變，黎明指向大海；大海在這裏象徵永恆和最後的旅程。參看Bodelsen, 61-63。

76 **建築有時**：原文 "there is a time for building" (9)。這句回應《磐石》的主題，然後擴而充之，與繁衍、腐朽等題意同時出現，叫人想起《聖經・舊約・傳道書》第三章第一─八節。(Pinion, 224-25)。

77 **有野鼠竄過的護壁鑲板**：原文 "the wainscot where the field-mouse trots" (12)。老鼠意象可能來自坦尼森《瑪麗安娜》("Mariana") 一詩："the mouse / Behind the mouldering wainscot shrieked"；不過艾略特把 "mouse" 改為 "field-mouse"，使場景更形荒涼 (Bodelsen, 63)。詩中的第十至十一行仍然囈栝《傳道書》的筆法。

78 **搖動織有無聲箴言的牆上破爛花毯**：原文 "And to shake the tattered arras woven with a silent motto." (13)。Bodelsen (63) 指出，箴言無聲，大概因為無人閱讀；或箴言本身漫漶，不可閱讀。

79 **季節的時間**：原文 "The time of the seasons" (43)，指由季節決定的時間 (Bodelsen, 64)。

80 這節（二十四─四十七行）描寫鄉間迷信的男女在仲夏前夕 (Midsummer Eve) 跳舞，象徵婚媾。**共舞兮，證此合卺**：原文 " In daunsinge, signifying matrimonie" (30) 出自托馬斯・艾略特爵士的《治道》。《東科克》的開頭和結尾，隱約提到艾略特家族的這位祖先。全詩題旨，以時間和世代輪替為中心；以房子意象開始 (Pinion, 224)。*The Governour* 又稱《治道之書》("*The Boke named the Governour*"，現代英語拼"*The Book of the Governor*")，是獻給亨利八世的書；主要談訓練政治家之道，也談當時教育制度的處境。參看*Wikipedia*, "The Book of the Governor" 條（多倫多時間二〇二〇年十二月二十三日下午十時登入）。艾略特的引文用原書（十六世紀）的拼法；漢譯設法模擬其古代風格。

81 **黎明在預示**：原文 "Dawn points" (48)。指黎明預示，大海就在前方。*point* = "(of facts, events, circumstances, etc.) to indicate that (something) is likely to happen or be the case" (*OED, v. 1*, III. 8. a. *intransitive*)。

82 **出了海……向前方滑航**：原文 "Out at sea the dawn wind / Wrinkles and slides." (49-50)。Pinion指出，這意象受坦尼森的《鷹》("The Eagle") 啟發："Dawn points significantly to a glimpse of the sea, where the image of a wrinkling, sliding wind owes much to Tennyson's 'The Eagle' " (Pinion, 225)。

83 第二樂章開始時描寫季節所引起的躁動，同時以《啟示錄》那樣的筆觸預示天上的戰爭。此外，這部分還以雷聲比擬「凱旋車」，叫讀者想起馬拉梅，並且與《焚毀的諾頓》第二部分的普遍規律 (universal law) 對照 (Pinion, 223)。樂章大致分兩部分。第一部分的文字充滿象徵意味，與《焚毀的諾頓》第二樂章題意相同的部分呼應，不過意象沒有《焚毀的諾頓》晦澀。第一部分可以細分為兩小節：第一小節（一—七行）寫季節淆亂：時序雖屬十一月，但玫瑰仍在盛放，而且花上有雪；此外，景物中還有屬於夏季的蜀葵 (hollyhocks) 和屬於早春的雪花蓮 (snowdrops)。第二小節（八—十七行）寫天象淆亂傾軋：不該行雷的月份行雷；本該穩牢不變的星辰離開了原位，而且彼此相鬥；地球被焚後剩下一團冰。參看Bodelsen, 64。

84　**在腳下扭動的雪花蓮**：原文 "And snowdrops writhing under feet" (55)。這句有超現實意味。

85　**瞄得過高的蜀葵，／由紅變灰後下墜**：原文 "And hollyhocks that aim too high / Red into grey and tumble down" (56-57)。蜀葵是七八月的植物，要伸入十一月的灰色天空，卻在中途下墜 (Bodelsen, 69)。

86　**獅子座的流星雨**：原文 "Leonids" (64)。獅子座的流星雨，是十一月十四日出現的流星雨，來自坦普—圖特彗星 (Comet Tempel-Tuttle) (Bodelsen, 70)。彗星由坦普 (Wilhelm Tempel) 和圖特 (Horace Parnell Tuttle) 分別於一八六五年十二月十九日和一八六六年一月六日獨立發現，故名。流星雨出現在獅子座，因此稱「獅子座的流星雨」。

87　**疾掠著搜遍天空和曠野**：原文 "Hunt the heavens and the plains" (65)，Bodelsen (70) 認為指「天上的平原」("the plains of the sky")。不過就原文的結構而言，"the plains" 與 "the heavens" 相對；"heavens" 已經把 "the plains of the sky" 包含在內；把 "plains" 解作 "the plains of the sky"，就有重複的語病；因此該解作「曠野」（直譯是「平原」）。「疾掠著」，承前一行的 "fly" 補足。

88　**冰帽**：原文 "ice-cap" (68)，又譯「冰冠」、「冰蓋」，指覆蓋大面積廣陸（如山脈、南極或北極）的冰雪。

89　**由經驗／得來的認識，在我們看來，／……只有有限的價值**：原文 "There is, it seems to us, / At best, only a limited value / In the knowledge derived from experience." (82-84)。老人的智慧加諸經驗的秩序並不可靠；因為秩序每一瞬都在變動，一直要重新加以衡量評估 (Pinion, 225)。

90　在中途……沒有安穩的立足點：原文 "In the middle, not only in the middle of the way / But all the way, in a dark wood, in a bramble, / On the edge of a grimpen, where is no secure foothold" (90-92)。「中途」、「黑林」等意象都出自但丁《神曲・地獄篇》第一章的開頭：

> Nel mezzo del cammin di nostra vita
> 　　mi ritrovai per una selva oscura,
> 　　ché la diritta via era smarrita.
> Ah quanto a dir qual era è cosa dura
> 　　esta selva selvaggia e aspra e forte
> 　　che nel pensier rinnova la paura!

> 我在人生旅程的半途醒轉，
> 　　發覺置身於一個黑林裏面，
> 　　林中正確的道路消失中斷。
> 啊，那黑林，真是描述維艱！
> 　　那黑林，荒涼、蕪穢，而又濃密，
> 　　回想起來也會震慄色變。

至於「沼澤」意象，則出自柯南・道爾 (Conan Doyle) 的偵探小說《巴斯克維爾家族的凶狗》(*The Hound of the Baskervilles*)："Life is become like that great Grimpen Mire, with little green patches everywhere into which one may sink and with no guide to point the track." 在柯南・道爾的作品中，這沼澤叫 "Grimpen Mire"，據說有鬼魂出沒。參看Pinion, 225; Bodelsen, 70。

91　虛幻的光焰：原文 "fancy lights" (93)，指鬼火 (will-o'-the-wisps)。"will-o'-the wisp" 又稱 *ignis fatuus* (複數*ignes fatui*)。

92 **恐懼被祟**：原文 "fear of possession" (96)。"In the older sense: fear of being possessed" (Bodelsen, 70)。"to be possessed" 也解作「被祟」。

93 **黑暗哪，黑暗，黑暗。……虛空的星際空間**：原文 "O dark dark dark…The vacant interstellar spaces" (102-103)。Pinion (225) 指出，這裏用了米爾頓 (John Milton)《鬥士薩姆森》("Samson Agonistes") 的典故。"The vacant interstellar spaces" 脫胎自 "vacant interlunar cave"。米爾頓原文為："O dark, dark, dark, amid the blaze of noon, / Irrevocably dark, total Eclipse / Without all hope of day!… / The Sun to me is dark / And silent as the Moon, / When she deserts the night, / Hid in her vacant interlunar cave." 米爾頓原文的黑暗，既指失明，也指無光；在艾略特詩中只指無光 (Bodelsen, 73)。"Samson"又譯「參孫」或「大力士」。

94 **司令官**：原文 "The captains" (104) = "With the Elizabethan meaning of commanding officer" (Bodelsen, 73)。"captains" 在這裏取伊麗莎白一世時代的古義。

95 **商業銀行家、顯赫文人**：原文 "merchant bankers, eminent men of letters" (104)。Bodelsen (73) 揣測，這裏可能有自嘲意味，因為艾略特本身曾經是商業銀行家，後來成為顯赫文人。

96 **德哥達年鑑**：原文 "Almanach de Gotha" (108)，德語 "Gothaischer Hofkalender"，一種世界族譜年鑒 (Williamson, 220)；人名錄，刊載歐洲王侯、貴族世家的資料 (Bodelsen, 73)；一七六三年首度由艾廷格 (C. W. Ettinger) 在德國圖林根 (Thuringia) 哥達市 (Gotha) 出版。詳見*Wikipedia*, "Almanach de Gotha" 條（多倫多時間二〇二〇年四月十五日下午四時登入）。

97 **神的黑暗**：原文 "the darkness of God" (114)。艾略特在這裏

表示，他相信神的黑暗通向再生 (Pinion, 225)。Bodelsen (73) 認為「神的黑暗」可以有兩種解釋：（一）引領凡軀走向神的黑暗。（二）身為最終現實的神；根據新柏拉圖學派的說法，這位神沒有人的特質，不是人類的感覺或智力所能瞭解（參看Helen Gardner: *The Art of T. S. Eliot*, 169）。

98 **舞台兩側的佈景就發出空洞的隆隆**：原文 "With a hollow rumble of wings" (116)。"A 'wing' is a piece of stage property: a long side piece in one of the wings of the stage" (Bodelsen, 73)。

99 **只剩下無事可想的驚怖在增加**：原文 "Leaving only the growing terror of nothing to think about" (122)。這是艾略特的想法 (Pinion, 224)。事實是否如此，大概因乘客而異。

100 **野生草莓和不為人見的野生百里香**：原文 "The wild thyme unseen and the wild strawberry" (131)。Pinion (225) 指出，這是與重生有關的意象。「草莓」是 "strawberry"；「百里香」是 "thyme"。漢譯中兩種植物的次序互換，因為「不為人見的野生百里香和野生草莓」會扭曲原文的意思，叫讀者以為「野生草莓」也「不為人見」。在原詩中，「不為人見」的只是「百里香」，"unseen" 只形容 "thyme"。

101 **花園裏的笑聲**：原文 "the laughter in the garden" (132)，與《焚毀的諾頓》第一樂章中小孩的笑聲呼應。

102 **你說我在重複 / ⋯⋯我該再說一遍嗎？**：原文 "You say I am repeating / Something I have said before. I shall say it again. / Shall I say it again?" (135-37)。敘事者在這裏直接對讀者或受話者說話，彷彿在娓娓而談，拉近彼此的距離。

103 **要到達你不認識的境界， / 你所走的途徑必須是無識的途徑**：原文 "In order to arrive at what you do not know / You must go by a way which is the way of ignorance." (140-41)。凡間的知識，只是知識的影子；要到達真正的啟悟境界，必須摒棄凡

間所謂的知識 (Bodelsen, 75)。

104 **要擁有你未曾擁有的東西，／你必須走褫奪擁有的途徑**：原文 "In order to possess what you do not possess / You must go by the way of dispossession." (142-43)，意思是：要獲得精神的超升，與上帝契合，必須放棄凡間所得，如名利財富。

105 **尚未身處的狀態**：原文 "what you are not" (144)，指超越凡界的啟悟或至福。

106 **你所不知的是你唯一所知／你的所有是你的所沒有**：原文 "And what you do not know is the only thing you know / And what you own is what you do not own" (146-47)。凡間的知識和財產都虛幻，有等於無。這種矛盾語 (language of paradox) 遙應《老子》「上德不德，是以有德；下德不失德，是以無德」一類說法；有似非而是的智慧。這一節的矛盾語，深受十字架聖約翰《登迦密山》(*Ascent of Mount Carmel*，西班牙語 *Subida del Monte Carmelo*) 一書中的類似句子影響；艾略特徵引該書的句子時有所改動。

107 **你所置身處是你所非置身處**：原文 "And where you are is where you are not." (148)。凡人的理想歸宿是定點；到達定點，就能超越時間，進入永恆，與上帝契合。但是，人類身在凡間時，並未到達該定點。

108 這部分（第四樂章）的主題是十字架上的救贖，說明《東科克》這首詩為甚麼在復活節發表。這部分共有五節，每節五行，象徵基督的五個傷口。地球是醫院，供人類在裏面辭世的意念有多個出處，其中包括蘭斯洛特·安德魯斯講救贖的佈道詞、托馬斯·布朗的《一個醫生的宗教》、但丁《神曲·天堂篇》第七章二十八行。布朗的《一個醫生的宗教》第二部分 (Part II) 有下列醫院意象："For this world, I count it not an inn but a hospital; a place not to live, but to dye in"（「因為，這個世界，我不會視為旅館，而視為醫院；不是供人住宿，而是供人死亡的處所」）。不過，對艾略特影響最大的，是法國作家紀德 (André Gide) 的《鎖不牢的普羅米修斯》(*Le Prométhée mal enchaîné*)。在紀德的作品中，作者把希臘神話中的主神宙斯比喻為百萬富翁，把財產捐獻給醫院。醫院裏，負責照顧病人的是一個受傷的外科醫師和一個瀕死的護士。在這部分，一敗塗地的百萬富翁是亞當（亞當曾擁有伊甸樂園）；瀕死的護士是教會；受傷的外科醫師是基督。我們無論做甚麼，神都預先為我們著想，預先保護我們 (prevents us (is ahead of, and ready to safeguard, us))。這一主題，叫人想起《神曲・煉獄篇》和基督的荊棘冠冕 (crown of thorns)。詩的這部分，以變體論 (transubstantiation) 主題收結 (Pinion, 223-24；Bodelsen, 77)。Bodelsen (75) 指出，這一樂章用了不少奇喻 (conceits)，看似風馬牛不相及的事物並列，產生強烈效果，頗像十七世紀的玄學詩 (metaphysical poetry)，尤其像約翰・德恩 (John Donne) 的作品。

109 **發燒海圖的譎詭**：原文 "the enigma of the fever chart" (153)。Pinion (224) 指出，這一意象充滿現代意味，用得較同一樂章第四節的「高燒在精神的電線裏歌謳」（"The fever sings in mental wires"）恰當（「精神電線」是艾略特為了押韻需要而從《焚毀的諾頓》裏強搬過來的意象）。「發燒海圖」這一意象，有玄學詩人約翰・德恩的遺風：以科學事物為喻（人的病軀有如發燒的海圖）。這裏所謂「病」，指肉體和精神都患病(Bodelsen, 76)。基督為信徒治療的病是原罪；途徑是：「只有讓疢疾加重，惡咒方能滌清。」在 "Hymn to God My God, in My Sickness"（《病中聖詩：致上帝，我的上帝》）中，詩人描寫自己躺在病床上，像一張平鋪的地圖，讓醫生像地圖繪製師那樣閱讀研究："my physicians by

their love are grown / Cosmographers, and I their map, who lie / Flat on this bed"（「懷著愛心，我的醫生變成了／地圖繪製師，而我變成了他們的地圖／平攤在這張床上」（六一八行））；自己是一張東西相接的地圖，到了極西（死亡）後就是極東（復活）："As west and east / In all flat maps (and I am one) are one, / So death doth touch the resurrection"（「像所有平面地圖／（我是其中之一），東西相同，／死亡會觸到復活」（十三一十五行））。然後，德恩的比喻「奇」中生「奇」，「怪」中生「怪」，進一步把身體各部分喻為地圖的各領域：「太平洋是我的家？」（"is the Pacific Sea my home?"）（十六行）、「麥哲倫和直布羅陀海峽」（"Magellan, and Gibraltar"）（十八行）。在輓歌第十九首 (Elegy 19)《致上床的情人》（"To His Mistress Going to Bed"）中，德恩為情人脫衣時，把她的裸體喻為供他探索、供他採礦、供他佔有的大地："O my America, my new found land, / [...] My mine of precious stones, my empery"（「啊，我的美洲，我的紐芬蘭，／⋯⋯我的寶石礦，我的帝國」）（二十七行，二十九行）；"My kingdom, safest when with one man manned"（「我的王國，僅讓男人一個來操控最安全」）（二十八行）。詩中的 "new found land" 和 "manned" 都一語雙關（"manned" 字更是一語多義）。"new found land" 既可指「新發現的土地」，也可指北美洲的「紐芬蘭」（"Newfoundland"）。"manned" 指「掌控」、「治理」、「操作」、「給⋯⋯安排或提供人手」。男人「操作」女人，「給女人安排／提供人手／男人」，性意象十分突出，淫褻程度直追莎翁。這一雙關（或一語多義），以「操控」一詞來翻譯，「骯髒度」庶幾與原文相近：「操」字在「操控」一詞裏雖唸第一聲，但讀者受了語境感應，也會想到同一字的第四聲。不過「操控」和「男人」不能像 "manned" 和 "man" 那樣在語音上呼應，是不足之處。把 "safest when with one man manned" 勉強譯成「僅讓男人一個來男人最安全」（也就是說，第二個「男人」作動詞用），無疑能傳遞原詩的語音呼應，卻又顯得太生、太硬、太著跡，而且大乖漢語的說話習慣。由於「操」字有「掌握」（如「操觚」、「操戈」）、「駕駛（船舶）」（如「操舟」、「操船」，參看網上《漢典》）的意思，與英語的 "man"（動詞）十分接近，拿來單獨譯詩中的 "manned" 有雙關之妙（「我的王國，僅讓男人一個來操最安全」）；可惜稍欠原文的含蓄，因此不宜採用。

110　就會因至高無上的父寵結束此生。／那父寵會不離不棄，處處在前面給我們引路啟蒙：原文 "Die of the absolute paternal care / That will not leave us, but prevents us everywhere." (162-63)。Bodelsen (76) 認為："'Prevent' is used in its archaic sense, as in the Book of Common Prayer, signifying 'to walk in front of somebody so as to show him the way'." （「"Prevent" 用的是古義，像《公禱書》中同一詞，指『在前引路』。」）

111　要接受溫暖，我就得凍凝起來，／……烈火之焰是玫瑰朵朵，其煙是野薔薇相裹：原文 "If to be warmed, then I must freeze / And quake in frigid purgatorial fires / Of which the flame is roses, and the smoke is briars." (166-68)。這幾行掭到《四重奏四首》的突出主題：上帝出於愛，才叫人類受煎熬，接受煉獄之火洗滌。玫瑰象徵上帝之愛。其煙是野薔薇相裹：這句有兩種解釋。有的論者認為，煙的氣息像薔薇的氣息；不過Bodelsen (78) 另有說法：野薔薇指耶穌的荊棘冠冕。

112　淌滴的血是我們唯一的飲料，／血湴湴的肉是我們唯一的食糧：原文 "The dripping blood our only drink, / The bloody flesh our only food" (169-70)。這兩行形容聖餐儀式 (Eucharist)：葡

萄酒是基督的血，麵包是基督的肉。

113 **儘管如此⋯⋯星期五為禎祥**：原文 "In spite of which we like to think / That we are sound, substantial flesh and blood— / Again, in spite of that, we call this Friday good." (171-73)。Bodelsen (77) 指出，這三行有不同的詮釋。Bodelsen本人的解釋是：我們往往以為聖體是抽象概念或象徵，以為我們的血肉才是具體的血肉；但是，我們不自覺地以 "Good Friday"（直譯是：「禎祥的星期五」）形容耶穌受難日，就推翻了這種想法。

114 Bodelsen (78) 指出，這一樂章口語化的開頭，與第四樂章形成鮮明的對照；詩人在詩中再度以詩討論他面對的挑戰（這一主題，在《焚毀的諾頓》第五樂章已談到）。

115 **在人生的中途**：原文 "in the middle way" (174)。艾略特再度引述但丁的《神曲》。參看第二樂章第三十九行（全詩第九十行）的註釋。

116 *l'entre deux guerres* (175)：法語，「兩次戰爭（指兩次世界大戰）之間」的意思。英語直譯是 "the [time] between two wars"。

117 **同時，能夠／憑力量和謙順去征服的**：原文 "And what there is to conquer / By strength and submission" (185-86)。Bodelsen (82) 指出，"strength" 和 "submission" 二字，提綱挈領地撮述了艾略特論文《傳統與個人才具》("Tradition and the Individual Talent") 的要旨；"strength"（「力量」）指個人才具；"submission"（「謙順」）指作者適應整個傳統時的謙虛態度。

118 **條件／似乎不利於奮戰**：原文 "under conditions / That seem unpropitious." (190-91)。時值第二次世界大戰，條件不利於藝術家。參看Bodelsen, 82。

119 不過，彼此之間並沒有競爭——／……我們再管不著：原文
"but there is no competition— / There is only the fight to recover
what has been lost / And found and lost again and again: and now,
under conditions / That seem unpropitious. But perhaps neither
gain nor loss. / For us, there is only the trying. The rest is not our
business." (188-92)。艾略特在這裏提出只問耕耘、不問收穫
的觀點。這一觀點，在《三野礁》的第三樂章再度奏起：
「奮進向前哪！」("Fare forward." (164))；「不要考慮行
動的果實」("do not think of the fruit of action." (163))。參看
Bodelsen, 79-80。

120 家，是我們的起點：原文 "Home is where one starts from."
(193)。這句既可指艾略特的祖先從東科克啟航，移居美
洲；也可指生命的旅程以家為起點。"one" 是泛指，不必直
譯「一個人」；譯「我們」才能與 "As we grow older" 中的
"we" 呼應。

121 星光下的夜晚有時／……（翻看照相簿的夜晚）：原文
"There is a time for the evening under starlight, / A time for the
evening under lamplight / (The evening with the photograph
album)." (200-202)。這句再度回應《傳道書》第三章第一——
八節，也回應第一樂章第一節的「建築有時，／生存和繁衍
有時，／……搖動織有無聲箴言的牆上破爛花毯有時」。

122 一種更深的溝通：原文 "a deeper communion" (209)，指凡
人與真如 (true reality) 或上帝的溝通。參看Bodelsen, 82。從
「老漢該是探險者」到這裏，詩人打消了第二樂章的悲觀意
緒，認為「此地和彼地都無關重要」，因為老漢可以期盼與
上帝有「更深的溝通」。

123 透過黑冷和空虛的淒絕。／……海燕和海豚的／遼闊海域：
原文 "Through the dark cold and the empty desolation, / The

wave cry, the wind cry, the vast waters / Of the petrel and the porpoise." (210-12)。第一樂章結尾時描寫出海前的情景。在第五樂章的最後三行，出海的旅程真正展開；這旅程，是航入大海（象徵永恆）的旅程。參看Bodelsen, 81-82。瑪麗女王的箴言在詩的結尾恢復原來的詞序；全詩也在一個大循環中結束：由第一行的「在我的起點是我的終點」("In my beginning is my end") 恢復為「在我的終點是我的起點」("In my end is my beginning")，頗像音樂中前後呼應的對位效果。

124 就《三野礁》（四重奏第三首）的題目，艾略特有以下解釋："The Dry Salvages—presumably *les trois sauvages*—is a small group of rocks, with a beacon, off the N.E. coast of Cape Ann, Massachusetts. *Salvages* is pronounced to rhyme with *assuages*. […]" 也就是說，作品以美國麻薩諸塞州安恩海角東北海岸外一小堆礁石的名字為題目。法語*les*是複數定冠詞；*trois*是「三」；形容詞*sauvage* 意為「兇殘」、「野蠻」、「蠻荒」、「未開化」，名詞*sauvage*意為「野蠻人」。"*les trois sauvages* [*sauvage*的複數]" 既然是一小堆礁石，題目漢譯為「三野礁」也就順理成章了。三野礁一帶，是艾略特年輕時熟悉的地方；他的《安恩角》和《聖灰星期三》第三部分都曾提及。《三野礁》有不少意象和描寫，以安恩角的海景和詩人故城聖路易斯 (St. Louis) 一帶的密西西比河為藍本 (Bodelsen, 83)。Pinion (226) 認為，《三野礁》是一首複雜、參差而又有散文味道的詩。作品中，詩人重複同一主題；其中最叫人難忘的，是與密西西比河和安恩角有關的意象。

125 Bodelsen (83-84) 指出，第一樂章開頭的文字，像《四重奏四首》的不少文字一樣，有散文風格，也有學術論文的冷靜和客觀；不過散文語調結束，詩人筆勢一轉，就馬上進入另一音域。樂章以對照手法寫河海。在這一樂章裏，河流既象徵人類的時間，也象徵時間對凡人的束縛。在一至十一行，詩人既寫密西西比河，也撮述美國歷史。

126 **眾所周知的邊界**：原文 "recognised as a frontier" (3)。指美國移民初期到達的邊界 (Bodelsen, 84)。

127 **然後，只是一道難題橫亘在築橋者面前**：原文 "Then only a problem confronting the builder of bridges." (5) 美國的先民西移，河流成為造橋者要克服的困難 (Bodelsen, 84)。

128 **按季節行事……等待著**：原文 "Keeping his seasons and rages, destroyer, reminder / Of what men choose to forget. Unhonoured, unpropitiated / By worshippers of the machine, but waiting, watching and waiting." (8-10)。美國人西移，在城市居住，不久就忘了河流；但河流仍以洪水提醒城市的居民，他沒有消失。因為河流是個「褐神祇」，被人遺忘前仍受人敬畏 (Bodelsen, 84)。

129 **他的節奏……煤氣燈下的團聚**：原文 "His rhythm was present in the nursery bedroom, / In the rank ailanthus of the April dooryard, / In the smell of grapes on the autumn table, / And the evening circle in the winter gaslight." (11-14)。這幾行寫艾略特的童年回憶。**繁蕪臭椿**：原文 "the rank ailanthus"。據《韋氏大詞典》的解釋，臭椿是「天堂之樹」，學名*Ailanthus glandulosa*；有發出臭味的雄蕊 (staminate) 花朵。參看 Bodelsen, 86。**煤氣燈下的團聚**：十九世紀九十年代，到了晚上，美國家庭喜歡在煤氣吊燈 (gasolier) 下共聚 (Bodelsen, 84)。這幾行等於說：河流與人類關係密切，是他們生命的一部分。

130 **河流在我們體內**：原文 "The river is within us" (15)。Pinion (226) 指出，河流是人類更接近大自然、更接近直覺或更原始的自我，因城市和工業世界被遺忘，被扭曲。不過河流卻始終和我們一起，由生至死。

131 **大海呢，渾然在我們周圍**：原文 "the sea is all about us" (15)。
Pinion (226) 指出，大海是整個生命，是《神曲‧天堂篇》
第一章一一三行的 "lo gran mar de l'essere"（「生命的大
洋」（黃國彬的漢譯第一一二行））。大海最重要的意義，
可見諸《天堂篇》第三章八十五─八十七行："'E 'n la sua
volontade è nostra pace: / ell'è quel mare al qual tutto si move /
ciò ch'ella crïa o che natura face.'"（「『君王的意志是我們
的安寧所居；／也是大海，所造的一切和自然／化生的萬物
都向它奔赴而去。』」）原文 "E 'n la sua volontade è nostra
pace" 的直譯是：「他的意志是我們的安寧所居」。為了照顧
漢語的說話習慣，呼應第八十四行的 "re"（「君王」），這
裏以「君王」代替「他的」。

132 **顯示更早之前有過其他生物**：原文 "Its hints of earlier and
other creation" (18)。「更早」，指海膽 (sea urchins) 等海中生
物的化石；「其他」，指陸地以外或其他國度的動物 (fauna)
(Bodelsen, 86)。

133 **多種嗓音**：原文 "many voices" (24)，源出坦尼森 (Pinion,
226)。

134 **遠處花崗岩齒中的濤聲**：原文 "The distant rote in the granite
teeth" (32)。"Rote is the sound of the surf pounding on the beach,
with a hint, I think, of the grinding noise of the pebbles which it
drags to and fro. The granite teeth are, of course, the rocks of the
beach" (Bodelsen, 86)。根據Bodelsen的解釋，"rote" 是「浪
花拍打海灘的聲音」("the sound of the surf pounding on the
beach")。

135 **由漸近的海岬發出的嗚嗚警告**：原文 "the wailing warning
from the approaching headland" (33)。指船隻接近海岬時在船

上聽到的汽笛聲 (siren)。在詩中，船隻和海岬的移動顛倒；是否出於詩人的刻意安排呢，則不得而知 (Bodelsen, 86)。

136 **還有起伏的發聲浮標／像還家一樣漂轉**：原文 "the heaving groaner / Rounded homewards" (34-35)。Bodelsen (86) 有兩種解釋：回航的船隻繞過浮標；浮標被船隻掀起的浪濤推動，要向海岸漂移。第二種解釋的意象較具體，勝過第一種解釋。

137 **這時間，古遠於／精密計時器所計**：原文 "a time / Older than the time of chronometers" (39-40)。大海所象徵的時間，在宇宙取代洪荒之前，早於人類的時間 (Bodelsen, 85)。

138 **這時候，過去都是詐偽，／未來沒有未來**：原文 "when the past is all deception, / The future futureless" (45-46)。「這時候，當事人似乎不能再掌控過去，未來看來又毫無希望，叫她們不敢寄望未來」(Bodelsen, 86)。

139 **而末更尚未來臨**：原文 "before the morning watch" (46)。這時候，靈魂會想到上主。在這裏和第四部分（「為那些／送兒子或丈夫揚帆出海、／卻不見他們歸來的女子」），艾略特不僅想到新英格蘭的漁人，也想到第二次世界大戰中死難的水手 (Pinion, 226)。Bodelsen (87) 這樣解釋："There is a twofold suggestion here: of the watch on shipboard, and, as Miss Gardner points out (*The Art of T. S. Eliot*, p. 15), of the Psalmist's 'My soul fleeth unto the Lord: before the morning watch, I say, before the morning watch'."參看《聖經‧舊約‧詩篇》第一百三十篇第六節：「我的心等候主，／勝於守夜的等候天亮，／勝於守夜的等候天亮。」

140 **而自始就存在至今仍存在的起伏波濤／……把鐘敲響**：原文 "And the ground swell, that is and was from the beginning, / Clangs / The bell." (48-50)。大海有許多聲音；這是聲音之

一;與《榮耀頌》(*Gloria Patri*) 呼應。鐘聲所報的時間並非我們的時間,也不是「憂心忡忡的焦慮婦女/醒著躺在床上所數」的時間。「她們盤算著未來,/設法把過去和未來如織物拆散,如線卷反繞,/如繩索擘分,然後再加以拼合」(Pinion, 226)。Bodelsen (87) 這樣解釋 "that is and was from the beginning":"An echo of the Hymn of Praise in the Anglican service: 'As it was in the beginning, is now, and ever shall be'"(「願光榮歸於父,及子,及聖神。起初如何,今日亦然,直到永遠」)。同時指出 (86),鐘聲有象徵意義:叫讀者想起與鐘聲有關的一切:召喚信徒的教堂鐘聲、聖餐禮儀的鐘聲、宣佈死亡的鐘聲。在這裏,鐘聲是凡塵時間中永恆境界的召喚。

141 Bodelsen (87) 指出,就置身凡塵時間的人類而言,第一樂章結尾時的鐘聲,是報喜的鐘聲。這一主題,在第二樂章繼續闡發,不過象徵略有改變:大海仍象徵永恆,超越河流所象徵的層次。樂章分兩部分:第一部分由經過調整的六行詩節 (sestina) 組成,以漁人的航程象徵人類探險之旅。這一探險之旅,似乎永無止境,艱苦的過程中得不到休憩。樂章的第二部分,語調突變,詩人彷彿跟讀者閑談,再度(在《四重奏四首》裏是第三次)說到一個人年紀漸大,昔日時光在生命中所起的作用。在《東科克》第二樂章中,詩人檢視過去,視過去為今日行動的指引;在《東科克》第五樂章(十九一三十八行),詩人說到過去對未來的衝擊,態度不再像以前那麼悲觀:到了晚年,「此時此地已無關重要」("When here and now cease to matter")。這種省悟,有助於老年人在心理上接受人生的最後旅程。在《三野礁》第二樂章第二部分,艾略特不再討論過去、未來、現在三個階段之間的關係,只聚焦於過去,視過去為生命規律的一部分；過去不僅是一連串的事件，也不僅是進化過程的一個階段。在艾略特心目中，進化論只會引起「局部謬誤」（"a partial fallacy"）。「進化，在大眾心目中成為與過去脫離關係的手段」，因為進化論者認為，過去的事件有存在價值，完全因為它能向未來發展。在四十二—四十八行，艾略特指出，到晚年回顧過去，過去會有新的意義：以前，過去的事件已暗含「頓悟」（"sudden illumination"），我們卻不以為意；到了晚年，就會把過去的經驗重新定位。所謂「頓悟」，艾略特舉了兩個例子來說明：其一是《焚毀的諾頓》第二樂章三十九—四十一行；其二是《東科克》第三樂章二十九—三十三行。「在意義中更生的往昔經驗」包含的不僅有個人經驗，還有過去各年代的經驗，也就是歷史；甚至包括殘留在此生的史前經驗，包括黑暗和不能名狀的力量所引起的恐懼：「那畏畏葸葸的向後回顧，／回顧原始的驚怖」（"the backward half-look / Over the shoulder, towards the primitive terror"）。在五十六—六十六行，艾略特指出，一個人漸漸老去時不但會頓悟，恆久不逝的不僅是幸福時光，痛苦的時光也如是：「恆久得像時間那樣」。關於這點，我們在別人的痛苦中更能了解，因為我們會把本身的痛苦壓抑，以適應日常生活；別人的痛苦則不經修飾。第二部分將近結尾時，詩人重奏第一樂章的時間主題：「時間這摧毀者也是保存者，／就像運載黑奴死屍、母牛、雞籠的河，／就像酸苦的蘋果、吃蘋果時的一咬」（"Time the destroyer is time the preserver, / Like the river with its cargo of dead negroes, cows and chicken coops, / The bitter apple and the bite in the apple"）。「時間〔是〕摧毀者」，因為它一直侵襲未來，創造現在；然而創造現在後，又馬上把現在摧毀，把它投入過去，結果原來的現在不再是現實。但是，時間又是保存者，因為曾經是現在的所有剎那，都在過去保存下來，就像河水漂走的東西，即使不再為人所睹，仍然存在於河中，直到河水流入大海。到了七十一—七十五行，讀者再返回海的象徵：「在風平浪靜的日子裏，它不過是塊碑石；／在適宜航行的天氣裏，它始終是個航標，／助人設定航向。可是，在陰晦的季節／或突如其來的狂風暴雨裏，則始終如故」（"On a halcyon day it is merely a monument, / In navigable weather it is always a seamark / To lay a course by: but in the sombre season / Or the sudden fury, is what it always was"）。所謂「始終如故」，指危難、沮喪的時刻；在這些時刻，三野礁（「翻湧不息的水域中巉巖的礁石」）就成為我們的庇護之所。「三野礁」的英文名字 "The Dry Salvages" 中的 "Salvages" 的第一、第二音節與 "salvation"（「拯救」、「救贖」）的第一、第二音節相同；作動詞用，"salvages"，就是「拯救」、「打救」的意思；因此提到 "Salvages" 時，英語讀者會同時想到「拯救」、「救贖」、「打救」這一義 (Bodelsen, 87-91)。

142 **那一朵朵秋花的默默枯萎**：原文 "The silent withering of autumn flowers" (52)。Bodelsen (92) 指出，這行描寫陸地邊緣的花朵在海霧中枯萎，與第一樂章二十五—二十六行（"The salt is on the briar rose, / The fog is in the fir trees."（「鹽沾在薔薇莓上，／霧棲止在一棵棵的冷杉中。」））呼應。

143 **沙灘上骨骸的禱告**：原文 "The prayer of the bone on the beach" (55)。這裏的骨骸，像《聖灰星期三》中的白骨，都接受神的意旨 (Pinion, 227)。

144 **宣佈災難來臨時**：原文 "at the calamitous annunciation" (56)。"the calamitous annunciation" = "The annunciation of impending death"（「宣佈死亡將臨」）(Bodelsen, 92)。

145 **沒有了結，卻有增添：未來的／日子和時辰中拖沓而來**

的後果：原文 "There is no end, but addition: the trailing / Consequence of further days and hours" (57-58)。苦難接著苦難，環環相接，由因果關係相連 (Bodelsen, 92)。

146 這時，感情本身接過沒有感情的／歲月——毀壞後繼續活下去的歲月：原文 "While emotion takes to itself the emotionless / Years of living among the breakage" (59-60)。意思是：感情受傷後，繼續過沒有感情的日子（受了傷，因此再沒有感情），並且繼續活下去（因為不得不活下去）(Bodelsen, 92)。

147 也想不起哪一個未來／會不像過去那樣渺無終點：原文 "Or of a future that is not liable / Like the past, to have no destination." (73-74)。航行者沒有海港等待他們 (Bodelsen, 92)。

148 揚帆啟航或收網拉繩：原文 "Setting and hauling" (76) = "Setting sails and hauling nets or ropes" (Bodelsen, 92)。

149 不受侵蝕的淺渚：原文 "shallow banks [...] erosionless" (77)。"erosionless"（「不受侵蝕」）指海床，與陸地對照 (Bodelsen, 92)。

150 沒有了結，疼痛感覺的移動；那移動，無痛而又無動：原文 "To the movement of pain that is painless and motionless" (83)。這行有頗濃的相對論意味：我們感覺在移動，因為有定點或景物供我們參照（景物可以固定不動，也可以朝相反方向或以不同的速度移動）。「疼痛感覺的移動……無痛而又無動」，是因為一切都在動，一切都在痛 (Bodelsen, 93)。

151 唯一報喜的／祈禱：原文 "Prayer of the one Annunciation" (86)。指《路加福音》第一章第三十八節的一句："be it unto me according to thy word"（「情願照你的話成就在我身上」）(Pinion, 227)。只因為有這一報喜（指基督降生的大喜訊），生命才可以熬下去 (Bodelsen, 89)。

152 我曾經說過，／……許多代的經驗：原文 "I have said before / That the past experience revived in the meaning / Is not the experience of one life only / But of many generations" (98-101)。Bodelsen (93) 指出，這幾行回應《東科克》第五樂章二十四—二十五行：「也不是僅僅一人的一生，／而是一塊塊無從辨識的古老墓碑的一生。」("And not the lifetime of one man only / But of old stones that cannot be deciphered.")

153 包括：原文 "not forgetting" (101)。這是英語的習慣用語，意思是「還有」、「包括」的意思，一般在列舉一系列事物中，提到最後一項時採用，等於英語 "and also"；在這裏不譯「不忘」或「不要忘記」。

154 未經修飾的：原文 "unqualified" (115) = "Unmodified, in the original pure state" (Bodelsen, 93)。

155 時間這摧毀者也是保存者：原文 "Time the destroyer is time the preserver" (117)。這行讓讀者從一個新的角度看時間。

156 就像酸苦的蘋果、吃蘋果時的一咬：原文 "The bitter apple and the bite in the apple" (119)。Bodelsen (93) 指出，這行是象徵，有兩重意義：既指人類吃禁果，犯原罪，也指人類抗拒不了誘惑。

157 大霧一再把它隱藏：原文 "fogs conceal it" (121)。原文的 "fogs" 是複數，指大霧不止一次把礁石隱藏。漢譯以「一再」表達義素 (sememe) "-s"。

158 Pinion (227) 認為，這一樂章是艾略特詩中「極其散文化的一段」("one of his prosiest passages")。在這段文字中，詩人提出以下論點：進化論是廣受歡迎的理論，卻令我們與過去脫離關係。Bodelsen (93) 指出，在這一樂章的開頭，艾略特重奏時間主題：過去、現在、未來都在同一剎那中共存。這一主題，在《焚毀的諾頓》中已經奏過，不過在這裏重奏時，用的是象徵語言：所有時間如果共存，那麼，未來就是「一支已逝的歌曲」("a faded song")，「一朵珍藏玫瑰或者一枝薰衣草，／充滿悵然若失之情，給尚未此表示悵然的人，／壓在發黃的書頁間；書呢，卻從未翻開。／而向上之路是向下之路，向前之路是向後之路」("a Royal Rose or a lavender spray / Of wistful regret for those who are not yet here to regret, / Pressed between yellow leaves of a book that has never been opened. / And the way up is the way down, the way forward is the way back")。參看Bodelsen, 93。

159 **這時候，一張張的臉變得舒暢，不再哀傷**：原文 "Their faces relax from grief into relief" (137)。原文 "grief" 和 "relief" 押韻；漢譯以「哀傷」和「舒暢」傳遞這一語音效果。「一張張的臉」上承一三四行的 "passengers"（「乘客」），前面不必加「他們」或「他們的」("Their")；但原文 "faces" 中的複數 (plural) 義素 (sememe) 有重要功用，能夠讓原文讀者看到整列火車的乘客，因此不應漏去，在漢譯中以「一張張的」來表達。

160 **時間喃喃的貝殼**：原文 "The murmuring shell of time" (150)。「時間喃喃的貝殼」指耳朵；「喃喃」指海螺貼著耳朵時所發的聲音。參看Bodelsen, 96。

161 **在不是行動又不是怠然不動的一瞬**：原文 "At the moment which is not of action or inaction" (157)。在《薄伽梵歌》(Bhagavad-Gita，也拼*Bhagavad Gītā*) 中，黑天 (Krishna) 譴責怠然不動的態度；不過他讚譽的行動，是超越個人利害的行動 ("disinterested action")。參看Bodelsen, 96。

162 **這，才是你們真正的目標**：原文 "this is your real destination." (168)。航行者的目標，不是駛入港口，而是「奮進向前」("fare forward")。參看Bodelsen, 96。

163 戰場上，黑天訓示阿周那的時候，／就是這樣說的：原文 "So Krishna, as when he admonished Arjuna / On the field of battle." (169-70)，典故見《薄伽梵歌》(*Bhagavad-Gita*)。

164 不是順利向前，／而是奮進向前哪！各位航行者：原文 "Not fare well, / But fare forward, voyagers." (171-72)。艾略特敦促航行者不計成敗，儘管前進 (Pinion, 227)。

165 第四樂章是對聖母瑪利亞的祈禱。聖母是凡塵世界和永恆世界的中介 (Bodelsen, 96)。

166 娘娘啊，你的神殿立於海角；／請你祈禱吧：原文 "Lady, whose shrine stands on the promontory, / Pray […]" (173-74)。艾略特請聖母瑪利亞為海員、為漁人祈禱。Pinion (227) 指出，《神曲‧天堂篇》第三十三章第一行有類似的句子。參看但丁著，黃國彬譯註，《神曲‧天堂篇》（台北：九歌出版社，二〇一八年二月，訂正版五印）頁五〇五：「『童貞之母哇，你兒子也是你父親；／你比眾生卑微，比眾生高貴；／永恆的意旨以你為恆定的中心。／是你，使人性變得崇高巍巋，／使人類的創造者欣然願意／受人類創造而不覺得卑微。』」艾略特曾對朋友威廉‧特納‧勒維 (William Turner Levy) 說過，他心目中聖母瑪利亞的神殿，是守護聖母大教堂 (Basilique Notre-Dame-de-la-Garde)。這座教堂，在法國馬賽 (Marseille)，面向地中海，一八六四年落成，是馬賽最著名的地標，也是遊客最多的名勝。馬賽人對這座教堂有特別感情，簡稱為「仁慈聖母」（"la Bonne Mère"，直譯是「慈母」或「好母親」）。

167 送兒子或丈夫揚帆出海、／卻不見他們歸來的女子：原文 "Women who have seen their sons or husbands / Setting forth, and not returning" (179-80)。這兩行與第一樂章四十一—四十二行（「憂心忡忡的焦慮婦女／醒著躺在床上……盤算著未來」("anxious worried women / Lying awake, calculating the future"))呼應。

168 **Figlia del tuo figlio**：意大利語，引自但丁《神曲・天堂篇》第三十三章第一行（「童貞之母哇，你兒子也是你父親」），意為「你兒子的女兒」，是貝爾納對聖母瑪利亞的禱詞。

169 **大海的唇間**：原文 "the sea's lips" (184)，指海灘 (Bodelsen, 96)。

170 **吐出**：原文 "reject" (185)。"reject" 在這裏用古義，因此不譯「拒絕」、「排斥」或「擯棄」。

171 **大海之鐘的永恆禱聲**：原文 "the sea bell's / Perpetual angelus." (186-87)。"angelus" 是「（羅馬天主教堂在晨、午、晚做的）三鐘經」或「（天主教堂在晨、午、晚敲響的）三鐘經的鳴鐘」。參看網上*Cambridge Dictionary*, "angelus" 條 (見 dictionary.cambridge.org)（多倫多時間二○二○年四月十九日下午三時登入）。又譯「「奉告禱」或「奉告祈禱鐘」(glosbe.com)（多倫多時間二○二○年四月十九日下午三時五分登入）。"In contradistinction to the bell buoy's annunciation of terror and death, the summons of the chapel bell is an angelus. The angelus is a devotion in memory of the Annunciation to the Virgin Mary. It is also the bell that summons worshippers to this devotion, and the word especially calls up associations with the evening angelus, which marks the end of the day's toil" (Bodelsen, 97)。

172 第五樂章描寫人類如何用各種方式設法超越時間的局限，結果徒勞。常人只緊纏著一個層次不放；只有聖者能了解超時間狀態和時間狀態的交叉點；因此一般人只能退而求其次，滿足於以下境界：「不以為意的／一瞬，時間之內和時間之外的一瞬，／叫人分心的一時發作：失落在一束陽光中，／失落在不為人見的百里香，或者冬天的閃電，／或者瀑布，或者為人傾聽得太貫注／而完全不為人聽到的音樂；不過，音樂仍在繼續時，／你就是音樂。」這段文字所舉的例子，寫全神貫注而又饒有意義的經驗，重奏前面的主題。部分經驗，其實是相同的經驗。參看《焚毀的諾頓》第二樂章三十九一四十行（全詩八十七一九十二行）（"To be conscious is not to be in time / But only in time can the moment in the rose-garden, / The moment in the arbour where the rain beat, / The moment in the draughty church at smokefall / Be remembered; involved with past and future. / Only through time time is conquered."）；《東科克》第三樂章二十九一三十三行（全詩一三〇一一三四行）（"Whisper of running streams, and winter lightning. / The wild thyme unseen and the wild strawberry, / The laughter in the garden, echoed ecstasy / Not lost, but requiring, pointing to the agony / Of death and birth."）。這些經驗，都「指向／死亡和誕生的煎熬大痛」（"pointing to the agony / Of death and birth"）。在冥想過程中，神秘主義者會與冥想對象契合：「音樂仍在繼續時，／你就是音樂」（"you are the music / While the music lasts"）。就大多數人而言，這樣的經驗只會維持一瞬；要更進一步，就得依靠「祈禱、依遵、自律、思想和行動」（"prayer, observance, discipline, thought and action"）。之後，艾略特談到他的主要信仰：「猜對了一半的提示……而正確的行動並不受／過去，也不受未來束縛」（"The hint half guessed…And right action is freedom / From past and future also"）。道成肉身，指基督披上血肉體。基督是神，神而成為人，是超時間層面（神）與受時間束縛層面（人）合而為一。參看Bodelsen, 97-99。

173 **海怪**：原文 "the sea monster" (189)。艾略特把海怪列入人類推測過去、未來的例子，可能因為海怪在一般人心目中的形象是「中生代巨大的爬蟲動物」("Mesozoic giant reptile")；按照這種動物的遺跡，可以重組過去。參看Bodelsen, 97。

174 **憑簽名測疾病**：原文 "Observe disease in signatures" (191)。Bodelsen (100) 指出，艾略特寫這行時，可能想起英國某些學者。這些學者曾設法憑莎士比亞在遺囑上的簽名，推斷他去世時患甚麼病。研究莎士比亞手跡的專家愛德華・湯普森爵士 (Sir Edward Maunde Thompson)，著有*Shakespeare's Handwriting: A Study* (Oxford: Clarendon Press, 1916) 一書，可參看。

175 **各種巴比土酸**：原文 "barbituric acids" (196)。艾略特心中也許想到用藥物麻醉人或者以藥物逼供的做法。"barbituric acids" 又譯「丙二醯脲」或「巴比妥酸」。

176 **把一再出現的形象解剖成前意識驚恐**：原文 "dissect / The recurrent image into pre-conscious terrors" (196-97)，指心理分析 (Bodelsen, 100)。

177 **探測子宮，或墓宮**：原文 "To explore the womb, or tomb" (198)。「探測子宮」，大概指有關出生前潛意識記憶的理論；根據這些理論，這類記憶會令人產生求死願望 (death wish) 或重返生前狀態。「探測……墓宮」，指呼召亡靈。

178 這部分開頭的十五行（「與火星溝通……還是在埃治維爾路」），描寫世界各地（不管是亞洲還是艾治維爾路 (Edgware Road)）的人，尤其在國家的危難時期，會用各種迷信方法卜休咎。艾略特曾經在艾治維爾路附近住過。一般的好奇心，止於過去和未來；只有聖者，會關心時間內和時間外的交叉點 (Pinion, 228)。Bodelsen (101)，指出，艾略特以艾治維爾路為例，一方面因為他要舉一個例子與亞洲相對，一方面也因為這條路有現代商業文明的負面表現：交通繁忙，建築醜陋，商店和餐館品味低俗。艾略特對歐洲都市文明持批判態度；這態度決定了他的用詞和意象 (Bodelsen, 101)。Edgware Road 在倫敦西北，南起Marble Arch，北達 Edgware，全長十英里，自起點至終點幾乎筆直。

179 人類的好奇心搜尋過去和未來，／並且緊纏著這樣的層次不放：原文 "Men's curiosity searches past and future / And clings to that dimension." (203-204)。人類的好奇心只纏著一個層次 (Bodelsen, 97)。

180 一輩子的愛中之死：原文 "a lifetime's death in love" (208)。指放棄我執 (ego)，以臻人神契合的境界 (Bodelsen, 98)。

181 則只有不以為意的／一瞬：原文 "there is only the unattended / Moment" (210-11)。指一個人當時沒有注意的一瞬。

182 時間之內和時間之外：原文 "in and out of time" (211)。有點在時間內，也有點在時間外 (Bodelsen, 101)。

183 百里香：原文 "thyme" (213)，又譯「麝香草」。

184 冬天的閃電：原文 "the winter lightning" (213)。這短語已經在《東科克》裏出現過，在這裏再度出現。

185 瀑布：原文 "the waterfall" (214)。在觀者看來，瀑布既是運動，也是靜止，給人「時間之內和時間之外的一瞬」("the moment in and out of time")。參看華茲華斯 (William Wordsworth) 的 "Address to Kilchurn Castle, upon Loch Awe" (Pinion, 228)。

186 為人傾聽得太貫注／而完全不為人聽到的音樂：原文 "music heard so deeply / That it is not heard at all" (214-15)。這意象和「閃電」、「瀑布」一起，在艾略特常用的意象外進一步描寫道成肉身的過程 (Pinion, 228)。

187 跟隨提示的猜測：原文 "Hints followed by guesses" (217)。一

個人有了提示之後，就會猜測其含義 (Bodelsen, 101)。

188 **在這裏，行動本來是另一種運動；／而這種運動，僅是被動之動，／本身並沒有運動之源**：原文 "Where action were otherwise movement / Of that which is only moved / And has in it no source of movement" (224-26)。「在這裏」，指受時間束縛的凡間。道成肉身這一奇蹟，在凡間本來不可能實現，但終於實現了。在凡間，一般的運動是躁動、亂動、妄動，受驅於「黑暗力量」("dark powers")；道成肉身後，凡人有了運動之源。參看Bodelsen, 99。這運動之源，就是《神曲‧天堂篇》第三十三章結尾「迴太陽啊動群星」的「大愛」("l'amor che move il sole e l'altre stelle")。參看但丁著，黃國彬譯註，《神曲‧天堂篇》，頁五一一。

189 **幽冥**：原文 "chthonic" (227)，指陰間 (Bodelsen, 101)。

190 **而正確的行動並不受／過去，也不受未來束縛**：原文 "And right action is freedom / From past and future also." (228-29)。這兩行重奏第三樂章（三十九—四十一行）的主題：只有不渴求行動成果的行動才是正確的行動。只有這樣，人類才能超越時間的牢籠 (Bodelsen, 100)。

191 **永遠不能在這裏實現**：原文 "Never here to be realised" (231)，意思是：不可以在此生實現 (Bodelsen, 101)。就大多數人而言，真正超越時間是不能實現的理想；因此，不斷設法追求這一理想就足夠了。參看Bodelsen, 100。

192 **我們在時間的復歸**：原文 "our temporal reversion" (235)。指肉體由大地借給人類，最後要歸還大地。此語是法律隱喻："a reversion being the return of something to the grantor after the grant has been terminated, as on the death of the grantee. The idea is, of course, that our bodies have been lent us by the earth and must be returned to earth." (Bodelsen, 101)。

193 （在距離紫杉不太遠的地方）：原文 "(Not too far from the yew-tree)" (236)。在英格蘭，紫杉是墳場裏常見的樹，一般視為死亡和葬禮的象徵 (Bodelsen, 101)。

194 **我們，最後會心滿意足──／……后土的生命**：原文 "We, content at the last / If our temporal reversion nourish / (Not too far from the yew-tree) / The life of significant soil." (234-37)。艾略特認為，死亡和不朽來臨時，如果我們的新生（「在時間的復歸」）能夠在他人身上結果，我們就可以心滿意足了 (Pinion, 228)。**后土**：獲過去世代以虔誠行動變得聖潔的地方 (Bodelsen, 100)。「后土」，原文 "significant soil"。"soil" 是「土壤」；"significant" 可指「重要」或「饒有意義」；在這裏兼含二義。"significant soil" 譯為「后土」，庶幾能傳達原詩所指。中國的「后土」，是神靈地祇的代表，類似希臘神話中的地母蓋亞 (Gaia, 希臘文 *Γαῖα*)。

195 **小格丁**：原文 "Little Gidding"，是英國亨廷頓郡 (Huntingdonshire) 的一個村子，是紫杉之地，英國聖公會的一個社區，由尼科拉斯・費拉 (Nicholas Ferrar) 建立，喬治・赫伯特 (George Herbert, 1593-1633) 和理查德・克雷碩 (Richard Crashaw, 約 1613-1649) 等詩人曾經到過。在《標準》的最後一期，艾略特強調，西歐重生之前，必須有大痛；沒有真正的宗教，不可能有政治上的解決辦法。第二次世界大戰加強了他這一信念。十七世紀，尼科拉斯・費拉在小格丁重燃了寺院生活之焰；此外，潛逃的查理一世 (Charles I) 於一六四六年在內斯比 (Naseby) 敗北，在紐厄克 (Newark) 向盟約派 (Covenanters) 投降前，也在小格丁短暫逗留，與費拉有呼應之功。這一群體，英國內戰期間遭清教徒 (Puritans) 解散；其教堂被克倫威爾 (Cromwell) 軍隊摧毀；分別於一七一四年和一八五三年修復。艾略特探訪小格丁時，記憶中有崎嶇的路，有五月花 (may-blossom)，有豬圈旁拐往建築物暗沉的門面之路。在艾略特心目中，小格丁叫他想起別的聖地：愛奧那島（Iona，蘇格蘭人的發音與一般發音有別）和林迪斯凡島 (Lindisfarne)、格倫德湖 (Glendalough) (Pinion, 228)。一九三六年，艾略特曾經到過小格丁；不過作品所寫，與小格丁之遊無關。這首四重奏，大概寫於第二次世界大戰期間。參看Bodelsen, 102。

196 第一樂章分三部分。第一部分（一—二十行）描寫詩人往費拉小教堂所見。當時正值冬日，看來卻像春天：太陽由結冰的池塘和水溝反映，給人灼熱的感覺；這時候，季節彷彿「懸垂於時間裏」("Suspended in time")。這樣的一日，不像在季節的時序之內，就像樹籬因雪變白，「不在繁衍生息的秩序內」("Not in the scheme of generation")。樂章的主題，幾乎像四重奏四首的所有主題，都與時間有關。詩人看見仲冬之春的景物，想起時間以外的夏季——永樂的夏季。「那無從想像的／零度夏季」("the unimaginable / Zero summer")——無從想像，是因為在隆冬，要煞費力量才想像得到，嚴寒和黑暗不會永無止境；詩人用「零度」來形容夏季，大概因為零度處於所有尺度之外，就像永恆的夏季在時間的尺度之外一樣。此外，「零度」也似乎暗示「零時辰」：神奇的永夏來臨，標誌重大的關鍵時刻。第十行"pentecostal fire"（「聖靈降臨節之火」）中的"pentecostal"，在這首四重奏中有特殊意義，預示 "pentecostal dove with its fire-tongued message" 的主題。在第一樂章五十一行、第二樂章二十八行（全詩第八十三行）("the dark dove with the flickering tongue")，主題再多了一重意義；到了第四樂章，鴿子成為詩的主要象徵。第一節寫詩人往小格丁途中所見。第二部分（二十一—四十行）直接寫小格丁。小格丁的景物不算特別：「在豬圈後拐彎走向暗沉的門面／和墓碑。」(“And turn behind the pig-sty to the dull façade / And the tombstone.”) 不過這並不要緊。要了解這地方的真義，旅人必須虔誠專注，重塑其原來精神。旅人來時可能早有目的，但目的達到後，目的卻會改變。這地方不是因已故的人而變得神聖的唯一名勝；不過小格丁距離最近，「在此刻，在英格蘭」(“Now and in England”)。第三部分繼續闡發第二部分的題旨：要小格丁展示其真義，旅人必須放棄意識和概念，懷著前人的精神迎接小格丁。由於小格丁的意義來自前人，而前人已進入永恆，小格丁就成了永恆接觸此刻世界的交叉點（五十二—五十三行）。參看Bodelsen, 102-104。

197 **仲冬之春自成季節**：“Midwinter spring is its own season” (1)。第一樂章第一部分開始時，是另一時節，是冬天中的春天和「聖靈降臨節之火」，是超時間層面與時間層面的另一相交點 (Pinion, 229)。有關聖靈降臨節（又稱「五旬節」）的火焰，參看《使徒行傳》第二章第一—四節：「五旬節到了，門徒聚集在一處。忽然，從天上有響聲下來，好像一陣大風吹過，充滿了他們所坐的屋子；又有舌頭如火焰顯現出來，分開落在他們各人頭上。他們就都被聖靈充滿，按著聖靈所賜的口才說起別國的話來。」Bodelsen (104) 指出，一—二十行是《大教堂謀殺案》以下三行的延伸：“Spring has come in winter. Snow in the branches / Shall float as sweet as blossoms. Ice along the ditches / Mirror the sunlight. Love in the orchard / Send the sap shooting.”

198 **在極點與回歸線之間**：原文 “between pole and tropic” (3)，指冬至和夏至之間 (Bodelsen, 105)。

199 **短暫的太陽以光焰煽冰**：原文 “The brief sun flames the ice” (5)。這句暗含煉獄意象 (Pinion, 229)。

200 **在無風的寒冷——心的熾熱**：原文 "In windless cold that is the heart's heat" (6)。Bodelsen (105) 指出，詩人把光比喻為啟悟前的狀態；在這一狀態中，俗世的情慾全受壓抑，神思熾然，全部集中在即將來臨的神秘經驗。原文 "heart's heat" 押頭韻；漢譯以「心」、「熾」傳遞類似的音聲效果。

201 **樹枝的光焰**：原文 "blaze of branch" (9)。樹枝因太陽照耀而發光，恍如火焰。

202 **卻不在時令的盟約中**：原文 "not in time's covenant" (14)。Bodelsen（105）指出，這句的意思是：不依照時令的次序。

203 **繁衍生息的秩序**：原文 "the scheme of generation" (18)，指生長繁殖的安排 (Bodelsen, 105)。

204 **那無從想像的／零度夏季**：原文 "the unimaginable / Zero summer" (19-20)，標誌聖潔生活的另一起點。

205 **毀掉的國王**：原文 "a broken king" (27)，指查理一世。

206 **此外，還有別的地方／也是世界的盡頭：有的在海顎，／或在黑湖的另一邊，在一個沙漠或一個城市裏——**：原文 "There are other places / Which also are the world's end, some at the sea jaws, / Or over a dark lake, in a desert or a city—" (36-39)。「海顎」，指愛奧那島和林迪斯凡島。在愛奧那島上，聖科倫巴 (St. Columba) 建了一座寺院；林迪斯凡島則是聖克斯伯特 (St. Cuthbert) 退休後所居，直至去世。黑湖是愛爾蘭的格倫德湖，聖克溫 (St. Kevin) 在那裏建了一所修道院。「一個沙漠」指聖安東尼受妖魔試探之地。「城市」指「帕多瓦」，跟另一個聖安東尼有關（見John Haywood註釋、Pierre Leyris法譯《Quatre Quatuors》, 149）。John Haywood 指出，《大教堂謀殺案》也提到愛奧那島："For the blood of Thy martyrs and saints / Shall enrich the earth, shall create the holy places. / For wherever a saint has dwelt, wherever a martyr

has given his blood for the blood of Christ, / There is holy ground, and the sanctity shall not depart from it / Though armies trample over it, though sightseers come with guide-books looking over it; / From where the western seas gnaw at the coast of Iona / To the death in the desert, the prayer in forgotten places by the broken imperial column [...]" 參看Bodelsen, 105。

207 第二樂章第一部分共有三節，有固定格律，描寫四元素（風、土、水、火）；一方面連繫《四重奏四首》的結構，一方面強調赫拉克利特的矛盾鬥爭說。Bodelsen (106-109) 指出，第一部分寫人類功業的虛幻；第二部分寫一九四〇年倫敦遭納粹閃擊突襲的情景。當時，艾略特在肯辛頓 (Kensington) 當空襲監察員 (air raid warden)。不過在詩中，他不是如實寫景，而是把實景提升到象徵層次：「在早晨來臨前的忐忑時辰／在無限黑夜將要結束的須臾／在沒有止境之境的重重止境／枯葉仍然像錫片在颯颯發聲間／有閃晃之舌的黑暗鴿子／飛入了歸巢旅程的地平線下」。飛機沒入地平線的情景，變成了感染力強大的象徵。「有閃晃之舌的黑暗鴿子」，重奏第一樂章的聖靈降臨節主題 (pentecostal theme)，同時遙呼第四樂章（在第四樂章，聖靈降臨節主題獲得全面闡發）。火的象徵在第一樂章首度展示；在第二樂章第一部分加強；到了第二部分，成為該部分的主題（第二部分採用但丁的三行詩節，不過沒有押韻，因此不能稱為三韻體 (terza rima)）。這部分的氣氛如夢幻；場景給讀者詭異的感覺。

208 **是朵朵玫瑰燃燒後的全部灰燼**：原文 "Is all the ash the burnt roses leave." (57)。在西方的傳統迷信中，玫瑰焚燒後會變得更精細，成為「玫瑰魂」("spectre of a rose")；而玫瑰魂是不朽的明證。但是，在這裏，玫瑰焚燒後剩下灰燼，沒有變成不朽。焚燒的玫瑰叫讀者想起《焚毀的諾頓》，就像「護壁鑲板」（"wainscot"）和「老鼠」（"the mouse"）叫人想起《東科克》第十二行；洪水叫人想起《三野礁》第一樂章第一部分。這首詩的主題是：大自然的事物 (the physical)、肉體、建築都會朽敗；爭取肉體的水和沙是死的，不像《四重奏四首》其他部分的水，也不像《聖灰星期三》第二部分的沙。

209 懸垂在空氣的塵埃：原文 "Dust in the air suspended" (58)。第二次世界大戰期間，倫敦遭德國空襲，艾略特值班，負責監察失火事件；這句是他當時所見的回憶 (Pinion, 229)。

210 牆壁、護壁鑲板和老鼠：原文 "The wall, the wainscot and the mouse" (61)。此行與《東科克》第一樂章第十二行呼應；而《東科克》第一樂章第十二行又上承坦尼森的《瑪麗安娜》（"Mariana"）一詩。

211 有洪水和乾旱，／在口中，在雙眼泛濫，／死水和死沙：原文 "There are flood and drouth / Over the eyes and in the mouth, / Dead water and dead sand" (64-66)。Bodelsen (112) 指出，這三行的關係錯綜複雜：「洪水」（六十四行）與「雙眼」（六十五行）、「死水」（六十六行）連繫；「乾旱」（六十四行）與「口」（六十五行）、「沙」（六十六行）連繫。

212 目瞪口呆，看勞動者白辛苦，／笑聲中並無歡暢：原文 "Gapes at the vanity of toil, / Laughs without mirth" (69-70)。焦土的裂縫像乾笑的口 (Bodelsen, 112)。

213 在第二樂章第二部分，即由「在早晨來臨前的忐忑時辰」（"In the uncertain hour before the morning"）(80) 至「並且在號角響起時漸漸消失」（"And faded on the blowing of the horn"）(151)，詩人重奏年老這一主題，與《東科克》第二、第五樂章，《三野礁》第二樂章呼應；並在一二〇一二九行再談語言（這主題，《焚毀的諾頓》第五樂章已經奏過，《東科克》第五樂章會再度重奏）。

214 **枯葉仍然像錫片在颯颯發聲間**：原文 "While the dead leaves still rattled on like tin" (85)。葉子會「枯」，是因為被高溫所炙 (Bodelsen, 112)。

215 **有閃晃之舌的……地平線下**：原文 "After the dark dove with the flickering tongue / Had passed below the horizon of his homing" (83-84)。艾略特在這裏藉基督教聖靈意象（耶穌領洗時聖靈化身為鴿子下降）暗寫空戰的災難。聖靈降臨節的火焰叫人想起聖靈之鴿。

216 **時而躑躅，時而急行**：原文 "loitering and hurried" (88) = "loitering and hurrying by turns" (Bodelsen, 112)。

217 **金屬葉子**：原文 "metal leaves" (89)。"metal leaf"，又稱 "composition leaf" 或 "schlagmetal"，是裝飾用的金屬箔。參看*Wikipedia*, "Metal leaf" 條（二〇二一年一月二日上午九時三十分登入）。

218 **剎那間，我瞥見某位已故的大師**：原文 "And as [...] I caught the sudden look of some dead master" (91, 94)。「剎那間」既譯九十一行的 "And as"，同時與「瞥」合譯 "the sudden look"，也就是說，這裏不再逐字、逐詞對譯。Pinion (230) 認為「已故的大師」是葉慈。不過就詩的語境而言，「已故的大師」應該指但丁（但丁的商標──三行詩節──是有力的旁證）。艾略特對葉慈曾經大貶 (見*After Strange Gods*)，雖然大貶後又大褒（參看*On Poetry and Poets* 中的 "Yeats" 一文）。艾略特寫《四重奏四首》時，兩人的地位已經不相伯仲，不見得要視葉慈為大師。此外參看第九十七行的註釋。

219 **這大師，我曾經認識、遺忘，又依稀記起**：原文 "Whom I had known, forgotten, half recalled" (95)。這行及其後的描寫，

與但丁《地獄篇》第十五章二十五—三十行呼應：「當他伸手要把我拉開，／我兩眼盯著他被炙的容顏。／這樣，他燒焦的五官，就不會妨礙／我的神智認出他的廬山真面。／我俯向他的臉龐，彎著身體／答道：『布魯涅托先生啊，您也在此間？』」）參看但丁著，黃國彬譯註，《神曲‧地獄篇》，頁三四八。

220 **褐黃焦涸的輪廓**：原文 "the brown baked features" (96)。這一描寫叫讀者想起《神曲‧地獄篇》布魯涅托 (Brunetto Latini)「被炙的容顏」（《地獄篇》第十五章第二十六行）。有關布魯涅托的生平，參看黃國彬譯註，《神曲‧地獄篇》第十五章第三十行的註釋。艾略特詩中「褐黃焦涸的輪廓」，屬於「糅合眾貌」的「鬼魅」 ("compound ghost")。這個「鬼魅」，在空襲之後與艾略特一起前行。

221 **糅合眾貌**：原文 "compound" (97)。鬼魅是許多已故詩人、思想家的總和，甚至包括艾略特過去的自我或曾經有機會成形的自我。

222 **於是，我扮演雙重角色呼喊**：原文 "So I assumed a double part, and cried" (99)。這行之後，發問和回答的都是詩人（艾略特）本人；場景是詩人的夢境；表達的是詩人自己的想法 (Bodelsen, 113)。由於這緣故，讀者會覺得有關各行晦澀難明。

223 **這番話／就足以在說後令我認出他是誰**：原文 "the words sufficed / To compel the recognition they preceded." (103-104)。詩人說話時不知道鬼魅是誰；但是一說出口，就知道鬼魅的身分了。

224 **在烏有之鄉相逢，沒有之前或之後——／就在這樣的相逢時辰翕然相契**：原文 "In concord at this intersection time / Of meeting nowhere, no before and after" (107-108)。這是超越時

間的一瞬，在黑夜和黎明之間。詩人和鬼魅在人行道上前進時，鬼魅告訴他，等待他的將是甚麼，他過去的狀況如何，又曾經有可能成為甚麼樣的人。

225 **我的神奇感……才覺神奇**：原文 "The wonder that I feel is easy, / Yet ease is cause of wonder" (110-11)。Bodelsen (113) 這樣解釋："I am not surprised that I wonder at this, but the very absence of surprise is a cause for astonishment"。意思是：我如果對此感到驚奇，也不足怪；但我不感到驚奇──這不感驚奇的現象本身就值得驚奇。

226 **篇章**：原文 "passage" (122)，既可解作「篇章」，也可解作「路途」；按照上下文理，兩種解釋都可以成立。

227 **我把／身體留在遠方的海涯時**：原文 "When I left my body on a distant shore." (127)。Pinion (230) 認為：「到達『遠方的海涯』、《三野礁》的『彼岸』（一五四行）和維吉爾的 'ripa ulterior'（「遠方的海涯」）（《埃涅阿斯紀》卷六第三一四行）有『死亡』之意。」("Reaching the 'distant shore', the 'farther shore' of 'The Dry Salvages' and the 'ripa ulterior' of Virgil (*Aeneid*, vi. 314) signifies death")。《埃涅阿斯紀》卷六第三一四行的原文為："Tendebantque manus ripae ulterioris amore"（「他們〔指詩中幽靈〕充滿渴望，把手伸向遠方的海涯」）。Helen Gardner認為這句是死亡隱喻；敘事者此刻在另一世界；人間已經是遙遠的海涯。參看Bodelsen, 113。Pinion 和Gardner的說法彼此矛盾，可見艾略特的詩不易詮釋，言人人殊。

228 **驅遣過我們淨化一族的方言**：原文 "impelled us / To purify the dialect of the tribe" (128-29)，遙呼馬拉梅《艾德格‧坡之墓》("Le Tombeau d'Edgar Poe") 一詩："Donner un sens plus pur aux mots de la tribu"（「賦族人的言詞以更精純的含義」，也

就是說，「提煉族人的語言」）。參看Bodelsen, 113。

229 **留給晚年的各種禮物**：原文 "the gifts reserved for age" (131)。
第一種禮物（一三三一三六行）叫人想起葉慈（參看他
的 "The Spur"）；第二種禮物（「面對人類愚行時感覺到
的／盛怒無奈」("the conscious impotence of rage / At human
folly")）叫人想起史威夫特 (Swift)；第三種禮物，是艾略特本
人的懺悔。

230 **氣絕感覺的冷冷摩擦**：原文 "the cold friction of expiring sense"
(133)。Bodelsen (114) 指出，"expiring" 的常見意義是「死
亡」，但在這裏也包含原義（指呼氣）。因此譯「氣絕」，
以照顧詞語的雙關。

231 **鍛煉之火**：原文 "that refining fire" (147)。這句叫人想起《煉
獄篇》第二十六章一四八行阿諾·丹尼爾欣然「受烈火繼續
淨化」("nel foco che gli affina")。

232 **你的行動要中節合拍，像舞者一樣**：原文 "Where you must
move in measure, like a dancer." (148) 要與神相契，必須如舞
者舞蹈，「中節合拍」，就像《焚毀的諾頓》第二樂章所說
(Pinion, 231)。Bodelsen (114) 指出，舞蹈在但丁作品中象徵
規律和匠心。

233 **這時候，正值破曉……漸漸消失**：原文 "The day was
breaking. In the disfigured street / He left me, with a kind of
valediction, / And faded on the blowing of the horn." (149-51)。
這三行描寫叫人想起莎士比亞《哈姆雷特》第一幕第五場主
角父親的鬼魂在破曉時分消失的情景。

234 第三樂章再度寫小格丁和艾略特目睹聖殿遭褻瀆的感想。

235 **在／活蕁麻和死蕁麻之間**：原文 "between / The live and
the dead nettle" (157-58)。這句可能上承莎士比亞《亨利四
世》上篇第二幕第三場的 "Out of this nettle, danger, we pluck

this flower, safety"（「從危險之蕁麻中，我們採擷安全之花」）。「活蕁麻」大概是「情繫」；「死蕁麻」大概是「情離」。不過兩者都勝於「漠然不理」，因為兩者不管是錯是對，都是積極的冒險行動；「漠然不理」則是怯懦表現，「不會開花」。參看Bodelsen, 115, 118。

236 **記憶的用處在於此：／用來解放──不是要減少愛，而是把愛／擴展至欲望外。結果這解放／是從未來和過去解放出來**：原文 "This is the use of memory: / For liberation—not less of love but expanding / Of love beyond desire, and so liberation / From the future as well as the past." (158-61)。Bodelsen (115-16) 這樣解釋這幾行：記憶是我們對過去的認識，可以是解放的途徑，因為有了這認識，我們就可以審視過去生命的全貌，達致情離狀態，對個人得失的看法乃居於次要地位，代之而來的是愛；而這種愛，由於超然於物我之外，乃會「擴展至欲望外」。我們一旦超越了俗世的欲望，就不僅從過去解放出來，不再受羈於我執，而且不再介意未來的得失和「行動成果」（"the fruit of action"），結果就只問耕耘，不問收穫；於是就能「對未來／和過去一視同仁」（"consider the future / And the past with an equal mind"）（《三野礁》第一五五─五六行）（這也是詩人在《東科克》的敦促）。

237 **歷史可以是奴役，／歷史可以是自由**：原文 "History may be servitude, / History may be freedom." (164-65)。如果我們讓歷史機械地決定現在，或者死抱孤臣孽子的態度，歷史就是奴役；如果歷史能成為我們的殷鑑，教我們超脫，歷史就是自由 (Bodelsen, 116)。

238 **看哪……變形**：原文 "See, now they vanish, / The faces and places, with the self which, as it could, loved them, / To become renewed, transfigured, in another pattern." (165-67)。Bodelsen

(116) 這樣解釋這幾行：曾經「愛那些臉孔、那些地方」的人離開後，他們曾一度介入的歷史場景就會有不同的意義，因為後人對他們奮鬥的目標不一定認同；由於後人會為事件加入新因素，一度主導事件的舊因素就不再那麼重要；於是原來的秩序會改變，組成秩序各部分的「價值」也受到調整。

239 **罪惡是必需的……一切事物都會沒事**：原文 "Sin is Behovely, but / All shall be well, and / All manner of thing shall be well." (168-170)。這句出自十四世紀英格蘭神秘主義者諾力治的朱麗恩女爵士 (Dame Julian of Norwich) 的《異象》(*Shewings*)。朱麗恩認為耶穌對她說："It behoved that there should be sin; but all shall be well...and all manner of thing shall be well"（「罪惡是無可避免的，但是一切都會沒事，一切事物都會沒事」）。Bodelsen (117) 這樣解釋：在整個大秩序中，即使罪惡也是必需的；這一引語，也解答了世人的疑惑：萬能之神為甚麼容許罪惡在凡世秩序中出現呢？

240 **這地方**：原文 "this place" (171)，指小格丁。

241 **並非直屬親人，也並不同裔**：原文 "Of no immediate kin or kindness" (173)。在莎士比亞戲劇《哈姆雷特》第一幕第一場，哈姆雷特的旁白中有 "A little more than kin, and less than kind"（「比親人稍親，只是稍遜於仁心」）一語。"kind" 在旁白中一語多義：一，祖裔相同；二，正常，自然，天然 (natural)；三，仁慈，設身處地。由於雙關語極難譯，本譯者譯《哈姆雷特》時只能譯出莎士比亞的部分意義。參看黃國彬譯註，《解讀〈哈姆雷特〉——莎士比亞原著漢譯及詳注》，全二冊，翻譯與跨學科學術研究叢書，宮力、羅選民策劃，羅選民主編（北京：清華大學出版社，二〇一三年一月）。有關莎士比亞雙關語的翻譯，參看Laurence K. P. Wong, "Translating Shakespeare's Puns: With Reference to

Hamlet and Its Versions in Chinese and in European Languages",
見*Where Theory and Practice Meet: Understanding Translation
through Translation* (Newcastle upon Tyne: Cambridge Scholars
Publishing, 2016), 331-70。艾略特的 "or kindness" 也可譯「也
並不友善」；不過這一譯法不能上承 "Of no immediate kin"。

242 **想起一些人……團結於分裂他們的傾軋**：原文 "And of
people, not wholly commendable, / Of no immediate kin or
kindness, / But some of peculiar genius, / All touched by a
common genius, / United in the strife which divided them" (172-
76)。**一些人**：指介入傾軋、支持或反對查理一世的人。這些
人，「非完全值得稱道，／並非直屬親人，也並不同裔」，
都會犯錯。他們兩派是死敵，卻有共同的美德：隨時會為某
一理想或事業犧牲；他們「都受共通的才華感染，／團結於
分裂他們的傾軋」。參看Bodelsen, 117。

243 **夜臨時的一個君王**：原文 "a king at nightfall" (177)，指查理
一世。查理一世夜臨時來到小格丁。

244 **絞刑架上的三個人**：原文 "three men [...] on the scaffold"
(178)，指查理一世、斯特拉福德 (Strafford)、羅德主教
(Archbishop Laud)。三人被國會派 (Parliamentarians) 彈劾、判
死刑，在絞刑架上殞命。參看Bodelsen, 119。

245 **想起某幾個在別的地方——／在這裏或海外——喪生，被人
遺忘**：原文 "And a few who died forgotten / In other places, here
and abroad" (179-80)。在「海外」的人指保王黨 (Royalists)，
尤其指詩人克雷碩 (Richard Crashaw) 被放逐，在法國去世。
參看Bodelsen, 117, 119。

246 **另一個失明的安靜去世**："one who died blind and quiet"
(181)，指大詩人米爾頓。米爾頓寫《失樂園》時已經失明；
其後安靜地壽終正寢。

247 **我們頌揚這些已死的人，／……熱烈呢？：**原文 "Why should we celebrate / These dead men more than the dying?" (182-83)。艾略特自己設問：我們為甚麼頌揚上述已死的人，比頌揚一九四二年戰爭中的死難者熱烈呢？艾略特無意重振他們當日的使命 (Pinion, 231)。Bodelsen (117) 的解釋是：頌揚已死的人，並不是要「重振保王黨失敗的事業」("to revive the lost Royalist cause")──「一朵玫瑰的鬼魂」，也不是要「追隨一面古老的戰鼓」；這些人，已經離開他們當日爭鬥的現場，「和曾經反對他們的人／和他們曾經反對的人，／都接受了沉默憲法，／在同一黨派 (party) 中聚攏 (folded)」。參看Bodelsen, 117-18。

248 **並不是為了向後搖鈴：**原文 "It is not to ring the bell backward" (184)。「向後搖鈴」("ring the bell backward") 一語，源出古代求救的一種做法；艾略特在這裏對這一做法有所誤解 (Pinion, 231)。

249 **一朵玫瑰的鬼魂：**原文 "the spectre of a Rose" (186)。法國詩人高蒂埃 (Théophile Gautier) 有詩作以《玫瑰的鬼魂》("Le Spectre de la rose") 為題；艾略特在這裏重新提起玫瑰鬼魂這一意象。不過艾略特本人說過，這一意象特別受芭蕾舞劇《玫瑰的鬼魂》(*Le Spectre de la rose*) 啟發；在這一芭蕾舞劇中，芭蕾舞演員尼津斯基 (Nijinsky) 在舞台上的一躍，在芭蕾舞歷史留下了聲名(Pinion, 231)。芭蕾舞劇是沃德瓦葉 (Jean-Louis Vaudoyer) 所作，以高蒂埃的詩為藍本。Bodelsen (119) 認為，玫瑰在這裏指浪漫的騎士傳統 (romantic chivalry)，因此也象徵捍衛查理一世的保王黨。

250 **追隨一面古老的戰鼓：**原文 "follow an antique drum" (189)。Bodelsen (119) 認為這句指國會派。

251 **這些人，和曾經反對他們的人，／……在死亡中臻於完美**

的象徵：原文 "These men, and those who opposed them /... A symbol perfected in death." (190-97)。在生時敵對的，死後都「在同一黨派中聚攏」；他們留給我們一個象徵，因為我們承繼的傳統，既來自勝利者，也來自失敗者 (Pinion, 231)。Bodelsen (118) 這樣解釋：不管我們從勝利者那裏繼承了甚麼，失敗者也給我們留下了「在死亡中臻於完美的象徵」——英勇的自我犧牲。

252 **一切都會沒事，／……在我們懇求行動的土地上**：原文 "And all shall be well and / All manner of thing shall be well / By the purification of the motive / In the ground of our beseeching." (198-201)。"the purification of the motive / In the ground of our beseeching" 一語�栝自朱麗恩的一句話：朱麗恩說過，她是「懇求上帝之地」("the ground of God's beseeching")。艾略特的自然神學（theodicy，又譯「神義論」、「神正論」）叫人想起坦尼森《悼念亞瑟‧亨利‧哈拉姆》(*In Memoriam A. H. H.*) 一詩中 "All is well" 一語；也叫人想起哈代 (Thomas Hardy) 在《不敏者》("The Impercipient") 一詩中對此語所提出的評述 (Pinion, 231-32)。Bodelsen (118) 這樣解釋這幾行：第三樂章以神秘主義者諾力治朱麗恩的話為結語；不過到了這裏，這幾句話有了新的意義：在前面，艾略特引述這些話時，是為了替十七世紀的傾軋者辯解；在這裏卻用來展望未來；在展望的同時，也許有意為戰爭中的英格蘭打氣：「一切都會沒事，／一切事物都會沒事，／藉淨化動機的過程，／在我們懇求行動的土地上。」在這裏，「懇求行動的土地」指基督。

253 第四樂章像《東科克》第四樂章一樣，以較為傳統的格律寫成，有別於《四重奏四首》的其餘部分；至於主題（自然神學），也和《東科克》第四樂章相同，討論的是人間痛苦：

上帝全能，且愛世人；那麼，他要世人受苦，豈不矛盾？此外，這一樂章讀來像聖詩；與《東科克》第四樂章比較，內容更有賴於詩的韻律來表達。聖靈降臨節主題在之前的樂章（第一樂章第十和第五十一行；第二樂章第二十八行）曾經提及，到這一樂章獲得全面闡發，在闡發過程中產生了兩重意義：有火焰之舌的鴿子是德軍的轟炸機（參看第二樂章第二十八行："After the dark dove with the flickering tongue"），是死亡和毀滅的工具；不過這工具也是聖靈降臨的使者(Pentecostal messenger)，帶來神的信息：世人受苦，是神愛世人的表現。這一題意，在其後的詩行中藉火的象徵進一步推展。火的象徵在這裏有多重意義：既象徵塵世的欲望，也象徵煉獄、神的愛恤、人類在塵世受苦的過程。

254 鴿子下降⋯⋯火焰：原文 "The dove descending breaks the air / With flame of incandescent terror" (202-203)。艾略特認為，此刻（第二次世界大戰期間），「鴿子下降間擘破了空氣，／以白熱駭怖的火焰」。艾略特的主題思想是：要得救，要從罪惡、差忒、衝突、地獄之火獲得解放，必須靠煉獄之火 (Pinion, 232)。

255 一個實例：／如何釋放自差忒和罪愆：原文 "The one discharge from sin and error" (205)。"Discharge" 是法律隱喻，有「免於債項或起訴」（"discharge from a debt or an indictment"）之意 (Bodelsen, 121)。世人受苦的過程，是上帝安排的一部分；這一安排，以轟炸機為象徵；而這一安排，也是人類得以脫離「差忒和罪愆」的途徑 (Bodelsen, 120)。

256 唯一的希望或絕望所繫／⋯⋯以烈火把罪人救贖自烈火：原文 "The only hope, or else despair / Lies in the choice of pyre or pyre— / To be redeemed from fire by fire." (206-208)。生存於世上，在欲望和受苦過程中抉擇，是無可避免之舉。在這裏，

艾略特把同一詞重複；在重複過程中，詞義有所變化：在兩行中的第一個「祭火」("pyre") 和第一個「烈火」("fire") 指欲望之火、罪惡之火；第二個「祭火」和「烈火」指煉獄之火、滌罪之火。

257 那麼，是誰發明這酷刑的？是大愛。／……焚燒我們的，不是此火即彼火：原文 "Who then devised the torment? Love. / Love is the unfamiliar Name / Behind the hands that wove / The intolerable shirt of flame / Which human power cannot remove. / We only live, only suspire / Consumed by either fire or fire." (209-215)。這幾行繼續闡發同一主題：世人受苦，是上帝的安排，而酷刑（世人受苦的過程）也是上帝的發明。這一題旨，再度與朱麗恩女爵士的話相呼應。「大名」之所以「陌生」，是因為我們通常不會認為，世人受苦是上帝聖旨的安排；同時，古人相信，上主的名字（「耶和華」）叫人驚怖，不可以宣之於口。火焰之衫……牽累：這是希臘神話的典故。大力神赫拉克勒斯殺了人馬獸涅索斯 (Nessus，希臘文 Νέσσος)。但是，涅索斯死前告訴赫拉克勒斯的妻子德安尼拉 (Deianeira, 希臘文 Δηϊάνειρα)，如果她把一件衫浸在人馬獸的血中，然後讓丈夫穿上，就可令丈夫永遠愛她。赫拉克勒斯一穿上這件衣服，衣服就緊黏他的肌膚，並且燒入肉中，叫他疼痛莫名，疼痛莫名中又無法把衣服脫下。為了解除痛苦，赫拉克勒斯要跳上祭火自焚，藉烈火逃離烈火 (Bodelsen, 120-21)。原文二〇九行的 "Love"、二一一行的 "wove"、二一三行的 "remove" 押視韻。漢語詩律通常沒有視韻，因此以「愛」、「意」、「累」三個字的漢語拼音中最後一個音素 "i" 模擬原詩的視韻效果。

258 Bodelsen (121-24) 指出，在四首四重奏的第五樂章，前面提到的某種懸疑、某種苦痛會得到解決。《小格丁》第五樂章，更交代《四重奏四首》的最後結局。這一結構，在樂章一開始就可以看出：前三首四重奏的主題或關鍵詞再度撮要出現："What we call the beginning is often the end / And to make an end is to make a beginning. / The end is where we start from."（「我們所謂的起點往往就是終點，／到達終點就是離開起點。／終點是我們啟程的地方。」）這幾行有尾聲效果：顯示詩作即要結束。不過，就像其他三首四重奏一樣，樂章向前推進時，詩作會出現新的意義。「起點往往就是終點」這一題意，重奏《東科克》的首句和末句："In my beginning is my end"（「在我的起點是我的終點」）；"In my end is my beginning"（「在我的終點是我的起點」）。此外，這一樂章也談到現在（現在是過去的結束和未來的開始），談到語言。正如Helen Gardner在 *The Art of T. S. Eliot* (9) 所說："The word and the moment are both points at which meaning is apprehended. The dance of poetry and the dance of life obey the same laws and disclose the same truths"（「詞和剎那都是意義得以了解的起點。詩歌之舞和生命之舞服從相同的規律，揭示相同的真理」）。在前面的四重奏，詩人提到語言時，都描述克服語言的過程中遇到的困難，因為時間會擾亂詩人掌握語言的努力：如非言詞拖累他（言詞「不再安於其所」("will not stay in place")）（《焚毀的諾頓》第五樂章（全詩第一五五行）），就是詩人本身有所轉變，辛辛苦苦掌握到的技巧不再適用（「因為我們學習去克服的言詞，／只適用於我們無須再說的事物」("one has only learnt to get the better of words / For the thing one no longer has to say")）（《東科克》第五樂章（全詩一七八—一七九行））。在這裏，艾略特所描寫的，是運用語言時得心應手的境界：「每一短語／每一句子，只要恰到好處（即字字安舒，／各就其位以輔佐其他文字，／每個單字，都不侷促，也不張揚，／舊字與新詞在安然交融，／通俗的用字恰當而不俚鄙，／高雅的用字精確而不古板，／完全相配的匹偶在一起共舞）」("And every phrase / And sentence that is right (where every word is at home, / Taking its place to support the others, / The word neither diffident nor ostentatious, / An easy commerce of the old and the new, / The common word exact without vulgarity, / The formal word precise but not pedantic, / The complete consort dancing together)")。最後一行叫讀者想起《東科克》第一樂章二十八—四十六行描寫鄉村舞蹈的文字。接著，詩人把語言和時間主題結合：「每一短語、每一句子都是終點和起點，／每一首詩是一篇墓誌。而任何行動／都是前踏的一步，向行刑台，向火焰，直入大海的咽喉，／或向一塊無從解讀的石頭：而這，正是我們出發的地方。」("Every phrase and every sentence is an end and a beginning, / Every poem an epitaph. And any action / Is a step to the block, to the fire, down the sea's throat / Or to an illegible stone: and that is where we start.")「每一首詩是一篇墓誌」，標誌詩人發展的某一階段結束；而行動像詩一樣，任何行動，都標誌生命走向將要結束的旅途中的一個階段。上引的一段文字，與前面的一些題意呼應：《小格丁》第三樂章中死在絞刑架上的人；《三野礁》第二樂章中淹死的水手；《三野礁》第五樂章中在村子墳場安息的死者。「而這，正是我們出發的地方」一行，再度重奏「死亡為新生的開始」這一主題，並且預示接著的四行：「我們與瀕死者一起死亡：／看哪，他們離開了，我們跟他們一起離開。／我們與死者一起出生：／看哪，他們回來了，也把我們帶了回來。」("We die with the dying: / See, they depart, and we go with them. / We are born with the dead: / See, they return, and bring us with them.")。這幾行叫讀者想起《小格丁》第一樂章四十九－五十一行和第三樂章第七行及其後的文字。死去的人屬於我們生命的大圖案；他們在生時，構成我們生命圖案的一部分；他們死亡，我們生命的一部分也會和他們一起死去。離開塵世的過程代表死亡，也代表更生。「玫瑰的剎那和紫杉的剎那／修短相同」("The moment of the rose and the moment of the yew-tree / Are of equal duration") 一句可以這樣詮釋：玫瑰的生命短暫；紫杉的生命綿長。但在永恆的時間中，二者並沒有分別。

259 **完全相配的匹偶在一起共舞**：原文 "The complete consort dancing together" (225)。在詩中，"consort" 既有「和諧」或「相諧」之意，但也有「匹偶」之意，叫人想起《東科克》第一樂章二十九—三十二行："The association of man and woman / In daunsinge, signifying matrimonie— / A dignified and commodious sacrament. / Two and two, necessarye coniunction" （男子和女子相諧，／共舞兮，證此合巹——／莊重得宜之聖禮。／雙雙對對，天作之合兮」）。漢譯兼顧兩重意義。

260 **每一短語／每一句子，只要恰到好處……每一短語、每一句子都是終點和起點**：原文 "And every phrase / And sentence that is right……Every phrase and every sentence is an end and a beginning" (218-26)。在這裏，艾略特談行文的理想 (Pinion, 232)，語語中的，充分反映了他的寫作心得，可供後來者借鑑。

261 **每一首詩是一篇墓誌**：原文 "Every poem an epitaph." (227) 每次創作都是新的開始（這點在《東科克》裏已經論及）；每一首詩寫畢，該詩就已經結束，是一篇墓誌。

262 **而任何行動／……而這，正是我們出發的地方**：原文 "And any action / Is a step to the block, to the fire, down the sea's

throat / Or to an illegible stone: and that is where we start." (227-29)。**直入大海的咽喉**：這一意象，與《荒原》中的《水殞》呼應。**無從解讀的石頭**：指漫漶不可辨識的墓碑。這幾行的意思是，在懇求上帝之地的任何行動，都是向行刑台、向火焰、向大海的咽喉、向漫漶不可辨識的墓碑蹴踏的一步 (Pinion, 232)。**而這，正是我們出發的地方**：這句與《小格丁》、《三野礁》呼應，指死亡也是更生，終點就是起點 (Pinion, 232; Bodelsen, 127)。

263 **我們與瀕死者一起死亡：／……玫瑰的剎那和紫杉的剎那／修短相同**：原文 "We die with the dying: / See, they depart, and we go with them. / We are born with the dead: / See, they return, and bring us with them. / The moment of the rose and the moment of the yew-tree / Are of equal duration." (230-35) 在永恆的時間中，紫杉和玫瑰再沒有壽夭之分。

264 **沒有歷史的民族／不能從時間裏獲得救贖，因為歷史是規律，／由超越時間的剎那組成**：原文 "A people without history / Is not redeemed from time, for history is a pattern / Of timeless moments." (235-37)。野蠻民族不知有過去，因此不能擺脫時間的束縛；組成歷史的剎那超越時間，因為這些剎那超越發生時的一瞬，會繼續下去；一旦進入後人的記憶，就會進入後代的大秩序。歷史的功用之一，是助人超越此時此地，變得客觀（這一主題第三樂章七一十四行（全詩一五八一六五行）已經談過）。沒有歷史的民族，只能永遠依附於眼前的一刻，因此更受時間束縛。換言之，受歷史影響並不是做歷史的奴隸，因為歷史是事件的記錄，脫離了時間的束縛 (Bodelsen, 124)。

265 **因此，光線／……歷史是現在是英格蘭**：原文 "So while the light fails / On a winter's afternoon, in a secluded chapel / History

is now and England." (237-39) 這三行是第五樂章第一部分的總結，由前面的哲思返回此刻的小教堂。「歷史是現在是英格蘭」一行，指歷史與現在相交。

266 **受到這大愛的牽引聽到這大召的聲音**：原文 "With the drawing of this Love and the voice of this Calling" (240)。這行出自無名氏《無識之雲》(*The Cloud of Unknowing*)： "What weary wretched heart and sleeping in sloth is that which is not wakened with the drawing of this love and the voice of this calling"（「受到這大愛的牽引聽到這大召的聲音而不醒來的，是多麼疲憊可憐而又慵怠昏睡的一顆心哪！」）。引文中的「大愛」是上帝之愛；譯為「大愛」，是要顯示此愛並非其他種類或形式的愛，而是《神曲‧天堂篇》第三十三章最後一行（"l'amor che move il sole e l'altre stelle"（「那大愛，迴太陽啊動群星」））的 "l'amor"（「那大愛」）。也許正因為如此，艾略特拼 "Love" 時用了大寫 "L"，拼 "Calling" 時用了大寫 "C"。同時，大概也因為此行特別重要，作者乃特別以一行為一節，儘管這單獨的一行在語法和文意上與接著的一節緊密相連。

267 在全詩最後一節（這節的語法和文意緊接上一行，即二四〇行），艾略特為全詩作結時，引用了無名氏《無識之雲》的論點：精神探索者的目的，是到達昔日的起點。要到達這起點，必須經過《焚毀的諾頓》所提到的「記憶中陌生的門」（"the unknown, remembered gate"）。這起點，是「最長河流的源頭」（"the source of the longest river"）、「隱蔽瀑布的嗓子」（"The voice of the hidden waterfall"）、「蘋果樹上的孩子們」（"the children in the apple-tree"），是「兩個海浪間的靜止」（"the stillness / Between two waves of the sea"）或超越時間的剎那。要到達這起點，必須犧牲一切，進入至單至純的狀態；要有「那向基督所存純一清潔的心」（《哥林多後書》第十一章第三節）("the simplicity that is in Christ", II *Corinthians*, xi.3)；要變成小孩（見《馬太福音》第十八章第三節 (*Matthew*, xviii.3)：「我實在告訴你們：你們若不回轉，變成小孩子的樣式，斷不得進天堂。」）最後，象徵聖靈降臨節精神的火焰織入了千瓣玫瑰「烈火的冠結」。「千瓣玫瑰」見諸《天堂篇》第二十三章第七十行及其後描寫的基督花園，在但丁作品中象徵神的大愛；艾略特所寫的「烈火的冠結」（見《天堂篇》第三十三章第九十一行），把整個宇宙攏合在一起，並且燃點煉獄之火（即把我們向上帝引領的「酷刑」）。有關上帝大愛和上帝火焰的關係以及有關定點的描寫，參看《天堂篇》第二十八章——四十五行 (Pinion, 232-33)。Bodelsen (125)指出，在《小格丁》的最後一節，詩的尾聲特色更形顯著：詩行幾乎全是前面主題的重奏或總結：首、二兩行（我們會不停探索／而我們一切探索的目標〔……〕("We shall not cease from exploration / And the end of all our exploring [...]")）重奏《東科克》第五樂章三十一——三十二行：「老漢該是探險者；／此地和彼地都無關重要」("Old men ought to be explorers / Here and there does not matter")。接著的五行（「是到達我們出發的地方，／並首度認識該地方。／穿過記憶中陌生的門，／當供人發現的最後一幅土地／是當日的起點之地」）重奏《焚毀的諾頓》第一樂章二十二——二十三行，與整組詩的主題（所有時間共存於一瞬）呼應：最後，我們到達暫時和永恆的交界，縱覽過去、現在、未來的全部景致；這時，遠近一目了然，我們無須再依循時間織出的直線；而旅程的終點也是旅程的起點。「穿過記憶中陌生的門」("Through the unknown, remembered gate") 這一行，叫人想起《焚毀的諾頓》第一樂章第二十二行的「穿過第一道門」（"Through the first gate"）。Bodelsen (126) 認為，這道門（「記憶中陌生的門」）是暫時與永恆之間的通道。我們沿這條通道來，也會沿這條通道離開凡間。同時，這行也暗含失樂園和樂園復得的意思。接著的六行（「在最長河流的源頭，／隱蔽瀑布的嗓子／和蘋果樹上的孩子們／不為人知（因為不是尋找的對象），／卻為人聽到，隱約聽到，／在兩個海浪間的靜止裏。」（"At the source of the longest river / The voice of the hidden waterfall / And the children in the apple-tree / Not known, because not looked for / But heard, half-heard, in the stillness / Between two waves of the sea."）），重奏兩個主導象徵：象徵凡塵時間、凡塵一生的河流和象徵永恆的大海。除了主導象徵，這裏還有次要象徵：樹中小孩的聲音。這些象徵，在《焚毀的諾頓》裏已經出現；在這裏成為組詩總結的一部分。此外，這幾行不但描寫局部的啟悟，也攝述過去、未來、現在共存於一瞬的觀念：我們此刻身在河源，但是也聽到下游的瀑布和孩子在兩個海浪靜止間的聲音；換言之，我們此刻既在河源，也在流程結束的地方，在永恆的起點。參看Bodelsen, 125-26。

268 **隱蔽瀑布的嗓子**：原文 "The voice of the hidden waterfall" (249)。Bodelsen (127) 指出，這行象徵某一隱蔽景物在遠處呼喚。類似的象徵也在《家庭團聚》(*The Family Reunion*) (59) 中出現。在該劇作中，哈里 (Harry) 對瑪麗 (Mary) 說："You have staid in England, yet you seem / Like someone who comes from a long distance…"

269 **和蘋果樹上的孩子們**：原文 "And the children in the apple-tree" (250)。Pinion (220) 認為：「『蘋果樹上的孩子們』這一意象，標示尋索後失而復得的童真。」("the image of the children in the apple tree is an emblem of the recovered innocence

which is sought.")此外，Pinion (220) 指出，布朗寧夫人 (Elizabeth Barrett Browning) 的《失去的涼亭》("The Lost Bower") 中，童年、玫瑰、蘋果花、鳥兒、聽不到的音樂都叫人聯想到超時間觀念；啟發了艾略特《四重奏四首》的意象。

270 **快點啦，此地，此時，永遠**：原文 "Quick now, here, now, always—" (254) 此行與《焚毀的諾頓》第一樂章第二十一行（「快點，鳥兒說，找他們，找他們」("Quick, said the bird, find them, find them"))、第四十四行（「走吧，走，走哇，鳥兒說」("Go, go, go, said the bird"))、第五樂章第三十七行（全詩第一七六行）呼應。

271 **一切都會沒事／一切事物都會沒事／當炯焰諸舌捲進了／烈火的冠結／而烈火與玫瑰合而為一**：原文 "And all shall be well and / All manner of thing shall be well / When the tongues of flame are in-folded / Into the crowned knot of fire / And the fire and the rose are one." (257-61)。在全詩的結尾，一切衝突、紛爭、矛盾都獲得調和；火焰象徵也是玫瑰象徵；大痛變成大愛和至福。參看Bodelsen, 127。**烈火的冠結**：原文 "crowned knot" (又稱 "crown knot")，漢譯「冠結」，是航海術語，指繩子各股交纏，以避免鬆脫的結 (Williamson, 233)。

保衛諸島[1]

《保衛諸島》不能夠稱為詩，不過其寫作日期（緊隨鄧苟克撤退之後）和事件本身對筆者饒有意義，乃有保留之想。當時，麥克奈特‧考菲任職於新聞部。應考菲之邀，我草成下列詩行，與記錄不列顛戰績的攝影在紐約展出；其後收錄於《不列顛戰時》（一九四一年由紐約現代藝術博物館出版）一書。在此謹以這散章獻給愛德華‧麥克奈特‧考菲。

有的被派往灰色的船隻——
戰艦、商船、拖船——
為歷代以不列顛骨骸鋪在
海床上的人行道奉獻忠骨。

有的以人類與死亡賭博的最新方式，
在空中火中與黑暗勢力
格鬥。

有的跟隨他們的祖先
往法蘭德斯和法國，[2] 他們戰敗
人不敗，戰勝人不變，絲毫不改
祖先之道，改的只是武器。

還有一些人，所踐的榮耀之路

是不列顛的大街小巷。

就讓這些以石頭建築的紀念碑——音樂
耐久的樂器，經許多世紀
耐心耕耘大地而建成的紀念碑，英詩的
紀念碑

加入懷念，懷念保衛這些島嶼的
事蹟，懷念上述各種戰士，

向過去和未來、血緣相連、
聲氣相通的世世代代述說，說我們
遵守指令，走上作戰崗位。

註釋

1 此詩發表於一九四〇年，是艾略特《即興詩》(*Occasional Verses*) 五首中的第一首。五首即興詩都寫得不出色，與艾略特代表作相差極遠。一九四二年二月十三日寫給勞倫斯·德勒爾(Lawrence Durrell) 的信中，艾略特這樣形容自己的即興詩：

> I don't know what to send you unless it is a set of verses which I have just done for the Indian Red Cross book. I only hesitate because although I have endeavoured to clear up the point a bit, I find that people are still very confused about the distinction between verse and poetry, so that what I offer as good verse might be judged as a bad poem.

不知道該寄甚麼給你。要寄，也只有一批為印度紅十字會的刊物所寫的韻句。我猶疑不定，只因為，雖然我曾經設法把韻句與詩的分別稍稍釐清，卻發覺一般人對二者的認識仍十分模糊。因此，我寄上的好韻句，他們可能認為是壞詩作。

在一九四一年七月十四日寫給約翰‧海瓦德 (John Hayward) 的信中，艾略特這樣形容 "Defence of the Islands"：

> About that Kauffer affair, I had always supposed that the screed I wrote […] was prose. […] I was disconcerted to find it featured as a poem. […] I shall be grateful if you will inform any American correspondents that it really is prose.

> 至於獻給考菲的那篇東西，我一直認為那蕪作〔……〕是散文。〔……〕發覺拙作被人當作詩來收錄，我感到不安。〔……〕吾兄如能告訴美國任何一位記者，那篇東西其實是散文，則不勝感激矣。

其實，艾略特也不能怪各選集的編者，因為這些即興詩全部收錄在他的 *Collected Poems*（《詩歌全集》）裏，而且冠以 "Occasional Verses"（「即興詩」）二字；在艾略特當時的地位和權威震懾下，哪一位編者敢視為散文呢？

2　　**法蘭德斯**：原文 "Flanders" (15)，又譯「佛蘭德斯」，指比利時北部。

戰爭詩小釋[1]

《戰爭詩小釋》應斯托姆‧詹姆森 (Storm Jameson) 小姐之邀而寫，將收錄於《倫敦呼喚》(*London Calling*)（一九四二年由紐約哈帕兄弟出版社出版）一書。[2]

並非集體情緒的表達
不完美地反映在日報上。
在某一點，僅屬偶爾的
爆炸在行動過程中

迸碎；這樣的一點，在何處
會成為僅屬典型的一點，在撞擊中
創造共相，創造象徵？我們注視的
正是這樣的相遇，

實驗無從控制的力量的相遇──
自然與精神的相遇。個人經驗
大都太大，或者太小。我們的情緒
只是「種種事件」，

用來設法把白晝和黑夜維繫。
一首詩，似乎可以發生在一個很年輕的
男子身上；不過一首詩並不是詩歌──
而是生命。

戰爭並不是生命：戰爭是一種處境，
既不可以忽視、也不可以接受的處境，
是要用埋伏和戰略來應付的難題，
或被包圍，或被擊潰。

耐久的事物並非易逝事物的代用品，
彼此都不能取代。不過，個人經驗
最強烈時，在抽象構思中
成為共相；這一現象，我們稱為「詩」，
可以在韻語中肯定。

註釋

1　此詩再度強調艾略特的論點：詩歌超越個人境界。這一特
　　色，也正是詩歌永恆、有普遍感染力的原因。戰爭不是生
　　命，而是一種處境（這一論點在《保衛諸島》的結尾已經出
　　現），由各種力量造成；這些力量，使個人情感變為純粹的
　　個別事件；只有用抽象形式體察強烈的個人經驗，個人經驗
　　才能轉化為象徵或普遍情操；而象徵和普遍情操正是偉大詩
　　篇的本色 (Pinion, 233)。此詩像艾略特其他即興詩一樣，也
　　是虛應故事之作；與《荒原‧水殞》一類片段比較，更顯得
　　強弱懸殊。所有藝術創作之中，最難向保險公司投保的是音
　　樂，其次是詩。神靈與作曲家或詩人何時道別，敏感的聽
　　眾或讀者一聽／一讀就會知道。艾公寫《水殞》時有神靈附
　　身；寫即興詩時，神靈已經遠去。
2　《倫敦呼喚》：原文 *"London Calling"*。"London Calling"
　　一語，原為倫敦英國廣播電台（BBC，又稱「英國廣播公

司」）國際台 (BBC World Service) 廣播時讓聽眾識別該電台的開場白 (全文為："This is London calling...")，於第二次世界大戰期間採用，常常向納粹佔領區播放；直譯是「倫敦在呼喚」，相等於播音員說的「倫敦英國廣播電台國際台」。電台曾以月刊形式出版《倫敦呼喚》(*London Calling*) 雜誌，每期詳列該月份的廣播節目。雜誌原名*Empire Programme Pamphlet*（《帝國廣播節目小冊子》，當時，電台稱 "BBC Empire Service"，即「倫敦大英帝國廣播電台」）。其後，雜誌改稱 *BBC Empire Broadcasting*（《倫敦英國廣播電台帝國廣播》）；一九三九年年中再改稱*London Calling*。參看 *Wikipedia*, "London Calling (magazine)" 條（多倫多時間二〇二〇年十二月十一日上午十一時三十分登入）。

致身死非洲的印度人 [1]

《致身死非洲的印度人》一詩，應柯妮麗亞·索拉比小姐之邀而寫，收錄於《瑪麗王后印度指南》（一九四三年由哈拉普有限公司出版）。波納米·多布里喜歡此詩，並敦促我加以保存；謹以此詩獻給他。

一個人的終點是他自己的村子、
他自己的爐火、他妻子的炊爨；
日落時在自己的門前坐著，
看孫子和鄰居的孫子
　　在沙塵中一起玩耍。

受過傷，此刻卻安然，
有許多記憶湧現於談話的時辰，
（時辰溫暖或涼快，視氣候而定）
記起在外國打仗的外國人，
　　於彼此而言，都來自外國。

一個人的終點不是他最終的命運，
每個國家對於甲是個家，
對於乙是放逐生涯。勇敢捐軀，
與命運合一處，該處就是其國土。
　　讓他的村子記住這點。

這不是你的——也不是我們的——國度；
　　　不過英格蘭中部的一個村子
和五河的一個村子，[2] 都可能有同一墳場。
讓那些歸人講關於你的同一故事吧：
講目標相同的行動，畢竟有果實的
行動——即使卒後的一刻，
你和我們才知道，
　　　行動的果實是甚麼。

註釋

1 　原文題目為 "To the Indians who Died in Africa"。此詩發表於
一九四三年，主題是：無論英格蘭中部地區還是印度旁遮普
的村人都應該記住：一個人按照命運所付託的使命英勇身
死，身死之地就是故土；同時，不管我們覺察與否，這個人
身死時行動的價值，正如黑天所說，會為後世所裁決 (Pinion,
233)。Pinion (233) 指出，艾略特寫戰爭的愛國小詩，只是思
想的傳遞，並沒有甚麼文彩。

2 　**五河**：原文 "the Five Rivers" (17)。印度旁遮普平原 (Punjab
Plain) 的五條河流，分別叫傑勒姆河 (Jhelum)、切納布
河 (Chenab)、拉維河 (Ravi)、比亞斯河 (Beas)、蘇特利河
(Sutlej，又譯「薩特累季河」或「象泉河」)，是印度河的
重要支流。"Punjab" 是 "The Land of Five Waters"（「五水之
地」）的意思。

致沃爾特・德勒梅爾[1]

沃爾特・德勒梅爾七十五歲生辰，費伯與費伯出版社於一九四八年出版《沃爾特・德勒梅爾壽慶》(*Tribute to Walter de la Mare*) 一書。此詩為該書撰寫。

那些兒童，探索小溪，發現
一個荒島，島上有沙港濯濯
（是藏身的好去處，卻是很危險的地點，

因為這裏可能是水牛浪蕩之所，
樹熊猴、[2] 長尾猴處處可見，[3]
在芒果叢的陰翳森林出沒，

狐猴從此樹滑向彼樹，[4] 形跡恍惚——
把某一批失落已久的寶藏守妥）
幼兒園吃茶點時把探險歷程複述；[5]

眾燈亮起，帷幔拉下之際，
要你唸點詩，求你。該把誰的詩朗讀？
真正上床的時間還未到……

　　　　　　　或者在下列俄頃：草地
有看不到的腳踩過，眾鬼悄悄
在暮色裏回來，黎明時悄悄匿跡，

會哀傷、會渴念的黯幻眾妖；

熟悉的場面突然變得奇怪，
我們要認識的事物誰都知曉，
兩個世界相遇、交叉、更改；

眾貓在月下跳舞間受刺激而發狂；
當眾女巫的聯歡為未婚的老姑姑展開，[6]
群狗瑟縮，蝙蝠飛竄，貓頭鷹迴翔[7]

夜行的旅人呼喊時，喚不醒[8]
入睡的人；或者，在巧合情況，
一張空臉從一間空屋向外窺盯；

上述俄頃，設計者是誰，用甚麼手段？
是喃喃唸誦的咒語嗎？那咒語，會放行，
讓人毫無阻擋，進入心靈的魔幻。

是你；以那些惑人的抑揚之聲；[9]
叫尋常的韻律變得更加精緻婉轉；
以匠心的藝術，熟習中嫻然天成；

以你編織的纖巧而隱形的網絡——
聲音中無從解釋的神秘。[10]

註釋

1   **沃爾特．德拉梅爾**：Walter de la Mare。英國詩人、小說家、
    兒童文學家，善於寫鬼故事，有法國血統（"de la Mare" 原為
    法國姓氏）。在這首詩中，艾略特引用了德勒梅爾作品中的

不少情節、人物、場景。

2　**樹熊猴**：原文 "kinkajou" (5)，又叫「蜜熊」或「長吻浣熊」，是中美洲和南美洲的食肉哺乳動物，屬浣熊科，與浣熊 (raccoon，也拼 "racoon") 同科，長尾有抓握能力。

3　**長尾猴**：原文 "mangabey" (5)。又稱白眉猴或白臉猴，白眉猴屬，生於非洲赤道地帶，較一般猴子容易馴服。

4　**狐猴**：原文 "lemurs" (7)。哺乳動物，屬靈長類，原產馬達加斯加島，喙尖，尾長，體型小，居於樹上，主要在夜間活動。

5　**幼兒園吃茶點時**：原文 "at the nursery tea" (9)。"nursery tea"，指兒童在下午茶時間所吃的小點。此詩收入《即興詩》一輯裏，似乎是虛應故事，不像用功之作。第一行的主詞 (subject) "The children" 和謂語 (predicate) "Recount their exploits at the nursery tea [...]" 相隔整整七行，被一個特大括弧分割；讀者的注意力辛辛苦苦跨越了括弧天塹，讀到謂語時，已忘記主詞是甚麼。詩的標點比《荒原》和《聖灰星期三》較有準則，但仍有瑕疵。五、六、七、八節的從句 ("When [...]")，所從的主句不知在哪裏；是第九行的 "Recount their exploits [...]" 呢，還是第十一行的 "Demand some poetry [...] 或第二十六行的 "By whom, and by what means, was this designed?" 誰也不敢肯定。

6　**聯歡**：原文 "sabbath" (22)。傳統迷信中，指眾女巫一年一度在午夜與魔鬼的聚會。

7　此詩一、三、五行，二、四、六行，七、九、十一行，十、十三、十五行，十四、十六、十八行，十七、十九、二十一行，都押全韻，第二十二行 ("At witches' sabbath of the maiden aunts") 的 "aunts" 唸 /ɑːnts/；第二十行 ("When cats are maddened in the moonlight dance") 的 "dance" 唸 /dɑːns/，所押

不是全韻，只算準韻；第二十四行的 "chance" (唸 /tʃɑːns/)，則與 "dance" 押全韻。由於這緣故，漢譯以二十二行的「翔」與二十行的「狂」押準韻。二十三行的 "arouse" 唸 /əˈraʊz/，二十五行的名詞 "house" 唸 /haʊs/ (動詞 "house" 唸 /haʊz/)，二十七行的 "allows" 唸 /əˈlaʊz/；"arouse" 與 "allows" 押全韻，與 "house" 押準韻；漢譯則一概押全韻。

8 **夜行的旅人**：原文 "the nocturnal traveller" (23)。德勒梅爾有《聆聽者》("The Listeners") 一詩，寫一個騎馬的旅人，在月夜來到一間空屋，敲門呼喊時無人應門，門內卻有死去的亡魂齊集在樓梯間聆聽。旅人見無人應門，於是上馬離開。此詩耐人尋味，其詭異氣氛是德勒梅爾的「商標」。

9 **惑人**：原文 "deceptive" (29)。在這裏，"deceptive" 一詞寓褒於貶，目的是稱讚德勒梅爾用詩說鬼故事的本領。

10 全詩結尾兩行，不再押韻。艾略特一直依循大致統一的韻式，到結尾兩行突然打破常則，不見得有甚麼藝術效果，反而叫人覺得他沉不氣，草率收場（粵諺「落雨收柴」，更能形容這首詩結尾的缺點）。一九四九年二月十一日，在寫給沃爾特・麥克爾羅伊 (Walter McElroy) 的信中，艾略特這樣談到《致沃爾特・德勒梅爾》一詩：

> As for the poem to Walter de la Mare, this was like two others which I published during the war, an occasional poem, and I do not wish to be represented in anthologies by any poems written for particular occasions. Indeed I no longer possess copies of the two poems written during the war and I have not copies of the volumes in which they appeared.
>
> 至於寫給沃爾特・德勒梅爾的那首詩，它像其他兩首於戰時發表的作品一樣，也是即興詩。我並不希望為某些

特殊場合所寫的任何即興詩在選集中出現，成為我的代
表作。老實說，戰時所寫的兩首詩，我此刻已沒有存
稿，也沒有收錄這兩首作品的選集。

從上述的話可以看出，艾略特有自知之明，對自己的即興詩
評價不高。不過，在《世紀詩人艾略特》一書裏，本譯者也
指出，艾略特有欠缺自知之明的時刻。

獻給吾妻[1]

皆因你，我才有這跳躍的欣悅；
這欣悅，我們醒時激活我的感官。
皆因你，我才有這節奏，調控我們睡時的安恬，[2]
　　這一起共振的呼吸，

情侶的呼吸，身體有彼此氣息的情侶；
無須言語，就思索同樣的思想；
無須意義，就嘮叨同樣的言語。

不許有暴躁的冬天寒風凜凜砭傷，
不許有慍怒的熱帶太陽炎炎凋殘[3]
玫瑰園中的玫瑰——我們的玫瑰園，只屬於我們。

不過，這首獻詩，寫來給別人閱讀：
是私人話語，當眾向你呈獻。

註釋

1　此詩置於艾略特最後一本劇作（一九五九年）的卷首。
　　一九五九年，艾略特的妻子當然是維樂麗 (Valerie)，而不是
　　維維恩 (Vivienne) 了。

2   皆因你，我才有這節奏，調控我們睡時的安恬：原文 "And the rhythm that governs the repose of our sleepingtime" (3)。就語法而言，原文第三行可以有兩種詮釋："[…] I owe the sleeping delight / That quickens my senses […] and the rhythm […]"；"To whom I owe the sleeping delight […] and the rhythm […]"。在第一種詮釋中，"my senses"（第二行）和 "the rhythm"（第三行）都是 "quickens" 的賓語 (object)。在第二種詮釋中，"the sleeping delight"（第一行）和 "the rhythm"（第三行）都是 "owe"（第一行）的賓語。漢譯採第二種詮釋。如採第一種詮釋，"sleeping delight" "quickens"（「激活」或「使……加速」）"rhythm"（「節奏」）之後，就沒有甚麼 "repose of our sleepingtime"（「我們睡時的安恬」）可言了。因為「節奏」「加速」後，只會睡得不安穩；睡得不安穩，何來「安恬」？無論如何，艾略特的英語在一至三行都寫得不夠精確。原文一至三行如下：

> To whom I owe the leaping delight
>
> That quickens my senses in our wakingtime
>
> And the rhythm that governs the repose of our sleepingtime […]

3   不許有暴躁的冬天寒風凜凜砭傷，／不許有慍怒的熱帶太陽炎炎凋殘：原文 "No peevish winter wind shall chill / No sullen tropic sun shall wither" (8-9)。艾略特晚年，不喜酷寒和酷熱；這兩行正反映這種心態 (Pinion, 234)。

參考書目

一、英語及其他外語

甲、參考書（按作者姓名字母序）

Abrams, M. H., *A Glossary of Literary Terms*, 11th ed. (Stamford: Cengage Learning, 2015).

Ackroyd, Peter, *T. S. Eliot* (London: Hamilton, 1984).

Alighieri, Dante, *Le opere di Dante: Testo critico della Società Dantesca Italiana*, a cura di M. Barbi et al. (Firenze: Nella Sede della Società, 1960).

Aristotle, *Poetics* (*Περὶ Ποιητικῆς*), ed. and trans., Stephen Halliwell, The Loeb Classical Library, ed. Jeffrey Henderson, Aristotle XXIII LCL 199 (Cambridge, Massachusetts / London, England: Harvard University Press, 1995).

Blamires, Harry, *Word Unheard: A Guide through Eliot's Four Quartets* (London: Methuen & Co. Ltd., 1969).

Bodelsen, C. A., *T. S. Eliot's Four Quartets: A Commentary*. 2nd ed. (Copenhagen: Copenhagen University Publication Fund, 1966).

Borrow, Colin, *William Shakespeare: The Complete Sonnets and Poems* (Oxford / New York: Oxford University Press, 2008).

Bradley, A. C., *Shakespearean Tragedy: Lectures on* Hamlet, Othello,

King Lear, Macbeth (London: Macmillan and Co. Ltd., 1965).

Catford, J. C., *A Linguistic Theory of Translation: An Essay in Applied Linguistics*, Language and Language Learning 8, General Editors, Ronald Mackin and Peter Strevens (London: Oxford University Press, 1965)

Chinitz, David E., ed., *A Companion to T. S. Eliot*, Oxford: Wiley-Blackwell, 2009.

Craig, W. J., ed., *Shakespeare: Complete Works*, by William Shakespeare, Oxford Standard Authors (London: Oxford University Press, 1974).

de Saussure, Ferdinand, *Cours de linguistique générale,* eds. Charles Bally, Albert Sechehaye, and Albert Riedlinger (Paris: Payot, 1964).

Dettmar, Kevin, "A Hundred Years of T. S. Eliot's 'Tradition and the Individual Talent'", *The New Yorker*, October 27, 2019.

Donne, John*, Donne: Poetical Works*, ed. H. J. C. Grierson, Oxford Standard Authors (London: Oxford University Press, 1933).

Eliot, T. S., *After Strange Gods: A Primer of Modern Heresy: The Page-Barbour Lectures at the University of Virginia, 1933* (London: Faber and Faber Limited, 1934).

_____. *Collected Poems: 1909-1962* (London: Faber and Faber Limited, 1963).

_____. *Murder in the Cathedral* (New York: Harcourt, Brace and Company, Inc., 1935).

_____. *On Poetry and Poets* (London: Faber and Faber, 1957).

_____. *On Poetry and Poets* (New York: Farrar, Straus and Giroux, 2009). 引文如無註明出版地點和出版社名字，則引自 "Faber and Faber" 版。

_____. *Selected Essays* (London: Faber and Faber, 1951).

_____. *The Cocktail Party* (London: Faber and Faber, 1950).

_____. *The Confidential Clerk* (New York: Harcourt, Brace and Company, 1954).

_____. *The Family Reunion* (London: Faber and Faber, 1950).

_____. *The Sacred Wood: Essays on Poetry and Criticism*, 6th ed. (London: Methuen, 1948).

_____. *The Waste Land: Authoritative Text, Contexts, Criticism*, A Norton Critical Edition, ed. Michael North (New York / London: W. W. Norton, 2001).

_____. *The Waste Land: A Facsimile and Transcript of the Original Drafts Including the Annotations of Ezra Pound*, ed. Valerie Eliot, A Harvest book (San Diego / New York/ London: Harcourt, Brace and Company, 1971).

_____. *To Criticize the Critic and Other Writings* (London: Faber and Faber, 1965)

Gardner, Helen, *The Art of T. S. Eliot* (London: The Cresset Press, 1949).

Greene, E. J. H., *T. S. Eliot et la France* (Paris: Boivin, 1951).

Harvey, Sir Paul, and J. E. Helseltine, comp. and ed., *The Oxford Companion to French Literature* (Oxford: Clarendon Press, 1989).

Hesse, Eva, *T. S. Eliot und Das wüste Land: Eine Analyse* (Frankfurt am Main: Suhrkamp Verlag, 1973).

The Holy Bible, containing the *Old* and *New Testaments*, translated out of the original tongues and with the former translators diligently compared and revised by His Majesty's special command, appointed to be read in churches, Authorized King James Version, printed by authority (London / New York / Glasgow / Toronto / Sydney / Auckland: Collins' Clear-Type Press, [no publication year]).

Homer, Ἰλιάς [*The Iliad*], trans., A. T. Murray, 2 vols., The Loeb Classical Library 170, 171, ed. G. P. Goold (Cambridge, Massachusetts: Harvard University Press, 1924-1925).

Jenkins, Harold, ed., *Hamlet*, by William Shakespeare, The Arden Shakespeare (London: Methuen, 1982).

Johnson, Samuel, *The Lives of the Most Eminent English Poets: With Critical Observations on Their Works*, with an Introduction and Note by Roger Lonsdale, 4 vols. (Oxford: Clarendon Press, 2006).

Kermode, Frank, *Romantic Image* (London / New York: Routledge, 2002).

Kerrigan, John, ed., *William Shakespeare: The Sonnets and A Lover's Complaint* (London: Penguin Books, 2005).

Leishman, J. B., *The Monarch of Wit: An Analytical and Comparative Study of John Donne* (London: Hutchinson, 1965)

Levin, Harry, *The Question of* Hamlet (New York: Oxford University Press, 1959).

Lewis, C. S., "Hamlet: The Prince or the Poem", in Laurence Lerner, ed., *Shakespeare's Tragedies: An Anthology of Modern Criticism* (Harmondsworth: Penguin Books, 1968), 65-77.

_____. *A Preface to* Paradise Lost (New York: Oxford University Press, 1961).

Leyris, Pierre, and John Hayward, trans., *Quatre quatuors*, by T. S. Eliot (Paris: Éditions du Seuil, 1950).

Matthiessen, F. O, and C. L. Barber, *The Achievement of T. S. Eliot: An Essay on the Nature of Poetry*, with a chapter on Eliot's later work by C. L. Barber, Galaxy Book GB22, 3rd ed. (New York: Oxford University Press, 1963).

Milton, John, *Milton: Poetical Works*, ed. Douglas Bush (London: Oxford University Press, 1966).

Petrocchi, Giorgio, a cura di, *Le Opere di Dante Alighieri: La Commedia*, by Dante Alighieri, secondo l'antica vulgata, Società Dantesca Italiana, Edizione Nazionale (Milano: Arnoldo Mondadori Editore, 1967).

Pinion, F. B., *A T. S. Eliot Companion: Life and Works* (London: Papermac, 1986).

Rainey, Lawrence, ed., with annotations and introduction, *The Annotated Waste Land with Eliot's Contemporary Prose*, 2nd ed. (New Haven / London: Yale University Press, 2006).

Ricks, Christopher, *Milton's Grand Style* (Oxford: Clarendon Press, 1963).

Ricks, Christopher, and Jim McCue, eds., *The Poems of T. S. Eliot*, by T. S. Eliot, 2 vols., Vol. 1, *Collected and Uncollected Poems*, Vol. 2, *Practical Cats and Further Verses* (London: Faber and Faber, 2015).

Robbins, Rossell [也拼 "Russell"] Hope, *The T. S. Eliot Myth* (New York: Henry Schuman, 1951).

Sophocles, *Ajax • Electra • Oedipus Tyrannus*, trans. Hugh Lloyd Jones, 1st ed. 1994, The Loeb Classical Library (Cambridge, Massachusetts / London, England: Harvard University Press, 1997 ed.).

Southam, B. C., *A Guide to the Selected Poems of T. S. Eliot*, 6th ed., A Harvest Original (San Diego / New York / London: Harcourt, Brace and Company, 1994).

Taylor, Michelle, "The Secret History of T. S. Eliot's Muse", *The New Yorker* (December 5, 2020). (accessed through the Internet)

Thompson, Ann, and Neil Taylor, eds., *Hamlet*, by William Shakespeare, the Arden Shakespeare (London: Arden Shakespeare, 2006).

Wells, Stanley, et al., eds., *William Shakespeare: The Complete Works*, by William Shakespeare, General Editors: Stanley Wells and Gary Taylor, 2nd ed. (Oxford: Clarendon Press, 2005), 1st ed. 1986.

Williamson, George, *A Reader's Guide to T. S. Eliot: A Poem-by-Poem Analysis* (New York: The Noonday Press, 1953).

Wong, Laurence [Huang Guobin], "Musicality and Intrafamily Translation: With Reference to European Languages and Chinese", *Meta* 51.1 (March 2006): 89-97. 此文現已收錄於本譯者的英文專著。參看Laurence K. P. Wong, *Where Theory and Practice Meet: Understanding Translation through Translation* (Newcastle upon Tyne: Cambridge Scholars Publishing, 2016), 86-98.

乙、詞典（按編者姓名字母序）

1. 英語

Allen, R. E., *The Concise Oxford Dictionary of Current English*, 1st ed. by H. W. Fowler and F. G. Fowler, 1911 (Oxford: Clarendon Press, 8th ed. 1990).

Gove, Philip Babcock et al., eds., *Webster's Third New International Dictionary of the English Language Unabridged* (Springfield, Massachusetts: G. & C. Merriam Company, 1976).

Gove, Philip Babcock et al., eds., *Webster's Third New International Dictionary of the English Language Unabridged* (Springfield,

Massachusetts: Merriam – Webster Inc., Publishers, 1986).

Brown, Lesley et al., eds., *The New Shorter Oxford English Dictionary on Historical Principles*, 2 vols. (Oxford: Clarendon Press, 1993).

Flexner, Stuart Berg, et al., eds., *The Random House Dictionary of the English Language*, 2nd ed., unabridged (New York: Random House, Inc., 1987).

Little, William, et al., prepared and eds., *The Shorter Oxford English Dictionary on Historical Principles*, 1st ed. 1933 (Oxford: Clarendon Press, 3rd ed. with corrections 1970).

Nichols, Wendalyn R., et al., eds., *Random House Webster's Unabridged Dictionary*, 2nd ed. (New York: Random House, Inc., 2001).

Simpson, J. A., and E. S. C. Weiner, eds., *The Oxford English Dictionary*, 1st ed. by James A. Murray, Henry Bradley, and W. A. Craigie, 20 vols., combined with A Supplement to *The Oxford English Dictionary*, ed. R. W. Burchfield (Oxford: Clarendon Press, 2nd ed. 1989); *OED* online. Also referred to as "*OED*" for short (也簡稱 "*OED*").

Sinclair, John, et al., eds., *Collins Cobuild English Dictionary* (London: HarperCollins Publishers, 1995).

Soanes, Catherine, and Angus Stevenson, eds., *Concise Oxford English Dictionary*, 1st ed. by H. W. Fowler and F. G. Fowler, 1911 (Oxford: Oxford University Press, 11th ed. 2004).

Soanes, Catherine, and Angus Stevenson, eds., *Oxford Dictionary of English*, 2nd ed., revised (Oxford: Oxford University Press, 2005); 1st ed. edited by Judy Pearsall and Patrick Hanks.

Stevenson, Angus, and Christine A. Lindberg, eds., *New Oxford American Dictionary*, 3rd ed. (Oxford / New York: Oxford

University Press, 2010); 1st ed. (2001) edited by Elizabeth J. Jewell and Frank Abate.

Della Thompson, ed., *The Concise Oxford Dictionary of Current English* (Oxford: Clarendon Press, 9th ed. 1995).

Trumble, William R., et al., eds., *Shorter Oxford English Dictionary on Historical Principles*, 2 vols., Vol. 1, A – M, Vol. 2, N – Z, 1st ed. 1933 (Oxford: Oxford University Press, 5th ed. 2002).

2. 法語

Carney, Faye, et al., eds., *Grand dictionnaire: français-anglais / anglais-français / French-English / English-French Dictionary* unabridged, 2 vols.; 1: *français-anglais / French-English*; 2: *anglais-français / English-French* (Paris: Larousse, 1993).

Chevalley, Abel, and Marguerite Chevalley, comp., *The Concise Oxford French Dictionary: French-English*, 1st ed. 1934 (Oxford: Clarendon Press, reprinted with corrections 1966).

Goodridge, G. W. F. R., ed., *The Concise Oxford French Dictionary: Part II: English-French*, 1st ed. 1940 (Oxford: Clarendon Press, reprinted with corrections 1964).

Guilbert, Louis, et al., eds., *Grand Larousse de la langue française en sept volumes* (Paris: Librairie Larousse, 1971-1978). On the title page of Vol. 1, Vol. 2, and Vol. 3, the words indicating the number of volumes are "en six volumes" [in six volumes] instead of "en sept volumes" [in seven volumes]; on the title page of Vol. 4, Vol. 5, Vol. 6, and Vol. 7, the words "en sept volumes" [in seven volumes] are used. As a matter of fact, the dictionary consists of seven volumes instead of six. The publication years are 1971 (Vol. 1), 1972 (Vol. 2), 1973 (Vol. 3), 1975 (Vol. 4), 1976 (Vol. 5), 1977

(Vol. 6), and 1978 (Vol. 7).

Harrap's Shorter Dictionary: English-French / French-English / Dictionnaire: Anglais-Français / Français-Anglais, 6th ed. (Edinburgh: Chambers Harrap Publishers Ltd., 2000) [no information on editor(s)].

Imbs, Paul, et al., eds., *Trésor de la langue française: Dictionnaire de la langue du XIXe et du XXe siècle (1789-1960)*, 16 vols. (Paris: Éditions du Centre National de la Recherche Scientifique, 1971).

Mansion, J. E., revised and edited by R. P. L. Ledésert et al., *Harrap's New Standard French and English Dictionary*, Part One, French-English, 2 vols., Part Two, English-French, 2 vols., 1st ed. 1934-1939 (London: George G. Harrap and Co. Ltd., revised ed. 1972-1980).

Corréard, Marie-Hélène, et al., eds., *The Oxford-Hachette French Dictionary: French-English • English-French / Le Grand Dictionnaire Hachette-Oxford: français-anglais • anglais-français*, 1st ed. 1994, 4[th]ed. by Jean-Benoit Ormal-Grenon and Nicholas Rollin (Oxford: Oxford University Press; Paris: Hachette Livre; 4th ed. 2007).

Rey, Alain, et al., eds., *Le Grand Robert de la langue française*, deuxième édition dirigée par Alain Rey du dictionnaire alphabétique et analogique de la langue française de Paul Robert, 6 vols., 1st ed. 1951-1966 (Paris: Dictionnaires le Robert, 2001). In the list of "PRINCIPAUX COLLABORATEURS" ["PRINCIPAL COLLABORATORS"], however, the six-volume edition is described as "Édition augmentée" [enlarged or augmented edition] "sous la responsabilité de [under the responsibility of] Alain REY et Danièle MORVAN," the second edition being a nine-volume edition published in 1985.

Rey, Alain, et al., eds., *Dictionnaire historique de la langue française*, 6 vols. (Paris: Dictionnaires le Robert, 2000).

3. 德語

Betteridge, Harold T., ed., *Cassell's German and English Dictionary*, 1st ed. 1957, based on the editions by Karl Breul (London: Cassell and Company Ltd., 12th ed. 1968).

Drosdowski, Günther, et al., eds., *DUDEN: Das große Wörterbuch der deutschen Sprache*, in acht Bänden [in eight volumes], völlig neu bearbeitete und stark erweiterte Auflage herausgegeben und bearbeitet vom Wissenschaftlichen Rat und den Mitarbeitern der Dudenredaktion unter der Leitung von Günther Drosdowski (Mannheim / Leipzig / Wien / Zurich: Dudenverlag, 1993-1995).

Pfeifer, Wolfgang, et al., eds., *Etymologisches Wörterbuch des Deutschen*, 3 vols. (Berlin: Akademie – Verlag, 1989).

Scholze-Stubenrecht, W., et al., eds., *Oxford-Duden German Dictionary: German-English / English-German*, 1st ed. 1990 (Oxford University Press, 3rd ed. 2005).

Wahrig, Gerhard, et al., eds., *Brockhaus Wahrig Deutsches Wörterbuch*, in sechs Bänden [in six volumes] (Wiesbaden: F. A. Brockhaus; Stuttgart: Deutsche-Verlags-Anstalt, 1980-1984).

4. 意大利語

Bareggi, Maria Cristina, et al., eds., *DII Dizionario: Inglese Italiano•Italiano Inglese*, in collaborazione con Oxford University Press (Oxford: Paravia Bruno Mondatori Editori and Oxford University Press, 2001).

Bareggi, Cristina, et al., eds., *Oxford-Paravia Italian Dictionary: English-Italian•Italian-English / Oxford-Paravia: Il dizionario Inglese Italiano•Italiano Inglese*, 1ˢᵗ ed. 2001 (Oxford: Paravia Bruno Mondadori Editori and Oxford University Press, 2ⁿᵈ ed. (seconda edizione aggiornata) 2006).

Battaglia, Salvatore, et al., eds., *Grande dizionario della lingua italiana*, 21 vols. (Torino: Unione Tipografico–Editrice Torinese, 1961-2002). *Supplemento all'indice degli autori citati: autori, opere, edizioni che compaiono nei volumi X, XI e XII per la prima volta*; *Supplemento 2004*, diretto da Edoardo Sanguineti, 2004; *Indice degli autori citati nei volumi I-XXI e nel supplemento 2004*, a cura di Giovanni Ronco, 2004; *Supplemento 2009*, diretto da Edoardo Sanguineti, 2009.

Cusatelli, Giorgio, et al., eds., *Dizionario Garzanti della lingua italiana*, 1ˢᵗ ed. 1965 (Milan: Aldo Garzanti Editore, 18ᵗʰ ed. 1980).

Duro, Aldo, et al., eds., *Vocabolario della lingua italiana*, 4 vols. (Roma: Istituto della Enciclopedia Italiana, 1986-1994).

Love, Catherine E., et al., eds., *Collins dizionario inglese: italiano-inglese inglese-italiano*, imprint issued by HarperResource in 2003 (Glasgow / New York: HarperCollins Publishers; Milan: Arnoldo Mondatori Editore; 2000).

Macchi, Vladimiro, et al., eds., *Dizionario delle lingue italiana e inglese*, 4 vols., Parte Prima: Italiano-Inglese, Parte Seconda: Inglese-Italiano, realizzato dal Centro Lessicografico Sansoni sotto la direzione di Vladimiro Macchi, seconda edizione corretta e ampliata, i grandi dizionari Sansoni / *Dictionary of the Italian and English Languages*, 4 vols., Part One: Italian-English, Part Two: English-Italian, edited by The Centro Lessicografico

Sansoni under the general editorship of Vladimiro Macchi, second edition corrected and enlarged, The Great Sansoni Dictionaries (Firenze: Sansoni Editore, 1985). With Supplemento to Parte Prima a cura di Vladimiro Macchi, 1985.

de Mauro, Tullio [ideato e diretto da Tullio de Mauro], et al., eds., *Grande dizionario italiano dell'uso*, 6 vols. (Torino: Unione Tipografico-Editrice Torinese, 2000).

Rebora, Piero, et al., prepared, *Cassell's Italian-English English-Italian Dictionary*, 1st ed. 1958 (London: Cassell & Company Limited, 7th ed. 1967).

5. 希臘語

Cunliffe, Richard John, *A Lexicon of the Homeric Dialect*, expanded edition, with a new Preface by James H. Dee (Norman: University of Oklahoma Press, 2012); first published by Blackie and Son Limited, London, Glasgow, Bombay, 1924; new edition published 1963 by the University of Oklahoma Press, Norman, Publishing Division of the University; paperback edition published 1977.

Liddell, Henry George, and Robert Scott, compiled, *A Greek-English Lexicon*, 1st ed. 1843, new edition revised and augmented throughout by Henry Stuart Jones et al., with a revised supplement 1996 (Oxford: Clarendon Press, new (9th) ed. 1940).

Liddell and Scott, *Greek-English Lexicon*, abridged ed. (Oxford: Clarendon Press, 1989).

6. 拉丁語

Lewis, Charlton T., and Charles Short, revised, enlarged, and in great part rewritten, *A Latin Dictionary*, founded on Andrews' [*sic*] edition of Freund's Latin Dictionary, 1st ed. 1879 (Oxford: Clarendon Press, impression of 1962).

Simpson, D. P., *Cassell's Latin Dictionary: Latin-English / English-Latin*, 1st ed. 1959 (New York: Macmillan Publishing Company, 5th ed. 1968). The London edition of this dictionary has a different title and a different publisher: *Cassell's New Latin-English / English-Latin Dictionary*, 1st ed. 1959 (London: Cassell and Company Ltd., 5th ed. 1968).

Souter, A., et al., eds., *Oxford Latin Dictionary* (Oxford: Clarendon Press, 1968).

二、漢語

甲、參考書（按作者或書名拼音序）

但丁著，黃國彬譯註，《神曲》（*La Divina Commedia* 漢譯及詳註），全三冊，九歌文庫927、928、929，第一冊，《地獄篇》(*Inferno*)，第二冊，《煉獄篇》(*Purgatorio*)，第三冊，《天堂篇》(*Paradiso*)（台北：九歌出版社，二〇〇三年九月初版，二〇〇六年二月訂正版）。

莎士比亞著，黃國彬譯註，《解讀〈哈姆雷特〉——莎士比亞原著漢譯及詳註》，全二冊，翻譯與跨學科研究叢書，宮力、羅選民策劃，羅選民主編（北京：清華大學出版社，二〇一三年一月）。

《聖經·和合本·研讀本》（繁體），編輯：汪亞立、馬榮德、張秀儀、陶珍、楊美芬（香港：漢語聖經協會有限公司，二〇一五年七月初版，二〇一六年一月第二版）。

乙、詞典（按編者或書名拼音序）

《法漢詞典》，《法漢詞典》編寫組編（上海：上海譯文出版社，一九七九年十月第一版）。

《現代漢語詞典》，第五版，中國社會科學院語言研究所詞典編輯室編（北京：商務印書館，二〇〇五年六月）。

《新英漢詞典》，《新英漢詞典》編寫組編（香港：生活・讀書・新知三聯書店香港分店，一九七五年十月香港第一版）/ *A New English-Chinese Dictionary*, compiled by the Editing Group of *A New English-Chinese Dictionary* (Hong Kong: Joint Publishing Company (Hongkong Branch), October, 1975)。

顏力鋼、李淑娟編，《詩歌韻腳詞典》（北京：新世界出版社，一九九四年五月）。

《英漢大詞典》・*The English-Chinese Dictionary* (Unabridged)，上、下卷，上卷，A-L，下卷，M-Z，《英漢大詞典》編輯部編，主編，陸谷孫（上海：上海譯文出版社，一九八九年八月第一版）。

《英華大詞典》（修訂第二版）・*A New English-Chinese Dictionary* (Second Revised Edition), first edited by Zheng Yi Li〔鄭易里〕and Cao Cheng Xiu〔曹誠修〕, second revised edition, edited by Zheng Yi Li〔鄭易里〕et al. (Beijing / Hong Kong: The Commercial Press; New York / Chichester / Brisbane / Toronto: John Wiley and Sons, Inc., 1984).

九　歌　文　庫　　　9　5　5

艾略特詩選 2 (1925-1962)：
《四重奏四首》及其他詩作

國家圖書館出版品預行編目（CIP）資料

艾略特詩選 2 (1925-1962):《四重奏四首》及其他詩作 / 托馬斯·
斯特恩斯·艾略特著；黃國彬譯註 . -- 初版 . -- 臺北市：
九歌出版社有限公司 , 2022.08
　　面；　公分 . -- (九歌文庫 ; 955)
譯自：Collected Poems : 1909-1962
ISBN 978-986-450-463-3(平裝)
873.51　　　　　　　　　　　　　　　　　111008844

作　　　者──托馬斯·斯特恩斯·艾略特 (Thomas Stearns Eliot)
譯　　　註──黃國彬
責任編輯──李心柔
創 辦 人──蔡文甫
發 行 人──蔡澤玉
出　　　版──九歌出版社有限公司
　　　　　　　台北市 105 八德路 3 段 12 巷 57 弄 40 號
　　　　　　　電話 / 02-25776564．傳真 / 02-25789205
　　　　　　　郵政劃撥 / 0112295-1

九歌文學網　www.chiuko.com.tw

印　　　刷──晨捷印製股份有限公司
法律顧問──龍躍天律師 · 蕭雄淋律師 · 董安丹律師
初　　　版──2022 年 8 月
定　　　價──360 元
書　　　號──0130060
Ｉ Ｓ Ｂ Ｎ──978-986-450-463-3
　　　　　　　9789864504640（PDF）